JEAN-PIERRE IMBROHORIS

INDOMPTABLE MARION

roman

(LA FLIBUSTIÈRE)

ÉDITIONS SÉLECT

DU MÊME AUTEUR

MARION, FEMME DE FEU

Dépôt légal :
Bibliothèque nationale du Québec
Bibliothèque nationale du Canada
Deuxième trimestre 1982

Titre original : La Flibustière

Copyright © 1981, Éditions Grasset et Fasquelle.

© 1982, Presses Sélect Ltée, 1555 ouest,
rue de Louvain, Montréal, Québec.

ISBN : 2-89132-658-X
G1343

« Ferdinand, jeté dans Paris, y mena une existence de flibustier dont les hasards pouvaient le mener à l'échafaud ou à la fortune... »

HONORÉ DE BALZAC, *César Birotteau.*

... Le 6 mai 1717, naissait au Faouët, en Bretagne, Marie Tromel. Fille d'un pauvre bûcheron et d'une journalière, la belle Marion allait connaître une destinée hors du commun.

En ce temps-là, la Bretagne, saignée à blanc, vivait sous le joug et dans la terreur de sinistres sires que le rang et l'intrigue couvraient de profits : Louvard, sénéchal malhonnête et cupide, le comte de Kerviguen, seigneur cruel et amateur de jeunes filles, Desrochers, son exécuteur de basses œuvres et assassin du père de Marion...

Révoltée par autant d'injustices et de crimes, Marion organise alors, avec les garçons de son village, une véritable bande de brigands dont on parle encore aujourd'hui au Faouët. Rançonnant les riches au profit des pauvres, distribuant aux défavorisés le butin volé aux nantis, Marion du Faouët devient le symbole de la révolte qui gronde dans la France du XVIIIᵉ siècle.

Courtisée, poursuivie, attaquée, séquestrée mais aussi aidée, sauvée et ardemment aimée, Marion, intrépide et résolue, ne se soumettra jamais. Pourtant, dénoncée, et finalement abandonnée par les siens, elle est arrêtée et condamnée à la prison par le tribunal de Rennes...

C'est à la suite des aventures de Marion du Faouët, inspirées de faits historiques authentiques, que raconte l'Indomptable Marion *dans la tradition des grands romans-feuilletons populaires de jadis.*

CHAPITRE PREMIER

1747

Rennes était déserte et dormait sous la pluie. Six heures sonnaient à peine au clocher de l'église Saint-Germain, ce 10 avril 1747, lorsque s'ouvrirent les portes de la prison. Un groupe misérable se répandit dans la ville, vieillards usés par les privations, hommes patibulaires et renfrognés, mégères hideuses et vulgaires. Cependant, parmi ces dernières, apparut soudain une femme superbe. Elle n'avait pas trente ans, une allure orgueilleuse, l'assurance brillait dans son regard clair qui affronta avec mépris les rires moqueurs du corps de garde. Cette femme belle et jeune, qui serrait frileusement un fichu de lainage sur sa pauvre robe, qui s'attardait sur le seuil de la prison, qui s'avançait enfin dans la ruelle déserte, était une héroïne au destin capricieux, à la fois justicière et aventureuse, faible et déterminée, douce et violente, troublée de découvrir le chemin de sa vie qui avait transformé la paysanne timide en une flibustière maniant l'épée, le fouet et le couteau, pillant les riches pour donner aux pauvres, osant s'attaquer aux puissants pour soulager les faibles. Elle était célèbre jusqu'à la Cour de Versailles, elle s'appelait Marie Tromel, mais tout le monde en Bretagne la connaissait sous le nom de Marion du Faouët !

Un homme la guettait dans l'aube maussade, tapi dans l'ombre d'un porche. Il la vit s'enfoncer dans le dédale des maisons de torchis aux colombages robustes, des venelles étroites que le soleil n'éclairait jamais. Soudain, un carrosse surgit au fond d'une ruelle, s'arrêta devant Marion. La portière s'ouvrit, une main se tendit vers elle. Pendant un instant, la jeune femme resta immobile, bouleversée, puis son visage se détendit, un sourire éclaira fugitivement ses traits durcis par les souffrances, elle monta dans le carrosse qui repartit aussitôt, contournant la place des Lices, passant sous la Porte Mordelaise. Les sabots des chevaux glissaient sur le pavé humide, l'équipage dévalait la route de la liberté, emportant Marion dans une bourrasque de pluie et de vent.

L'espion, surpris par cet événement inattendu, courut alors jusqu'à la rue Saint-Michel. Il se faufila dans une maison borgne, où pendait un quinquet grinçant au moindre souffle de vent. L'homme pénétra dans une taverne obscure où brûlait un feu vif. Il s'approcha de la table la plus retirée, où un cavalier solitaire, le visage dissimulé par un chapeau au bord rabattu, se tenait penché vers le mur. Cet homme aux allures suspectes n'était autre que Desrochers, l'âme damnée du comte de Kerviguen. A la faveur des événements qui avaient suivi la mort tragique du comte, ayant joué perfidement la carte de la trahison, s'étant concilié la complicité de cupides protecteurs, cet assassin avait changé de peau. Il vivait désormais sous le nom du seigneur de Kergroaz, charge et château rachetés en hâte à l'héritier débile d'une famille éteinte. Mais sous la bonne apparence et les habits de luxe se cachait la haine d'un cœur voué aux plus noirs desseins. Desrochers, alias Kergroaz, avait juré la perte de Marion du Faouët. Ce fut à lui que l'espion s'adressa :

— Je guettais Marion, je tenais mon poignard, prêt à la frapper, lorsqu'un carrosse a arrêté mon geste : le seigneur de Robien, en un éclair, l'enlevait et l'emportait...

Kergroaz serra les poings. Le rubis d'une bague qu'il portait à son doigt étincela dans l'ombre.

— Que le diable les emporte ! Rattrape-les, je veux savoir où ils vont se terrer...

L'espion s'inclina et se hâta d'obéir. On connaissait trop bien les colères terribles de Kergroaz que les tourments de la richesse vieillissaient prématurément. Poursuivi par la crainte d'être démasqué, tenaillé par la haine, obsédé par sa cupidité, Kergroaz présentait les tics et les allures des êtres dégénérés qu'une folie ravage ou qu'une passion étreint. Il se leva soudain, s'enroulant dans sa cape, traversant d'un pas vif la salle enfumée, raccompagné par le tavernier boiteux qui louait servilement sa générosité et serrait dans sa main sale un louis d'or. Après un instant de silence, les buveurs attablés reprirent leurs discussions. Dans les effluves aigres du mauvais cidre étaient évoqués les souvenirs exaltants des rapines et des meurtres dont vivaient les bretteurs qui fréquentaient ce coupe-gorge. L'un d'entre eux, borgne et grêlé, racontait la sortie de Marion :

— Elle était aussi belle que le jour où on l'a fouettée sur la place, nue comme ma main, les reins couverts de sang, elle se tordait dans ses chaînes et le bourreau n'y allait pas de main morte. On dit que Kergroaz a payé le bourreau pour qu'il frappe plus fort. On dit qu'il a juré la perte de la drôlesse... Est-ce qu'elle est seulement coupable ?

— On l'a prise pour une mauvaise affaire de vol et de bastonnade, mais son crime est bien plus grave. Elle s'est attaquée au sénéchal et à l'intendant, elle a confondu le comte de Kerviguen. On ne le lui pardonnera jamais. Il ne faut pas déranger ces gens-là quand on n'a pas une bonne noblesse et la protection des fermiers généraux.

Pendant que les bretteurs buvaient dans la taverne du Pharaon, le seigneur de Kergroaz descendait d'un pas vif la rue Saint-Michel et s'enfonçait dans le dédale des rues étroites et sombres. Les maisons qui se trouvaient dans ce quartier étaient les seules épargnées par l'incendie qui avait détruit la ville en 1720. Au coin d'une ruelle qui donnait sur les champs, se dressait l'enceinte de l'abbaye Saint-Georges. Kergroaz s'approcha d'une porte basse, et, après avoir jeté un regard méfiant alentour, frappa le heurtoir de bronze. La porte s'ouvrit aussitôt. Un moine vêtu de bure grise, le visage dissimulé par une ample capuche, fit entrer le visiteur dans l'abbaye, et, sans un mot, le conduisit jusqu'à une cellule éloignée, aménagée en cabinet de travail. Un moine était assis devant une longue table encombrée de papiers et de volumes anciens. Les quatre bougies d'un chandelier d'argent brûlaient en jetant des ombres furtives sur son visage. Il releva la tête et considéra Kergroaz en silence.

— Vous avez mis du temps...

Kergroaz jeta rageusement ses gants sur la table.

— Au diable !...

— Laissez le diable où il est, et ne vous emportez pas...

— Marion a été libérée ce matin...

— Cela nous le savions, mon fils...

— Ce que je ne savais pas, c'est que de Robien l'attendrait à la porte de la prison. Il l'a emmenée. Elle s'est enfuie.

Le moine ne dissimula pas sa contrariété.

— Par le sang du Christ ! A quoi cela sert-il de payer des tueurs ! Cette créature a donc encore triomphé de vous ?

Kergroaz lança au moine un regard venimeux.

— De Robien l'attendait dans son carrosse. Elle y est montée aussitôt. Que pouvions-nous faire ?

Le moine se leva et alla contempler un crucifix d'argent. D'une voix douce il s'adressa à Kergroaz :

— Pourquoi ne l'avez-vous pas fait disparaître pendant qu'elle était en prison ? Nous avions acheté bourreaux et geôliers... On pouvait la faire taire à jamais... N'oubliez pas qu'il suffit de quelques mots pour que cette fille vous fasse pendre !

Kergroaz haussa les épaules.

— Elle a été bannie et marquée au fer rouge. La Marion de jadis n'existe plus. La mort d'Hanviguen l'a anéantie. Depuis cinq mois qu'elle a été arrêtée, les choses ont bien changé pour elle. Sa bande s'est désorganisée. Ses amis les plus fidèles l'ont abandonnée, d'autres ont commis des crimes en usant de son nom. Les paysans ne la vénèrent plus. Sa parole ne tient pas contre la mienne. Le comte de Roquefeuil me protège ! Kergroaz est un nom respecté !

L'archiviste soupira.

— N'oubliez jamais que cette créature a démasqué Kerviguen ! Il en est mort. Nous avons là une redoutable adversaire. Pourquoi diable avez-vous tué son père, ce pauvre bûcheron qui ne faisait de mal à personne ? Sans ce crime inutile, nous n'aurions aucun souci...

— Le bûcheron avait recueilli le témoignage du chevalier de Latreille. Il était nécessaire de le faire taire...

— Sa mort n'a pas empêché sa fille de le venger... Vous vous êtes mis dans une mauvaise situation, mon ami.

Kergroaz lança au moine un regard menaçant.

— N'oubliez pas que vous n'avez guère été prudent, vous non plus... Cessez de juger les autres. Nous devons nous unir pour abattre cette fille. L'enjeu est trop important. Je me plais dans mon rôle nouveau de châtelain. Je possède une belle fortune, je suis devenu l'égal des seigneurs et des sénéchaux qui me poursuivaient jadis. Je ne veux pas risquer de perdre tout cela.

— Et pourtant, si cette fille parle, vous perdez tout...

— Je la tuerai, s'écria Kergroaz. Mais il faut savoir attendre, nous ne pouvons rien entreprendre tant que le chevalier de Robien la protège... Faites-moi confiance, messire Blanchard...

— Guillaume Blanchard n'existe plus, s'écria le moine avec frayeur ! Ne prononcez jamais ce nom...

L'ancien recteur du Faouët revoyait cette soirée d'hiver où l'on avait frappé au volet de sa cure. Il avait bu trop d'eau-de-vie en rêvant à de galantes aventures. Lorsqu'il ouvrit sa porte, il crut rêver : une jeune fille tremblante cherchait un refuge. La neige tombait à gros flocons et elle avait froid... Il l'avait poussée contre la cheminée pour qu'elle se réchauffe.

— Qui es-tu ? lui avait-il demandé.

— Je suis Margotte Keryvet, de la ferme du Grand Pont. Je vends des œufs, mais ce soir la neige m'a surprise...

Le contact avec la peau fraîche de l'adolescente avait troublé le recteur. Il voulut la faire boire, elle refusa.

— Enlève donc ta chemise pour te sécher...

La jeune fille, habituée à vivre dans la promiscuité la plus naturelle, ne soupçonnait pas le mal. Elle avait retiré sa robe de laine, découvrant son corps pâle et à peine formé. Il voulut la caresser, mais elle avait refusé. Le recteur avait perdu la tête. Il s'était jeté sur elle, l'avait couchée sur le sol. Elle hurlait, et pour la faire taire il avait serré son cou frêle où une fine veine bleue battait à la cadence de sa terreur... Plus tard, dégrisé, horrifié par les conséquences de son crime plus que par le crime lui-même, Blanchard avait pleuré, puis il s'était ressaisi. Il avait emporté le corps inerte dans le bois de Priziac, près d'une souche où l'on trouvait fréquemment des traces de loups. Il avait couché le cadavre nu sur la neige et avait jeté la robe dessus en murmurant les premiers mots d'une prière qu'il n'eut pas le courage d'achever. On parla peu de la disparition de Margotte. Les pauvres gens mouraient en nombre pendant les hivers rudes et on avait bien assez de mal à s'occuper des vivants pour prendre le temps de pleurer sur les morts. La mort d'un enfant ne représentait pas grand-chose : il en mourait tellement qu'on ne pouvait plus les compter.

Le recteur s'en était allé, un soir, rendre visite à la famille. Les pauvres gens habitaient dans une masure délabrée sur la route de Kerly. Une terre boueuse et gluante entourait la maison. Le toit de chaume dégarni laissait apercevoir la charpente pourrie par les pluies. Il fallait se baisser pour entrer dans la pièce étroite où s'entassaient quelques meubles de bois grossier, un lit recouvert de foin et une table sur laquelle picoraient des poules. Deux bébés, couverts de crasse et de haillons, pataugeaient dans la boue. Un petit garçon, à peine plus âgé, dormait sur le foin. Un autre jouait dans le fond de la pièce avec un chat. Une femme sans âge tournait une longue cuillère de bois dans la marmite posée sur le feu. Un cochon plongeait son groin dans la boue à la recherche de quelque nourriture. Une odeur insupportable souleva le cœur du recteur.

— Bonsoir, ma brave femme. Je viens prier avec vous pour votre fille Margotte...

Le cœur battant, les tempes moites, le recteur ressentait un malaise indéfinissable. Une force maléfique le poussait à avouer son crime, mais le courage lui manqua et il feignit de s'apitoyer sur la disparition de la fillette.

— Dieu l'a recueillie auprès de lui, soyez-en sûre, son passage sur la terre aura été de courte durée, mais le royaume du ciel est éternel et Margotte vous y attend...

A ce moment, le plus âgé des enfants s'approcha du prêtre.

— Comment faut-il faire pour aller avec elle ?

Blanchard blêmit.

— Tais-toi, petit, dit la femme sans émotion. Il faut le comprendre, monsieur le recteur, les enfants ne mangent plus depuis trois jours, rien qu'un œuf ou un peu de lait. Nous n'avons plus rien...

— Dieu vous viendra en aide, soyez courageux...

La porte s'ouvrit et un homme s'avança en portant un fagot sur l'épaule.

— Corentin, c'est le recteur qui est venu prier pour Margotte.

Corentin Keryvet jeta le fagot dans l'âtre et regarda le prêtre avec indifférence.

— Vaudrait mieux prier pour nous que pour la morte, l'abbé. Elle, elle n'a plus besoin de rien. Nous, c'est pas la même chose...

Blanchard hocha la tête avec tristesse.

— La Margotte, c'est notre troisième enfant qui est mort cet hiver. Le premier avait six mois, il est mort de froid, l'autre a attrapé une mauvaise fièvre et il n'a pas résisté, et

Margotte qui disparaît... Notre malheur est bien grand, l'abbé, mais ça fait trois bouches de moins à nourrir...

Blanchard sortit une pièce et la tendit à Corentin.

— Voilà pour les autres, dit-il en désignant les bébés qui pleuraient sur le sol glacial. Que Dieu soit avec vous...

— Merci, monsieur le recteur, répondit la femme.

Blanchard sortit de la masure et s'en retourna à grands pas vers Le Faouët. Le lendemain, il ne put résister au besoin morbide d'aller dans la forêt pour rechercher les traces de Margotte. La neige était encore tombée au cours de la nuit et le recteur avait du mal à avancer dans le bois. Près de la souche où il avait abandonné le cadavre, la neige était piétinée. Blanchard, partagé entre la terreur et une curiosité malsaine, se pencha sur le sol où une flaque de sang avait gelé, en incrustant des petites fleurs écarlates dans la neige labourée par la fureur des loups...

L'archiviste de l'abbaye Saint-Georges s'arracha à ses sombres souvenirs. Le seigneur de Kergroaz souriait avec ironie. Le regard du moine devint cruel.

— Et toi, Kergroaz, où serais-tu sans la mort providentielle du pauvre Kerviguen ? As-tu oublié tes crimes ? Veux-tu que je te les rappelle ? N'agite pas le passé. Il sent mauvais pour les gens comme nous. Tu n'as qu'une chose à faire. Nous débarrasser de cette Marion du Faouët. Et crois-moi, la meilleure façon d'en finir avec ce genre de créature, c'est bien de la tuer...

Le ciel se couvrit brusquement et un nuage sombre déversa sur la ville des trombes d'eau glacée. Les rares passants couraient s'abriter dans l'encoignure des granges ou sous le porche des maisons. La pluie rebondissait des toits en éclaboussant les échoppes que les boutiquiers se hâtaient de fermer.

Le carrosse du chevalier de Robien dévalait la route de Ploërmel.

CHAPITRE II

Les bohémiens avaient installé leurs charrettes près d'un chêne foudroyé. Cet arbre servait de gibet depuis la nuit des temps, et les paysans, qui se souvenaient d'y avoir vu pendre les corps de quelques malheureux, avaient confondu cette manifestation de la foudre avec celle de la justice divine. On se racontait encore, aux veillées, l'histoire de cet enfant pendu pour avoir braconné, et de sa mère devenue folle qui hantait les bois en hurlant. Le ciel avait abattu ce symbole d'injustice. Cela redonnait de l'espoir, et même du courage, d'avoir Dieu avec soi.

Les nomades étaient arrivés à la nuit et avaient rangé les charrettes en demi-cercle. Les hommes étaient partis ramasser du bois, les femmes, toutes vêtues de noir, avaient préparé le feu. Le chef de cette troupe de bohémiens s'appelait Manolo. Il était grand et vieux, de longs cheveux blancs tombaient sur ses épaules, une canne l'aidait à marcher, mais il était autant redouté que le plus vigoureux des chefs. Manolo connaissait les montagnes lointaines où vivaient des animaux sauvages. Il était né dans les Luzické Haury, une contrée montagneuse perdue au fond de la Bohême. Il s'était battu contre les pillards alors qu'il n'était encore qu'un enfant, puis il était devenu pillard lui-même lorsqu'il n'avait plus rien trouvé pour manger. Il avait quitté son pays avec des jeunes de son village et ils avaient traversé la France, vivant de commerces et de rapines, vendant sur les marchés ce qu'ils avaient volé dans les basses-cours. Les bohémiens étaient craints et pourchassés depuis l'ordonnance fameuse du roi Louis XIV : « Malgré les soins que le roi a pris pour purger ses Etats des vagabonds et gens appelés Bohèmes, il a cependant été impossible de chasser entièrement du royaume ces voleurs, par la protection que, dans tous les temps, ils ont trouvée auprès des gentilshommes et seigneurs justiciers qui leur donnaient retraite dans leurs châteaux et maisons, nonobstant les arrêts des parlements qui le leur défendaient expressément. En conséquence, le roi ordonne aux officiers de justice et de police d'arrêter ou faire arrêter tous ceux qui s'appellent Bohèmes ou Egyptiens, leurs femmes, leurs enfants, de faire attacher les hommes à la chaîne des forçats pour être conduits dans les galères, et quant aux femmes, filles et enfants, de les conduire dans les hôpitaux, si on les trouve faisant le métier de Bohèmes, le tout sans forme ni figure de procès [1]... »

Cette ordonnance révélait que « gentilshommes et seigneurs justiciers » aidaient et hébergeaient les bohémiens chez eux. Il va sans dire que les nomades leur rendaient en échange d'appréciables services. Ils ne répugnaient pas à voler, ou à tuer pour une belle récompense. Leur spécialité était l'enlèvement des enfants. Lorsqu'un tuteur malhonnête voulait garder le profit d'un bon héritage, il n'était pas rare qu'il eût recours aux bohémiens. Les nomades enlevaient l'enfant, touchaient une rançon, et disposaient d'une main-d'œuvre utile à leur commerce : les enfants sans famille devenaient des bateleurs, équilibristes et autres musiciens, qui partageaient la vie errante de leurs parents adoptifs. Les plus cupides n'hésitaient pas à mutiler ou à défigurer leurs pensionnaires pour en faire des monstres qu'ils pouvaient exhiber sur les marchés et dont ils savaient tirer le maximum d'argent. Manolo, comme les autres, avait accompli de basses besognes pour les gentilshommes

1. Ordonnance royale du 11 juillet 1684.

avides de posséder des biens auxquels ils n'avaient pas
droit. Il avait volé, bastonné, et enlevé des enfants. En
commettant ces forfaits, il se donnait bonne conscience en
pensant que les pauvres petits êtres auraient pu tomber
dans des mains plus cruelles, ou même périr sous les coups
d'un assassin. Manolo soignait bien ses pensionnaires. Il les
nourrissait et les élevait attentivement. Il pensait ainsi
racheter tout ou partie de ses fautes et tenait les comptes de
ses bonnes actions qu'il produirait un jour devant l'Eternel.

Manolo appela une vieille accroupie près du feu. Elle se
leva en grognant et entra sous une tente. Elle se pencha sur
le corps d'une adolescente endormie. Avec une douceur
surprenante, elle releva la tête de la jeune fille et la força à
avaler un breuvage noir et épais. La malade poussa un
faible gémissement, puis ouvrit les yeux. La vieille prononça alors des mots incompréhensibles, et traça des signes
sur son front à l'aide de son index recourbé. Manolo
s'approcha de l'enfant, au teint pâle et aux cheveux blonds.
Une affreuse blessure marquait, d'une oreille à l'autre, le
visage qui avait été beau. La couverture de fourrure
dissimulait des cicatrices qui boursouflaient la chair des
seins et du ventre. La vieille se releva en grommelant.

— Elle va se réveiller, dit-elle avant de sortir.

Manolo s'approcha de la couche où la jeune fille
reprenait lentement connaissance. Ses yeux s'ouvrirent, se
posèrent sur la tente, puis sur le sol recouvert de peaux de
chèvres. Elle vit enfin Manolo et poussa un hurlement.
Dans le mouvement qu'elle fit pour se redresser, la
couverture glissa, dévoilant les cicatrices. La pauvre fille
cacha sa tête dans ses mains et se mit à sangloter. Manolo
lui caressa les cheveux.

— Il fallait le faire... N'aie pas peur... Tu ne crains plus
rien.

La jeune fille sembla se calmer et retomba dans le
silence. Manolo coiffa un chapeau de feutre noir orné de
médailles et sortit. Un colosse au teint basané l'attendait
devant la tente. Il portait une culotte bouffante en grosse

étoffe verte, serrée à la taille par un ceinturon de cuir. D'une main il tenait une canne et de l'autre la chaîne d'un gros ours brun.

— Partons, il est l'heure, dit Juano.

Les deux hommes s'enfoncèrent dans la forêt, suivis par deux fillettes aux longues robes à ramages, d'un garçon maigre qui traînait en boitant un sac volumineux. Un barbu fermait la marche. Il portait une boucle d'or à une oreille et brandissait un violon dont il tirait quelques accords en marchant.

— Comment va la fille ? demanda Juano.

— Elle ne parle toujours pas. Nous ne savons ni son nom ni son âge...

— Qu'allons-nous en faire ?

Manolo secoua la tête.

— Non. Pas elle, murmura le vieux gitan pour lui-même.

Juano lui lança un regard surpris et poursuivit sa route en haussant les épaules.

— Voilà la ville ! s'écria l'une des fillettes qui avait couru en avant. Préparons-nous.

Le gros bourg de Lanvénégen dressait une forêt de toits de chaume et d'ardoise bien serrés autour de son clocher. Les bohémiens se mirent en place. Manolo prit la tête de sa petite troupe, Juano tira sur la chaîne de l'ours qui se dandina aussitôt, les fillettes se mirent à danser au son des tambourins, le violoneux joua du violon, le garçon maigre tira de son sac un instrument qui répandit des sons graves et assourdissants, Manolo alluma des boules d'encens qui dégagèrent une fumée cotonneuse. Les femmes et les enfants du village sortirent devant leurs portes. Effrayés et ravis par le tintamarre, les petits se serraient contre les jupes larges des mères et tendaient le doigt vers le gros ours qui sautillait au bout de la chaîne. Les femmes prenaient les plus petits dans leurs bras. On entendit des cris et des pleurs, des rires et des exclamations. Les spectacles étaient rares, en Bretagne, sous le beau roi Louis. Au loin, les hommes qui travaillaient aux champs observaient avec méfiance la troupe des bohémiens. Quelques-uns s'approchèrent, tenant leur faux à bout de main, menaçants et inquiets.

Manolo et sa troupe s'avancèrent jusqu'à l'église et s'installèrent sur la place où se dressait un calvaire de granit. Les villageois approchaient lentement et formaient le cercle autour d'eux.

Les gitanes dansaient en faisant voler leurs longues robes au rythme du violon et des tambourins, tandis que sortaient du gros sac des objets mystérieux : une défense d'éléphant, une statue égyptienne, la peau momifiée d'un long serpent bleu. Juano, armé d'une badine, conduisait la danse de l'ours qui amusait les enfants. Le violoneux jouait les acrobates en faisant passer le violon au-dessus de sa tête ou derrière son dos sans s'arrêter de jouer. Manolo déplia une couverture et y posa une boîte mystérieuse qui dégagea un nuage de fumée âcre. Mario, celui qui avait porté le sac, sauta dans la fumée en crachant de longues flammes. Dans un cri d'effroi, les enfants disparurent sous les jupes de leurs mères. Pendant ce temps, Manolo étalait sur la couverture des trésors inestimables qui émerveillèrent les femmes : il y avait là des rubans tressés de fils d'or, des peignes en écaille, des perles multicolores, des bracelets de cuivre, des talismans, et même des poupées de bois grossièrement habillées de chiffons rouges. Manolo prenait les objets un à un et les faisait miroiter en racontant d'une voix forte les aventures extraordinaires qu'il avait vécues pour les obtenir. Ainsi ce peigne venait d'un royaume lointain où le soleil ne se couche jamais et où les pièces d'or poussent dans les arbres. Le talisman lui avait été offert par un maharadjah, les rubans par une sorcière bienfaisante...

Subjuguées les femmes se rapprochaient timidement. L'une d'entre elles se pencha et prit un ruban tressé orné de minuscules clochettes de cuivre. Un conciliabule s'échangea à voix basse entre la paysanne et le bohémien, puis la femme disparut dans sa maison et revint avec un grand pot de cidre. L'échange se fit alors sous les regards envieux des autres femmes qui allèrent, les unes après les autres, chercher des marchandises pour échanger avec les bohémiens. On ramenait un fromage de brebis, une miche de pain de la fournée cuite le matin même, quelquefois un poulet, un bon morceau de lard, une motte de beurre ou un panier d'œufs. Le curé, alerté par la musique, apparut à la porte de la sacristie et vint admirer l'étalage des nomades. Il remarqua une grande couffe d'osier tressé et marchanda longuement avec Manolo. A la fin, il paya d'une pièce la couffe et un bougeoir de cuivre. Les enfants s'enhardissaient et s'approchaient de l'ours mélancolique, qui ne provoquait plus les rires ni la curiosité. Les jeunes filles proposaient la bonne aventure avec des sourires engageants, mais les femmes ne voulaient pas connaître ces pratiques magiques et s'éloignaient craintives. Lorsque Manolo jugea que les affaires étaient terminées, il frappa dans ses mains. Aussitôt le violon se remit à jouer, l'ours à se dandiner, les trésors regagnèrent le sac mystérieux, et, bientôt, le cortège s'éloigna, emportant avec lui la musique et le rêve, laissant des souvenirs qu'on évoquerait longtemps au cours des longues veillées d'hiver.

De village en village, les bohémiens épuisèrent leurs précieuses marchandises. Juano portait un sac rempli de bonnes provisions. Il y avait là de quoi festoyer pendant plusieurs jours. Vers le soir, ils s'arrêtèrent à une auberge sur la route de Quimperlé. Le Cheval Noir servait de relais, et la grande salle enfumée était envahie par un grand nombre de voyageurs, des paysans qui revenaient d'une foire, des officiers qui s'étaient arrêtés pour boire une pinte de vin, et les habitués de ce lieu, attablés et silencieux, le regard vide perdu dans les vapeurs des alcools.

Manolo et sa troupe s'installèrent au fond de la salle, dans le coin le plus sombre. Ils évitaient de trop se mêler à la foule, car les réactions des paysans étaient imprévisibles. Des nomades avaient été pris à partie, quelques mois auparavant, dans une taverne d'Hennebont, et la bataille rangée s'était soldée par la mort de deux gitans. Les filles sortaient des paniers des miches de pain, du fromage et des tranches de lard. L'aubergiste, méfiant, demanda à voir l'argent avant de les servir. Il leur donna à boire en maugréant contre les voyageurs qui ne payaient pas le souper. Juano commanda une omelette pour se concilier ses grâces et l'invita à boire à leur table. L'homme s'assit auprès d'eux, et Manolo, tout en découpant son lard, le questionna sur les gens du village. Il cherchait à savoir quelle fête attirait le plus de visiteurs, quel prochain pardon déplacerait les pèlerins. L'aubergiste, à qui le vin déliait la langue, leur donna de bons renseignements. Pendant qu'ils parlaient à voix basse, un homme les observait de loin. Il était attablé avec d'autres voyageurs qui riaient bruyamment au récit d'une aventure égrillarde. Ce témoin silencieux et renfrogné était l'espion de Kergroaz, qui avait suivi Marion à sa sortie des prisons de Rennes. Ce méchant personnage, appelé Lejuch, avait, à l'époque, servi feu le comte de Kerviguen. C'était l'homme des embuscades, des poignards dissimulés sous les manteaux, le bras de toutes les traîtrises, une sorte d'exécuteur des basses besognes. Lejuch vit la troupe des nomades se lever et sortir de l'auberge. Il paya son cidre, monta sur son cheval et piqua des deux en direction de Kergroaz.

Manolo arriva au campement alors que la nuit était bien avancée. Il se rendit aussitôt sous la tente où reposait la jeune malade. Elle était allongée sur sa couche, le regard perdu dans ses rêves, pâle et immobile comme une morte.

— Comment t'appelles-tu ? demanda-t-il d'une voix douce.

La malade le regarda avec terreur, et ne répondit rien. Il semblait qu'elle n'entendait pas.

— Quel est ton nom ? insista Manolo. Souviens-toi, fais un effort.

La jeune fille poussa un gémissement. Manolo posa sa main sur la sienne. Elle tressaillit.

— N'aie pas peur. Essaie de te souvenir, comment t'appelles-tu ?

Il regardait la longue balafre qui enlaidissait sa joue et son cou. Il se souvenait de cicatrices semblables que certains bohémiens faisaient aux enfants pour les montrer dans les foires et en tirer profit : la compassion favorise souvent la générosité.

La malade se redressa lentement.

— Souviens-toi. Où habitais-tu ? Le nom de tes parents ? Le nom de ton village ? Et toi, comment t'appelles-tu ?

La pauvre fille secouait la tête avec désespoir. Manolo sortit de sa poche un peigne en écaille, au manche orné de pierres bleues.

— Tiens, c'est pour toi, dit-il en souriant. Pour que tu peignes tes beaux cheveux.

La jeune fille prit le peigne avec surprise et, pour la première fois, Manolo vit un sourire se dessiner sur ses lèvres blanches. Il se pencha :

— Tu n'as plus à avoir peur... Dis-moi ton nom...

La malade fit un effort considérable. Elle semblait ne plus savoir parler et des sons incompréhensibles sortirent de sa bouche. Manolo insista, patiemment, et enfin, au bout d'un long moment d'efforts, elle murmura :

— Margotte.

CHAPITRE III

Le cerf bondit du talus et s'élança dans le champ. Poursuivi par la meute hurlante des chiens, il dévala la prairie, mais il n'était plus protégé par la forêt dont il connaissait tous les secrets et les abris possibles. Il courait à découvert, et les chiens l'avaient rattrapé. Il se jeta dans un buisson, fut rejoint par la meute écumante. Les chasseurs, à leur tour, s'abattirent sur lui. Un coup d'épée perça le poitrail de la bête magnifique qui se raidit dans les spasmes de la mort. Un flot de sang jaillit de sa blessure et éclaboussa celui qui venait de porter le coup mortel. Kergroaz essuya le sang qui maculait ses mains. Il avait belle allure avec son pourpoint de velours bordeaux, la perruque au vent, les plumes de son chapeau traçant comme une auréole autour de sa tête. Kergroaz, qui avait usurpé les biens et le titre d'un malheureux, supportait mal l'exercice du pouvoir dont il disposait sur ses terres. Emacié, voûté, en quelques mois, il avait blanchi de poil et pâli de teint. La prétention de ses ambitions, la cupidité de ses calculs, l'avaient usé en profondeur. Une sorte de folie orgueilleuse s'était emparée de lui. La haine et les humiliations qu'il avait accumulées pendant les années où il avait servi le comte de Kerviguen semblaient avoir décuplé son appétit des honneurs les plus vains : toujours en quête de relations susceptibles de lui apporter de nouveaux appuis et de rassurantes complicités, il se targuait de donner les réceptions les plus fastueuses de la région, faisant venir de la Cour musiciens et courtisans, mages et cuisiniers, pour flatter les penchants frivoles des nobliaux de province, qui goûtaient fort tout ce qui venait de Versailles. Et au cours de ces somptueux banquets, il se faisait servir en premier, comme il savait que faisait le roi de France.

Les chiens alléchés par l'odeur du sang bondissaient autour de Kergroaz. Près de lui un gros homme vêtu de noir, maussade, détournait la tête avec mépris. François Anne Louvard, sénéchal de Guéméné, complice du comte de Kerviguen, dont il avait apprécié les générosités, corrompu et sournois, ne prisait guère la chasse. Mais, ayant aidé Desrochers à devenir Kergroaz, et étant en affaires avec lui, il se devait d'apparaître à ces rendez-vous organisés par son acolyte. Avec le temps, le sénéchal devenait insensible à tout ce qui ne concernait pas l'exercice du pouvoir, les intrigues et les démonstrations de sa puissance. Partout il affichait un profond ennui, attitude qui allait bien avec sa vanité et son peu d'intelligence. Kergroaz et lui formaient à vrai dire un couple parfait : ils avaient l'un et l'autre, au fond du cœur, pareille bassesse. Qu'il s'agisse de terres, d'argent, de récoltes ou d'animaux, de bijoux ou de tableaux de prix, tout était bon à ces deux êtres cupides pour grossir leur scandaleuse fortune.

Kergroaz surveillait la curée d'un œil morne.

— Compliments, sénéchal. Nous avons pris là une belle pièce...

Le sénéchal fit un signe de la main.

— Peste soit des chasseurs et des gibiers, tout cela m'ennuie, vous le savez bien...

— Regardez, ce tableau ressemble à la vie...

Les hommes du comte avaient ouvert le ventre du cerf et plongeaient leurs doigts dans les viscères fumants. On entendait les affreux gargouillis des organes que l'on arrachait et que l'on jetait aux chiens affamés. La meute dévorait la chair sanglante et encore chaude du cerf assassiné.

— Il faut choisir, n'est-ce pas, on est la meute ou bien le cerf, commenta Kergroaz pensivement.

Le sénéchal détourna la tête, écœuré par ce spectacle affreux, au bord de la nausée.

— Eloignons-nous, cette chasse m'ennuie...

Les deux hommes s'enfoncèrent dans le sentier, suivis de Lejuch qui somnolait sur son cheval en rêvant à une bonne bolée de cidre.

— Allons nous restaurer, proposa Kergroaz, il y a là une ferme où l'on nous donnera à souper...

Il fit un signe à Lejuch qui sauta de son cheval et se dirigea vers une maison aux murs de torchis. Il cogna à la porte et pénétra dans une salle sombre où une femme soignait un tout petit enfant.

— Holà, venez saluer le seigneur de Kergroaz, qui vous fait honneur en descendant chez vous... Allumez le feu, nettoyez cette table. Sortez du cidre et quelques provisions. Accueillez votre seigneur.

La femme posa son enfant et vint au-devant de Lejuch en essuyant ses mains.

— C'est que nous n'avons pas grand-chose, ici. Nous n'avons même rien à donner à manger...

Lejuch la regarda avec colère.

— Maudite paysanne, le sénéchal est en visite avec ton seigneur. Dépêche-toi de les servir si tu ne veux pas que ton homme aille moisir pendant quelques saisons dans les prisons...

Lejuch se dirigea vers une porte, l'ouvrit et trouva un sac de farine, un peu d'huile et une jarre, du lard qui séchait au bout d'un crochet. Dans un plat de faïence se trouvaient quelques œufs, plus loin, des pommes étaient alignées sur une clisse.

— Hâte-toi, mauvaise femme, tout ce que tu as ici appartient au seigneur de Kergroaz. Tu lui dois obéissance. Prépare une omelette et des crêpes aux pommes, et vite, sinon, on emmènera ta fille pour qu'elle serve au château.

La pauvre femme se dépêcha de sortir ses maigres

provisions. Sous l'œil attentif de Lejuch, elle se mit à battre les œufs dans un plat, décrocha une poêle noircie, la posa sur le feu. A ce moment, entrèrent Kergroaz et le sénéchal. Lejuch chassa un vieillard à moitié aveugle de la seule chaise de la maison. Le vieux alla s'appuyer contre le lit qui occupait tout un côté de la salle. Les poules qui picoraient devant le feu furent repoussées à grands coups de bottes et s'enfuirent dans un nuage de plumes. Le porc crotté qui dormait sous la table fut délogé sans ménagement. Il trottina en grognant jusqu'à la porte. Le sénéchal prit place sur la chaise, tandis que Kergroaz s'appuyait contre la cheminée.

— Quelle odeur nauséabonde ! s'exclama-t-il... Comment ces gens peuvent-ils vivre dans pareille crasse ? Dans certaines fermes, il y a plus de cochons et de poulets dans la maison que d'hommes et de femmes. Ailleurs, ce sont les vaches et les bœufs qui dorment près du lit... Quelle saleté repoussante !

Le sénéchal agitait un mouchoir de dentelle sous son nez, incommodé par les odeurs fauves qui flottaient dans la pièce. Kergroaz fit rouler une bûche dans la cheminée.

— Marie Tromel vient d'être libérée de prison. Elle est sortie ce matin... Nous ne pouvons pas la laisser en liberté... Elle sait trop de choses, il faut l'empêcher de parler !...

Le sénéchal frotta ses mains replètes et les exposa à la flamme. La fermière cuisait l'omelette dans un coin de la cheminée. Louvard lui adressa un regard dégoûté. Une bonne odeur de lard se répandait dans la pièce, masquant les autres odeurs moins agréables.

— J'ai appris que Marion a été considérablement aidée par le seigneur de Ponlo. Ce de Robien est dangereux. Il a la confiance de l'intendant, des amis à la cour et même la sympathie du roi. Nous ne pourrons rien entreprendre contre lui. Directement, tout au moins...

— La bande du Faouët est désorganisée. La plupart de ses compagnons travaillent à leur compte. Ils pillent et volent, et tuent quelquefois. Mais on met tous leurs méfaits sur le dos de Marion... Les gens ne l'aiment plus guère. Ils ne la défendront plus...

Le sénéchal interrompit le comte.

— On ne sait jamais avec les paysans. Ils sont bien capables d'aider cette fille comme avant, et de se liguer contre nous si nous lui faisons du mal... Non, mon ami, il faut faire attention et si nous frappons, frapper un seul coup...

— Vous voulez dire...

— Ou nous la tuons ou nous ne faisons rien.

La fermière servait l'omelette dans un plat de faïence. Le sénéchal en prit un bout qu'il grignota du bout des dents. Kergroaz, moins raffiné, avala un gros morceau d'une seule bouchée. Une fillette s'approcha de la table, en tirant un garçon par la main. Attirés par l'odeur fabuleuse de l'omelette, des enfants sortaient de partout. Il y en avait un sous le lit, un autre dans un coin, qui jouait avec une patte de canard. Leurs yeux graves suivaient les mouvements des deux hommes qui coupaient des morceaux d'omelette sans se soucier d'eux. A un moment, Kergroaz fit tomber par terre un morceau de lard, et la fillette, près de lui, le ramassa.

— J'ai une autre idée, sénéchal. Un plan qui fera peut-être réfléchir la Marion... Mais, en attendant, buvez, et n'en veuillez pas à cette femme. Les pauvres ne connaissent ni les bons vins ni les mets raffinés. Ils se nourrissent de n'importe quoi. D'ailleurs ils sont incapables de faire la différence entre un foie gras cuit sous la cendre et une potée de choux...

— Je connais une troupe de bohémiens qui traverse la région, continua Kergroaz après un long silence. Nous pourrions leur confier une tâche délicate... Ces nomades adorent les enfants, et je suis sûr qu'ils prendraient grand soin d'Alice, la fille de Marion... Nous pourrions ainsi la contraindre au silence, l'obliger à partir.

Le sénéchal but une gorgée de cidre. Il fit une grimace et reposa le pot sur la table…

— Ce cidre est plus acide que du vinaigre… décidément, quel mauvais repas… Quant à votre idée, elle me paraît intéressante. Il faut encore y réfléchir. Je me méfie de cette Marion, elle est imprévisible. L'enlèvement de sa fille pourra l'anéantir ou, au contraire, décupler sa haine contre vous, Kergroaz…

Kergroaz sursauta.

— Contre moi ? Personne ne sait qui je suis en réalité. Desrochers a disparu. Elle ne pourra pas me retrouver…

Le sénéchal s'amusait à inquiéter son complice.

— Elle ne pourra peut-être pas retrouver Desrochers, mais elle retrouvera certainement celui qui aura enlevé sa fille. Et cela, n'est-ce pas, c'est votre idée ?

La fermière faisait sauter les crêpes sur le feu. Les mots échangés par le sénéchal et le comte l'inquiétaient et la révoltaient à la fois. Elle ne comprenait pas grand-chose à ce que les deux hommes préparaient, elle était humiliée par le mépris avec lequel ils avaient dépouillé sa famille des quelques provisions qu'elle gardait pour les mauvais jours. Elle empila les crêpes les unes sur les autres, et poussa le plat vers les deux hommes. Puis ostensiblement, elle prit une crêpe qu'elle tendit à ses enfants. La fillette la saisit et courut se cacher sous le lit, la dévorer avec les autres.

Kergroaz, qui avait vu la scène, éclata de rire.

— Vous voyez, mon cher, des animaux. De vrais petits animaux…

Kergroaz et le sénéchal firent un signe à Lejuch et sortirent de la ferme sans même un regard pour la fermière. Ils remontèrent sur les chevaux et s'éloignèrent au pas, en direction du village.

— Il nous faudra aussi atteindre le chevalier de Robien, disait Kergroaz. Nous avons une chance. Sa femme conspire contre lui. Elle s'aperçoit qu'il gaspille tous ses biens pour Marion, et la jalousie l'emporte chez cette femme douce et résignée. Il faudrait peu pour qu'elle livre son mari à la justice. Tous les biens et terres lui appartiennent. Le chevalier ne possède rien. Une fois ruiné et abandonné par ceux qui le soutiennent, nous pourrons régler son compte sans danger...

Le sénéchal hochait la tête.

— Ce qu'il faut, mon ami, c'est savoir attendre. Nous avons tout le temps... Nous pourrions nous arrêter à votre château et faire un souper plus digne de nous que cette misérable omelette... M'invitez-vous ?

Kergroaz leva les bras au ciel.

— C'est toujours un honneur pour moi, sénéchal...

Il donna quelques ordres à Lejuch et celui-ci prit les devants pour tout préparer en l'honneur du sénéchal...

— Et ces bohémiens, où les trouve-t-on, s'enquit Louvard avec curiosité. Il paraît que ce sont de bons magiciens et qu'ils connaissent mille tours...

Tard dans la nuit, les deux hommes étaient encore à comploter, engourdis par les alcools et la bonne chère. Louvard cachait son inquiétude sous ses allures hautaines. Depuis qu'il avait été mêlé à la mort de Kerviguen, la méfiance s'était installée. L'intendant lui battait froid, les juges du présidial le trouvaient suspect... La mort de Marion présenterait deux avantages : d'une part, il aurait l'honneur de mettre fin aux agissements d'une bande de brigands qui causaient des tracas aux voyageurs, mais surtout il se débarrasserait à jamais d'une adversaire qu'il jugeait plus dangereuse que tous les seigneurs du pays réunis.

Il caressa amoureusement une médaille d'or qui pendait à son poignet :

— Il faut qu'elle meure, murmura-t-il.

Kergroaz le regarda avec surprise. Le sénéchal était un homme prudent et peu bavard.

— Comment l'atteindre ?

Louvard ricana avec mépris.

— Vous manquez à ce point d'imagination ? Vous qui avez égorgé ce brave chevalier de Latreille, et poignardé bon nombre d'innocents, vous voulez des conseils ? Agissez comme d'habitude, mon brave Desrochers, la nuit, et par-derrière...

Kergroaz sursauta.

— Ne m'appelez plus jamais par ce nom. Desrochers n'existe plus.

Le sénéchal se leva en bâillant.

— Je vais rentrer chez moi, mon bon seigneur.

Il avait appuyé sur le mot « seigneur » avec ironie. Il enfila une cape chaude, mit ses gants de peau et serra longuement la main de son hôte.

— Ne soyez pas inquiet. Lorsque cette fille sera morte vous retrouverez votre gaieté...

— Et si nous échouons ?

Le sénéchal parut étonné, puis il sourit.

— Si vous échouez ? Les prisons sont sûres et je vous ferai enfermer dans un cachot bien protégé pour que cette diablesse ne puisse pas se venger...

Cette nuit-là, Kergroaz ne put trouver le sommeil. Il échafauda la fin épouvantable de Marion.

CHAPITRE IV

La tempête s'acharnait depuis le matin contre le manoir adossé à la falaise. Le vent s'engouffrait en sifflant sous les portes et les fenêtres mal jointes. Des paquets de pluie explosaient contre les carreaux. Des mouettes effrayées battaient des ailes au fond des meurtrières percées dans les murailles de granit. Les pierres luisantes qui dominaient la mer étaient recouvertes d'une épaisseur verte d'algues et de lichen qui donnait au manoir un caractère étrange et inquiétant. La chapelle abandonnée, qui était devenue le rendez-vous des oiseaux de nuit et des bêtes peureuses, laissait battre un volet vermoulu qui claquait comme un fouet. La cloche fêlée tremblait, le vieux manoir de Kerbihan craquait de toutes ses poutres. C'était un lieu de tristesse et de désolation, mais tellement retiré qu'il offrait un abri plus sûr qu'un monastère. Le carrosse arrêté devant le porche était trempé, les chevaux hennissaient peureusement. La porte grande ouverte laissait entrer dans la salle monumentale des tourbillons d'air qui faisaient tinter des objets précieux en soulevant des nuages de poussière. Un vieil homme se hâtait d'allumer un feu dans la haute cheminée. Une flamme rouge s'éleva et lécha les troncs d'arbres fendus, le feu crépita bientôt, mais, soufflées par le vent qui hurlait, les flammes étaient repoussées en arrière et rampaient sur les tisons.

De Robien serrait Marion dans ses bras. Elle tremblait

de froid et de fatigue. Il la fit asseoir dans un fauteuil au dossier haut et sculpté, représentant un aigle prenant son envol. Le dossier et les accoudoirs de ce siège singulier étaient garnis d'un cuir pourpre que le temps avait patiné jusqu'à lui donner, à certains endroits, une sombre teinte grenat. Marion s'abandonna, rassurée de sentir la main ferme de l'homme sur son épaule, de retrouver la douce chaleur du feu, d'entendre le battement rassurant de la vieille pendule. Elle chassa de son esprit les sept mois d'enfer et d'horreur passés dans les prisons de Bretagne. Elle était encore imprégnée de l'odeur insupportable des cachots, comme si la moisissure avait pénétré sa chair. De Robien lui versa un verre de liqueur qu'elle but avidement, pour chasser la nausée que provoquaient ces souvenirs. Fascinée par le feu, elle croyait apercevoir au travers des flammes tourmentées les traits d'Hanviguen et les bras tendus vers elle de sa petite fille. Le cœur lourd, elle laissa aller sa tête et ferma les yeux. Sa main fine, aux longues veines bleutées, reposait sur le cuir du fauteuil, et l'on aurait pu croire que cette main pâle était celle d'une morte, tant elle était immobile et abandonnée. Au bout d'un long moment de silence et de recueillement, de Robien se pencha et rencontra le regard fixe de la jeune femme, qui contemplait, loin derrière les flammes, un spectacle d'elle seule connu. Un frisson la secoua, qui rompit le charme. Elle releva enfin la tête.

— Je n'ai pas le droit de céder à la faiblesse ou au désespoir, je ne peux pas m'arrêter. Gabriel, cela est injuste, je suis tellement fatiguée de lutter. Je pense souvent aux soldats qui marchent devant la mort, leurs compagnons tombent, l'assaut est inutile, mais ils continuent d'avancer...

La voix qui se voulait rude était comme brisée. L'émotion faisait trembler ses mots, la détresse faisait battre son cœur. A cet instant, Marion se sentait dérisoire et démunie, faible et influençable, incertaine et inutile, pauvre et abandonnée, autant de sentiments que provoque l'adversité chez les êtres que forces et courage abandonnent.

— Je suis confrontée à la haine et à la vengeance, mais qui choisit notre destinée ? Pourquoi a-t-on frappé injustement mon père et mon amant ? Pourquoi me suis-je battue ?

— Parce que peut-être tu n'es pas une femme...

Elle lui lança un regard provocant. Elle était penchée vers les flammes qui semblaient lécher son corps et embrasaient ses cheveux roux de lueurs ensorcelantes.

— Les saintes, les héroïnes de roman et les femmes de guerre ne sont pas des femmes, ajouta de Robien gravement.

— Je suis femme, si tu savais combien, mais je reste secrète. J'éprouve le besoin vital d'être dominée, et je ne me donne pas. Ainsi, je ne serais pas une femme, répéta-t-elle rêveusement.

De Robien s'approcha d'elle et appuya ses lèvres contre sa nuque douce.

— Ne dis plus rien. Tu es ma femme. Maintenant, viens, nous allons souper...

Il frappa dans ses mains, et le vieux valet apparut aussitôt, la trogne illuminée de joie. Il y avait bien deux ans qu'il n'avait revu son maître et qu'il se lamentait dans le manoir abandonné.

— Qu'avons-nous à souper, mon brave Fareau ?

— Mon seigneur, répondit le valet en fondant de plaisir, j'ai là un beau chapon que j'ai mis à rôtir, et puis quelques grives tuées de ce matin pour une fricassée. J'ai aussi des pieds de cochon qui grillent sur la braise et un pâté en croûte que ma vieille Villette a préparé hier à la nuit...

— Magnifique, Fareau. Et le vin ?

Fareau cligna de l'œil.

— J'ai encore quelques bouteilles de vin blanc de Nantes, qui datent du bon vieux temps...

Avec émotion le métayer fidèle évoquait les traditions perdues... Jadis, au temps de la Régence, le jeune chevalier de Robien et son père venaient fréquemment dans ce manoir isolé pour y chasser ou passer de folles soirées en compagnie d'amis de la ville. En ce temps-là, les cuisines grouillaient de servantes et de valets, les bouteilles s'entassaient dans la cave, les victuailles les plus recherchées abondaient dans le saloir. Fareau était jeune à l'époque, et il confondait sa propre jeunesse avec ces temps révolus. Lui qui n'avait jamais imaginé d'autre horizon que celui de Kerbihan, pressentait avec émotion le moment où il lui faudrait quitter cette demeure pour la laisser à d'autres qui ne la connaîtraient pas. Fareau était tellement attaché au manoir et à ses terres qu'il les avait appris par cœur, et il était capable de les raconter, pierre après pierre, bosquet après fourré, la route et la lande, le puits et la chapelle, comme une histoire aussi belle et aussi fantastique que le périple de Marco Polo. Il aurait donné sa vie pour être certain que rien jamais ne serait changé à l'ordre des choses établi depuis toujours à Kerbihan.

Plus tard dans la soirée, Fareau apporta fièrement un fastueux plateau d'argent dressé de carcasses rôties, parsemé de truffes et d'oignons. Il désossa d'un seul coup de pique les cuisses du chapon, versa le vin doré dans les coupes de cristal et attendit, comme une délivrance, le sourire du maître qui l'assurerait que tout était comme il l'avait souhaité. Fareau s'en retourna alors aux cuisines complimenter à son tour la vieille Villette, tordue et édentée, un peu comme s'il portait la parole divine. Les vieux s'installèrent autour de l'âtre et trempèrent leur soupe en échangeant à voix basse quelques phrases machinales qui exprimaient leur satisfaction et leur attachement.

Dans la grande salle du manoir, où brûlaient maintenant bon nombre de chandelles, le chevalier servait Marion. Il déposa sur le plat d'étain une grive, une cuisse de chapon, coupa un morceau de pain, versa une coupe de vin blanc. Marion se jeta joyeusement sur le festin, mordant à belles dents dans les chairs juteuses, buvant comme un garde national, en faisant claquer sa langue, comme les nobles et les roturiers à la table de la Cour. Elle rejetait sa tête en arrière tout occupée à dévorer la viande que les truffes parfumaient. Le chevalier, qui chipotait distraitement, était presque jaloux du plaisir qu'elle prenait à se restaurer aussi sensuellement. Il se leva, alluma une longue pipe de porcelaine et contempla les bûches rougeoyantes.

— Je suis allé au Faouët, dit-il, au bout d'un moment.

Marion se rembrunit. Elle reposa son verre.

— Pourquoi m'en parler maintenant ? Tu sais bien que je brûle d'y aller et de retrouver ma famille... Il faut que je sois forte pour reprendre ma place...

— On ne t'a pas attendue, Marion. Ta bande s'est séparée. Les uns ont quitté le pays, les autres pillent et volent en ton nom. Les paysans ont oublié tout ce que tu as fait pour eux. Pourquoi n'oublies-tu pas, toi aussi ? Emmène ta fille et ta mère, et pars au loin. Ne retourne pas dans ton village. Les haines sont encore vivaces et ceux qui te veulent du mal sont trop nombreux. Ailleurs tu pourrais vivre une autre vie, repartir sur un autre chemin...

— Jamais, je n'abandonnerai jamais. Je ne crains plus rien et rien ne m'arrêtera. La mort d'Hanviguen a décuplé mes forces.

— Tu as contre toi la noblesse du pays. Les juges sont corrompus, le sénéchal acheté. Ils ne te pardonneront jamais d'avoir confondu Kerviguen. Tu t'es attaquée à une caste qui te poursuivra jusqu'à la fin...

— Gabriel, nous vivons la fin d'une époque. Les pauvres commencent à relever la tête, et ils aperçoivent le ciel. Cela leur donnera des idées. Tous ces gens que vous opprimez depuis si longtemps vont se révolter. Pour n'avoir pas su donner un peu, vous allez tout perdre. Un jour viendra où les pauvres seront plus puissants que vous...

De Robien secoua tristement la tête.

— Les révoltes n'ont jamais changé l'ordre des choses. Il y a toujours eu les victimes et les maîtres, ceux qui possèdent et ceux qui travaillent. Les riches et les pauvres, ça ne changera jamais...

— Le peuple est affamé. Les fermiers généraux font des profits considérables sur les plus défavorisés. Bientôt les droits seront égaux, même s'il existe encore des pauvres et des riches. Chacun pourra manger à sa faim, c'est cela qui doit arriver. Un prince dépense en une fête plus d'argent que toute une famille de paysans n'en gagne au cours de sa vie... C'est à cause de cela que le sang coulera un jour. Et vous ne pouvez plus rien faire, il est déjà trop tard...

De Robien s'approcha de Marion. Il sourit tendrement et baissa les yeux sous le regard qui lançait des éclairs.

— Que suis-je pour toi ? chuchota Marion. Une paysanne, une pauvre fille qui sort de prison. Pourquoi es-tu là ? Parce que je ne suis pas comme les autres !

Elle le regarda longuement et sa voix perdit de sa dureté.

— Parce que je te désire.

Ses yeux se fermèrent dans une lueur verte.

— Viens, dit-elle, j'attends cet instant depuis que je t'ai vu. Nos yeux se sont croisés, souviens-toi, et j'ai su qu'un jour je t'appartiendrai. Et pourtant, ajouta-t-elle tristement, je n'oublierai jamais Hanviguen. On n'oublie jamais son premier amant, n'est-ce pas, dis-moi...

De Robien posa lentement ses lèvres sur les siennes. On aurait pu croire qu'il embrassait une malade ou une morte tant il mettait de ferveur dans son baiser. Elle s'abandonna alors, et perdit la mémoire et la notion du temps, elle fut une embarcation frêle qui tanguait au grand vent, chavirait et sombrait dans un océan tumultueux. La fureur du plaisir, la passion peut-être, chassèrent la raison, elle devint démente, agressive et cruelle, ardente, fauve, aimant et haïssant cet homme qui la prenait comme on ne l'avait jamais prise, qui guettait son plaisir et ne lui faisait point grâce de la délivrer, qui suspendait sa folie au gré de sa volonté, qui la possédait toute et l'obligeait à geindre, la douleur et la peur de déboucher trop haut sur l'inconnu.

Elle ouvrit les yeux sur le profil de son amant, et recueillit sur ses doigts la sueur de son front en pensant qu'elle n'oublierait jamais la souffrance qu'elle avait surprise sur ce visage, cette souffrance semblable à la sienne, cette union suprême où tout se mélange pour ne plus exister. Alors, seulement, elle l'embrassa et lui dit qu'elle l'aimait.

Plus tard, elle flotta dans une eau tiède et bleutée qu'avait versée Villette dans une baignoire de cuivre et de bois ciré. Ivre d'effluves parfumés et d'arômes exotiques, elle laissa aller sa volonté, inconsciente, droguée de plaisir, tellement rassurée de redevenir humaine.

Ils refirent l'amour jusqu'à être épuisés. Elle s'endormit alors dans une pose offerte, et lui qui ne dormait pas la regarda toute la nuit, frôlant le corps moite qui frissonnait parfois sans qu'il sache si ces frissons naissaient de ses doigts ou si le froid aigrelet en était la cause.

Dehors, la tempête s'était calmée. Dans l'aube qui pâlissait le ciel, l'océan privé de vagues reflétait les dernières étoiles. Les mouettes rassurées poussaient des cris aigus. Une barque de pêche traversait au large. De Robien rêvait aux nuages. Marion s'éveilla et l'aperçut, appuyé contre le mur, son profil droit et triste se découpant dans le ciel pâle. Elle resta un long moment ainsi, à s'éveiller en le contemplant, puis elle se leva et le recouvrit de son corps en lui murmurant :

— Je n'oublierai jamais cette nuit...

De Robien embrassa doucement ses mains et, se retournant, posa son visage contre son ventre.

— Marion, mon amour, je ne te laisserai plus jamais partir. Je veux t'attacher à moi, te rendre prisonnière. Je veux être un air pur dont tu ne puisses te passer. Je t'aime, Marion.

Marion posa sa tête sur la poitrine où battait un cœur ardent. Elle regarda les ombres chassées par le jour disparaître dans l'encoignure des portes. Une larme coulait sur sa joue.

— Gabriel, tu es le seul à qui je puisse tout dire, et confier tous mes secrets...

Elle serra sa main.

— Il faut que tu saches que je suis enceinte... Je suis enceinte d'Hanviguen... Je porte en moi un enfant de l'homme que j'aimais, et que l'on a tué... Tu comprends pourquoi je ne peux pas abandonner ?

René Gabriel de Robien ferma les yeux. Un long silence s'écoula et il entendit la voix douce de Marion qui murmurait :

— Je jure que ce sera un garçon et qu'il ressemblera à son père...

CHAPITRE V

Dans la tour carrée du château de Kergroaz se trouvait un cabinet de lecture où nul n'avait le droit d'entrer. Aux grosses pierres du mur étaient accrochés des tableaux sombres représentant les créatures de l'enfer. Des ornements païens étaient posés sur les meubles. De gros volumes reliés en cuir s'entassaient sur les rayons d'une bibliothèque. A terre, des peaux et des fourrures étouffaient les pas. Près de la fenêtre étroite qui ouvrait sur la lande se dressait une sorte de gibet de hideuse apparence, hérissé de chaînes. Cet endroit aurait pu être le repaire du diable. Il ne contenait pourtant que les secrets d'Henriette de Saint-Fiacre. Plus belle, plus sensuelle et plus vénéneuse que jamais, fardée avec les poudres les plus rares venues d'Orient, vêtue d'étoffes luxueuses, Henriette nourrissait dans le secret de ce salon ses appétits de luxure et de cruauté. Cette créature, dont la beauté aurait pu inspirer les poètes, s'avilissait dans la recherche de sensations honteuses et ne reculait devant aucun crime pour assouvir ses plus bas instincts. Elle était perverse comme d'autres sont généreuses. Un sentiment pouvait seul lui faire oublier l'obsession de ses vices : la haine qu'elle portait à Marion du Faouët. Depuis la scène terrible qui avait opposé les deux femmes, dix ans plus tôt, devant les valets du château de Saint-Fiacre, Henriette entretenait sa rancune comme on élève un enfant, patiente et attentive. Bouleversée par la mort de son amant au cours de cette nuit fatale, elle avait découvert les ressources des sciences occultes. Initiée et conseillée par un Italien, elle s'enfonçait, depuis cette époque, dans le lent apprentissage des recettes et des formules transmises depuis la nuit des temps pour que le mal triomphe du bien. Ce soir-là, penchée sur l'épaule de Piccini l'Italien, elle suivait avec intérêt l'élaboration d'un brouet susceptible d'empoisonner sur l'instant le malheureux qui le toucherait des mains. Piccini, le front luisant de sueur, broyait les viscères d'un animal dans le creuset : Henriette, les mains gluantes de matières indéfinissables, y jetait une à une des têtes de vipères sectionnées. A la fin, Piccini se retourna en essuyant ses manches.

— C'est prêt, annonça-t-il, d'une voix éraillée où flottait encore l'accent de son pays.

Les yeux fous, Henriette souleva le creuset et huma l'odeur nauséabonde qui émanait de la bouillie noirâtre.

— Si ta formule est bonne, je te donnerai cent louis. Et si celle à qui je la destine meurt, tu en recevras cent autres.

Piccini s'inclina cérémonieusement et à plusieurs reprises devant sa maîtresse.

— J'ai hâte d'expérimenter ta potion, murmura Henriette d'une voix rêveuse...

Piccini rangea dans un chiffon taché de sang les reliefs de sa sinistre préparation.

— Attends-moi ici, ordonna Henriette, en posant le creuset sur une table couverte de cornues.

Piccini fit disparaître dans une trappe secrète les poudres et les huiles essentielles. Il referma un épais grimoire, écrit en latin par un moine oublié et versa dans un gobelet d'étain le contenu d'un flacon qu'il portait sur lui. Un tremblement convulsif agitait ses membres, une sueur glacée coulait sur son front. Cramponné à la table, il avala goulûment sa drogue et se calma aussitôt.

A cet instant, la porte s'ouvrit et Henriette apparut suivie d'une jeune fille d'une laideur telle que l'Italien ne put réprimer une grimace. La pauvre créature, vêtue de haillons crasseux, portait sur ses traits l'empreinte de la débilité. Ses bras ballants, son corps voûté, lui donnaient l'allure d'un animal.

Henriette fit asseoir l'idiote sur le sol près de la cheminée. Elle la regarda longuement, en frottant lentement ses mains l'une contre l'autre. La débile grattait le sol avec ses mains en grognant faiblement. Piccini, qui savait ce qui allait suivre, se détourna et tenta de s'absorber dans la lecture d'un ouvrage. Henriette prit le creuset dans ses mains et le plus innocemment du monde, l'offrit avec un sourire engageant à l'enfant.

— Tiens... bon... mange...

La fille avec un grognement se mit à renifler la pâtée noirâtre et se dégagea. Henriette lui saisit alors un poignet, lui trempa la main dans le liquide encore tiède. La fille se débattit en gémissant et regarda sa main qui commençait à enfler. Des cloques sanglantes apparurent, qui crevèrent aussitôt, en libérant des humeurs affreuses, le corps de la pauvre créature se couvrit alors de taches sombres, puis ses membres gonflèrent, ses yeux se révulsèrent, sa langue sortit, noire, de sa bouche, elle se roula sur le sol en hurlant, agitée de spasmes insupportables, le corps déformé par des brûlures monstrueuses. Puis elle se raidit et s'effondra sur le sol.

Henriette, qui avait assisté à l'horrible spectacle en se frottant les mains, les yeux émerveillés, sauta presque de joie :

— Piccini, tu es un artiste, tu es le plus grand alchimiste de tous les temps !

Elle détacha une bourse de cuir rouge et la tendit à l'Italien qui multiplia les courbettes et les remerciements.

— Maintenant, tu vas me préparer un peu de cet onguent dans un flacon et je vais l'offrir à quelqu'un qui occupe toutes mes pensées...

Elle dévala les marches de la tour et se rendit dans la grande salle du château où, assis devant une table surchargée de rôtis et de fruits rares, Kergroaz prenait son déjeuner.

— Ça y est, réjouis-toi, lui cria Henriette, nous avons trouvé...

Kergroaz versa du vin doré dans une longue coupe et la porta à ses lèvres.

— Es-tu sûre de ses effets ? Il est dangereux pour un chasseur de rater son gibier...

— Je viens d'expérimenter cette potion merveilleuse sur la pauvre Finette, tu sais, la fille de cette servante qui est morte cet hiver... Tu verras son cadavre, murmura Henriette en frissonnant, c'est horrible...

Elle s'approcha du comte et l'embrassa voluptueusement.

— Viens, chuchota-t-elle, tu sais que ce genre de spectacle m'excite...

Le comte se leva brusquement.

— Il faut que je parte. Je dois voir le sénéchal...

Henriette le regardait fixement, et une lueur cruelle passait dans ses yeux sombres.

— Je te trouve distant, mon ami. Tu sembles moins aimer ce qui nous plaisait naguère... Fais attention, Desrochers, je peux causer ta perte quand je le veux...

Le comte tourna vers elle un visage crispé par la colère. L'assassin du chevalier de Latreille et du père de Marion ne supportait pas qu'on lui rappelât son passé. Il prit la main d'Henriette et l'attira contre lui.

— Ma douce colombe, je n'aime pas non plus tes menaces... Tu as commis tant de crimes, ma belle, que tu pourrais te balancer au gibet de Vannes sans même un jugement...

— Encore faudrait-il que tu donnes des preuves...

Kergroaz embrassa les lèvres indécentes de la belle châtelaine qui déjà ronronnait et caressa son corps offert.

— J'ai toutes les preuves, répondit-il sur le même ton.

Henriette se dégagea en souriant, glissant le long du corps de Kergroaz pour prendre une pose provocante.

— Veux-tu que je te donne du plaisir ? murmura-t-elle d'une voix rauque.

Kergroaz la prit par les épaules et la releva.

— Je dois partir maintenant... Nous aurons tout le temps, ce soir...

Le regard brillant, Henriette caressa de ses lèvres l'oreille de Kergroaz.

— Veux-tu que je fasse venir la jeune servante qu'on nous a confiée ? Elle a reçu le fouet cette nuit et je crois qu'elle est prête à nous satisfaire...

Kergroaz hocha la tête et s'en alla. Il sauta sur le cheval qu'un valet tenait prêt devant la porte et dévala le chemin à un train d'enfer.

Depuis qu'il avait accaparé les titres et les biens du seigneur de Kergroaz, Desrochers était devenu l'esclave d'Henriette de Saint-Fiacre, à qui il devait sa fortune. Le vrai Kergroaz, ruiné par des dettes de jeu, avait revendu son château et ses terres à sa cousine avant de périr malencontreusement dans un accident. Desrochers avait échangé ces biens inestimables contre l'expérience qu'il avait acquise pendant les longues années où il fut le pourvoyeur de filles du comte de Kerviguen : il devint le pourvoyeur en adolescentes et jouvenceaux de la belle Henriette qui consommait avec excès les plaisirs de la chair. Les soirées données au château de Kergroaz furent bientôt aussi réputées dans la région que l'avaient été, en leur temps, celles du comte de Kerviguen. L'époque était vouée au libertinage et dans tout le royaume les pratiques orgiaques se répandaient sous l'impulsion des seigneurs qui revenaient de la Cour où ils avaient pris le goût des soirées intimes particulières.

Kergroaz était lassé de ces pratiques et seule la menace que faisait peser sur lui la complicité d'Henriette de Saint-Fiacre l'empêchait de renoncer à cette vie libertine à laquelle il ne prenait plus grand plaisir. Son exigeante maîtresse était dangereuse et il lui arrivait de plus en plus fréquemment de se demander comment échapper aux griffes de cette démone.

En attendant, la démone était occupée à revêtir une belle et longue robe de brocard lorsqu'un valet se présenta à la porte de sa chambre.

— Madame, la fermière de Mériadec est ici qui désire vous parler...

Henriette tressaillit. Elle acheva hâtivement de peigner ses longs cheveux bruns et ordonna qu'on fît entrer la fermière. La grosse femme apparut et s'inclina respectueusement.

— Entre, Jeannette, je t'attendais...

La femme poussa devant elle un petit garçon aux beaux yeux noirs. Il était vêtu à la paysanne, d'un large pantalon de coutil et d'une blouse ample serrée par une corde. Ses petits bras étaient robustes, et il s'avançait vers la châtelaine avec l'audace de ses sept ans.

— Dis bonjour, dit la fermière d'une voix soumise.

La voix douce de l'enfant s'éleva dans la chambre. Henriette de Saint-Fiacre se baissa et prit le petit garçon dans ses bras.

— Bonjour, mon bel Henri...

Cette femme cruelle, avilie par les plaisirs les plus scandaleux, eut alors un mouvement d'une tendresse étonnante : elle embrassa l'enfant avec tant d'affection que ses yeux, l'espace d'un instant, furent mouillés de larmes. Il est vrai que les âmes les plus noires sont touchées par la grâce et l'innocence des enfants.

— Comment va-t-il ? demanda Henriette en asseyant le petit garçon sur son lit.

— Bien Madame, il dévore et joue avec ses compagnons. On pourrait faire de lui un vrai petit guerrier, tant il est fort et courageux. Et habile déjà, il sait poser les collets et se montre patient à la pêche. Hier encore, il nous a rapporté une truite au dîner...

Henriette se montra soucieuse :

— Vous ne le laissez jamais seul, n'est-ce pas ?

La fermière baissa les yeux en rougissant.

— A vrai dire, Madame...

Henriette entra dans une colère froide qui terrifia la paysanne.

— S'il lui arrive le moindre accident, je vous fais arracher les yeux, maudite voleuse... Vous m'avez comprise ?

La paysanne se prosterna en jurant qu'elle ne le quitterait plus un seul instant. Rageuse, Henriette prit une bourse dans un coffre et la jeta à la fermière.

— Voilà pour la pension de cet enfant. Prenez soin de lui, votre vie en dépend...

Puis elle souleva l'enfant dans ses bras et lui chanta une vieille berceuse :

> *Yann an Taro ha Guillou ar Bleiz*
> *A zo daou gillen, war ma feiz :*
> *Laou en aod' zo c'hédal,*
> *Ossa ! skes ! Ossa ! dkes ! skes !*
> *Yannig o tont o neuial...*

L'enfant écoutait avec ravissement. Il souriait en caressant les joues de la châtelaine de ses petites mains potelées. Lorsqu'elle eut terminé sa chanson, Henriette l'embrassa, gourmande de cette peau douce qui sentait le lait et la bonne soupe. Puis elle alla chercher dans un coffre d'ébène une poupée représentant un dragon du roi et l'offrit au petit Henri qui poussa des cris d'émerveillement. La fermière, en faisant semblant de sourire, comptait sournoisement les pièces que contenait la bourse. Puis elle reprit l'enfant par la main et l'emmena.

Lorsqu'ils furent partis, Henriette s'abîma dans un rêve profond. Elle imaginait pour son fils le plus noble destin, conseiller à la Cour ou gouverneur d'une terre lointaine, accumulant les honneurs et les trésors. Rien n'était trop beau pour lui. Pourtant, elle l'avait abandonné. Elle éprouvait une sorte de passion déraisonnable pour cet enfant qui vivait loin d'elle. Cette absence parfois la troublait, mais elle ne pouvait expliquer pourquoi elle avait éloigné ce petit être qui lui aurait apporté le bonheur à chaque instant. Elle était en ce point semblable à ces femelles qui donnent le jour à leurs petits, les élèvent au péril de leur propre existence et les abandonnent un matin, pour ne plus les revoir.

Sans doute voulait-elle, en fuyant cet enfant, oublier son père. Depuis cet homme-là, elle avait perdu le souvenir de tous les autres qu'elle avait connus. Victime d'une nature exigeante et jamais assouvie, elle avait fréquenté les seigneurs de la Cour, les nobles de province, les guerriers les plus rudes et même les abbés. Puis elle était tombée sous la domination de Jacques Keraize qui avait favorisé ses penchants pour le vice et le libertinage. Il lui avait ouvert des portes qu'elle ne soupçonnait pas. Après sa mort tragique provoquée par Marion, elle s'était liée à Desrochers qu'elle avait mené loin dans la perversion. Elle l'avait aidé à fuir son passé pour mieux se l'attacher. Mais Desrochers pas plus qu'aucun autre homme n'avait éveillé chez elle le désir d'être mère. Une nuit seulement, elle avait aimé suffisamment pour enfanter d'un homme et cet homme était Hanviguen, qu'elle avait volé à la femme qu'elle haïssait de tout son être.

CHAPITRE VI

La jument alezane descendait au grand galop la lande de Kerbihan. Dans un grondement de sabots, elle dévala le sentier qui allait vers la mer. Derrière elle, un cheval pommelé la talonnait. Les deux montures traversèrent la plage déserte et leurs sabots laissèrent sur la plage humide des empreintes qui ressemblaient à des dessins d'enfants. La jument alezane s'arrêta devant les ruines d'une chapelle en hennissant. Le cheval pommelé, emporté par sa course, continua pendant quelques mètres et revint vers la cavalière qui avait sauté au bas de sa monture. Marion, le souffle court, la gorge haletante, ses longs cheveux défaits volant au vent du large, affronta l'homme qui se précipitait sur elle. Il la prit dans ses bras et la souleva, mais elle se débattit et parvint à lui échapper. Avec un sourire moqueur, elle trompa son adversaire et s'adossa aux ruines. Devant elle, René Gabriel de Robien sortait son épée et la provoquait en riant :

— Nous allons voir si tu n'as pas perdu la main. En garde, ma belle, et tâche de te défendre.

Marion dégaina et attaqua avec une telle violence qu'elle força le chevalier à reculer. Elle connaissait toutes les ruses et répondait à toutes les feintes. Tantôt elle bondissait, et surprenait Gabriel par sa souplesse, tantôt elle engageait le fer avec une force et une habileté peu communes aux meilleurs escrimeurs. Le chevalier se trouva en difficulté, rompit, recula et ne dut qu'à sa force d'éviter la lame qui menaçait son pourpoint. Marion trépignait.

— Guillaume avait raison, hurla-t-elle en ferraillant.

— Qui est Guillaume? demanda de Robien en attaquant.

— Mon oncle et mon maître d'escrime.

— Et que disait ton oncle?

Marion toucha légèrement le poignet de son adversaire.

— Les hommes ne savent pas se battre.

De Robien baissa son épée. Une tache de sang était apparue sur son poignet. Il regarda Marion avec une tendresse mêlée d'admiration. Elle avait posé ses mains sur ses hanches, dans la lutte son chemisier s'était ouvert et la naissance des seins lourds troublait le regard de l'homme. La culotte de cheval en peau noire, les bottes noires elles aussi, mettaient en valeur le corps souple de la jeune femme. De Robien n'avait plus du tout envie de se battre. Il prit par la main celle qui venait de le vaincre et l'attira contre lui. Il respira avec délice le parfum sauvage qui émanait du corps énervé et embrassa tendrement Marion qui le regardait gravement.

— Rentrons, maintenant, demanda-t-elle.

Dans la lumière grise du crépuscule les deux chevaux traversèrent la plage au pas, tandis que la tempête se levait sur la mer. Lorsqu'ils furent rentrés au manoir, de Robien fit servir devant la cheminée quelques pichets de cidre, et ils burent en silence en écoutant la mer rugir contre les rochers.

— Je vais rentrer au Faouët, annonça Marion.

De Robien se retourna vers elle.

— Ne retourne pas là-bas, c'est trop tôt.

— Je ne veux pas en discuter. Ma décision est prise. Je dois rentrer chez moi. On ne lutte pas contre son destin, et mon destin est au Faouët. Tu es un accident, une aventure, ma vie est ailleurs. Je partirai.

Le chevalier la prit par les épaules.

— Je t'offre une vie différente. Je te l'ai déjà dit et je ne le redirai plus. Viens avec moi à la Cour. Tu connaîtras le plus grand des destins, nous voyagerons. Si tu le veux, je t'épouserai...

Marion le repoussa avec douceur.

— Je ne suis pas à vendre, même par amour. La vie, pour moi, c'est celle que mènent les gens de mon village. La vie, pour moi, c'est retrouver mes ennemis et leur faire payer la mort de mon père. La vie, c'est l'enfant d'Hanviguen que je porte dans mon ventre. Le reste ne m'intéresse pas. La Cour, le roi et les autres, quelle importance?

— Je t'aime, Marion et cela a aussi de l'importance.

— Oui, et je t'aime aussi. J'ai vécu avec toi des jours inoubliables et des nuits merveilleuses. Mais je ne suis ni marquise ni courtisane, quelque chose m'appelle ailleurs, et je dois y aller...

— Marion, si je ne te protège plus, les pires malheurs peuvent s'abattre sur toi. Tes ennemis attendent, et dès que tu seras seule, ils t'attaqueront. De loin, je ne pourrai rien faire...

Marion embrassa le chevalier.

— Ma décision est prise. J'ai faim. Offre-moi un dîner somptueux, je suis toute à toi. Pourquoi penser au lendemain? Nous sommes ensemble, perdus au bout de ce rocher, en pleine tempête. Vivons ce moment et ne pensons pas à l'avenir...

Le vent redoubla de violence. Dans la campagne les arbres s'abattirent, des toits s'envolèrent. Serrées sous un rocher, les tentes du campement étaient secouées par les rafales. Manolo sculptait gravement la tête d'un serpent sur le pommeau d'une canne. Assise à ses pieds, la jeune fille pâle jouait avec un petit chat. Manolo leva les yeux.

— Comment te sens-tu, petite?

La jeune fille tressaillit.

— J'ai peur de l'orage, murmura-t-elle.

Juano, qui préparait des lacets pour les lapins, sourit dans l'ombre.

— L'orage va se taire, annonça-t-il, si je le veux.

Le vent qui soufflait dans les branches sembla se calmer. Juano éclata de rire en voyant la mine stupéfaite de la jeune fille.

— Tu peux faire taire l'orage ? demanda-t-elle.

— Il suffit de vouloir, et tout est possible, répondit Juano sur un ton mystérieux...

A ce moment-là, un homme pénétra sous la tente.

— Quelqu'un veut te voir, Manolo.

Un cavalier aux vêtements trempés de boue se glissa sous la tente. Il se débarrassa de son chapeau et essuya son visage.

— Je suis envoyé par le seigneur de Kergroaz.

Manolo partit d'un gros rire.

— Le seigneur de Kergroaz ! Que c'est drôle !... Parle quand même...

Le cavalier qui n'appréciait visiblement pas l'humour de son hôte prit un air grave pour lui expliquer le but de sa visite.

— Mon maître a un ennemi qui lui veut beaucoup de mal. Il dit que vous comprendrez. Il y a une fillette qui joue tous les jours dans les champs, à la sortie d'un hameau qu'on appelle Le Véhut. Le comte voudrait que vous emmeniez cette petite pendant quelques jours, pour lui montrer du pays et la distraire un peu. Kergroaz la reprendra lorsque ses affaires seront réglées.

Le cavalier hésita avant de poursuivre.

— Le comte a dit aussi que vous l'emmeniez discrètement. La vieille femme qui la garde n'est pas facile... Son père est mort et sa mère n'est pas là...

Manolo versa une rasade d'eau-de-vie dans un gobelet de faïence.

— Et pourquoi Kergroaz ne se charge-t-il pas de cette... visite ?

Le cavalier fit une sorte de grimace qui pouvait ressembler à un sourire.

— Mon maître a dit que les enfants, ça vous connaît... Manolo hocha la tête.

— Il n'a rien dit de plus ?

Le cavalier sortit une bourse de ses poches. Manolo s'en empara vivement.

— Je savais bien que Kergroaz n'avait pas oublié cela... Viens avec moi, nous avons encore à parler...

Les deux hommes sortirent. Juano qui était occupé à consolider le manche d'un poignard leva les yeux vers la jeune fille pâle.

— C'est vrai que Manolo aime les enfants ? demanda-t-elle.

Juano se leva.

— Les bohémiens aiment les enfants. Nous en trouvons souvent que nous emmenons avec nous. On leur apprend la danse, la magie, et on en fait des funambules. Ça rend service, quelquefois, ajouta-t-il d'une voix sombre. Et ce genre de services, Manolo en a beaucoup rendu...

La jeune fille se leva. Elle porta une main à sa tempe.

— J'ai mal à la tête, gémit-elle.

Juano la prit affectueusement contre lui.

— Ce ne sera rien. On va te donner un peu de liqueur, ça va te passer... Tu ne te souviens de rien ?

La jeune fille secoua la tête.

— Non, toujours rien...

— Ne t'inquiète pas, répondit Juano en sortant, tu vas bientôt aller mieux...

— Tu crois que j'ai des parents ? demanda-t-elle en retenant Juano par la manche.

Juano resta un moment immobile et répondit à contre-cœur :

— Nous avons tous des parents.

Puis il sortit.

Longtemps après, le cavalier quitta le camp des bohémiens et reprit la route de Kergroaz. Il traversa des villages endormis, dévala des sentiers ravinés par la pluie et arriva à Kergroaz au moment où sonnait minuit. Il entra dans le château et s'avança dans la grande salle. Il aperçut le corps nu et blanc d'Henriette de Saint-Fiacre qui était allongée devant la cheminée, sur une bergère couverte de fourrure. Le comte de Kergroaz caressait distraitement les seins de la femme qui grognait des mots incompréhensibles. Il se pencha sur le corps de sa maîtresse. Le cavalier, mal à l'aise, était partagé entre la crainte de déplaire en se montrant indiscret et le désir qu'il avait de surprendre la châtelaine sous la domination d'un homme. Au bout d'un moment, Kergroaz se releva et l'aperçut. Il lui fit signe.

— Approche...

Le cavalier, embarrassé, n'osait avancer.

— Approche, elle ne connaît pas la pudeur.

Le cavalier avança jusqu'à la cheminée. Henriette de Saint-Fiacre, effrontée et provocante, le fixait. L'homme regardait de côté le corps sensuel et parlait d'une voix rauque.

— Le bohémien part ce soir : il a dit qu'il agira à son retour après le pardon de Sainte-Anne.

Kergroaz se leva et fit un geste :

— Reste si tu veux, elle aura sûrement besoin de toi...

L'homme, fasciné, vit sa maîtresse se caresser les cuisses, les yeux rivés sur lui.

Kergroaz traversa la cour du château et entra dans les écuries. Il s'approcha d'une jument noire qu'il flatta longuement. La bête, en le reconnaissant, secoua la tête.

— Belle, doux... doucement...

Un peu plus tard, le vent se remit à souffler. De Robien se réveilla en sursaut. Un volet battait près de lui, un air glacé hérissait sa chair. Il se réveilla tout à fait, le cœur étreint par une angoisse brutale.

— Marion ?

Il chercha près de lui le corps chaud de la jeune femme.

Les draps étaient froissés. De Robien se leva, alluma une chandelle.

— Marion, où es-tu ?

De Robien s'habilla fébrilement, descendit en courant les marches vermoulues. Dans la cheminée, le feu était mort. La jument alezane n'était plus dans l'écurie. Désemparé, désespéré, de Robien revint dans le manoir et s'assit lourdement devant la table des dîners somptueux. Une plume était posée sur une feuille de papier.

> « Je reviendrai un jour, quand je serai libre. Je ne peux pas encore être prisonnière de toi. Attends-moi. »

Marion avait signé d'un grand M suivi de plusieurs points, et ces points ressemblaient à une promesse.

Marion arriva au Faouët au grand jour. Elle remonta la rue jusqu'à la place de la halle. Les paysans discutaient devant les étalages du marché. Elle passa fièrement devant eux. Les hommes, stupéfaits, s'arrêtèrent de parler. Ils baissèrent les yeux sous le regard fier de la cavalière, qui avançait, épée au côté, bottes noires et cape volant au vent. Sans s'arrêter, Marion sortit du village et monta jusqu'à la chapelle Sainte-Barbe. Elle attacha les rênes de la jument au tronc d'un arbre et poussa la lourde porte de la chapelle. Une odeur d'encens et d'humidité qu'elle connaissait bien éveilla ses souvenirs. Elle croyait revoir son père, un sac jeté sur son dos, entendre sa voix, sourde et basse :

— Où étais-tu encore passée ? Je t'ai cherchée dans la forêt...

Elle s'agenouilla et pria avec ferveur. Puis elle sortit et retourna au village. Marion s'arrêta devant l'auberge du Lion d'Or. Partout, les hommes silencieux la contemplaient comme une revenante.

La porte de l'auberge s'ouvrit, et dans une bouffée de

rires et de cris, un garçon sortit en titubant. Il souleva son chapeau et Marion aperçut une tignasse rouge et tout emmêlée.

— Jagouret, cria-t-elle sévèrement.

Interloqué, Laurent Jagouret leva les yeux et l'aperçut.

— Marion, murmura-t-il en pâlissant... Marion...

Marion le regarda.

— Tu es dans un bel état. Rentre à la maison !

Jagouret tituba d'émotion. Lorsqu'il eut repris ses sens, la jument avait disparu à l'horizon, derrière la halle, et le rouquin se demanda pendant un instant s'il n'avait pas rêvé. Etait-il possible qu'elle soit revenue ?

Un boutiquier de la ville lui dit en passant :

— Tu sais ce qu'on raconte ? Paraît que la Marion est de retour... La bonne blague... Elle n'osera jamais...

Jagouret lança son chapeau en l'air et se mit à courir dans la rue du village en poussant des cris fous... Il arriva devant la maison qu'il habitait avec sa mère, Madeleine et sa petite fille...

— Elle est là, murmura-t-il à bout de souffle.

Madeleine, qui préparait la soupe, fronça les sourcils.

— Tu as encore bu, Laurent. Que se passe-t-il ?

Laurent Jagouret, dit Cheveux Rouges, secoua la tête.

— Marion est revenue.

Il pleurait de joie.

CHAPITRE VII

Le Véhut était une grosse ferme défendue par deux piliers de pierre qui se dressaient au bord de l'Ellé. De vastes granges entouraient la maison principale où vivaient Hélène Kerneau, la mère de Marion, l'oncle Guillaume, Corentin, le frère qui était revenu au pays, et la petite Alice. Alice était rousse comme sa mère, mutine et capricieuse. Son rire retentissait aux quatre coins de la maison. Elle adorait taquiner son oncle, le terrible Guillaume au crâne rasé et à la moustache rude, qui fondait de tendresse lorsqu'elle se jetait dans ses bras. Alice était coquette, elle passait de longs moments à peigner ses cheveux en se mirant dans l'eau tranquille du ruisseau. Elle prenait soin des belles robes claires que sa grand-mère coupait dans les plus belles étoffes. L'oncle Corentin lui rapportait souvent des oisillons trouvés au cours des longues parties de chasse. Alice les recueillait, les soignait mais ne les privait jamais de liberté : la cage était toujours ouverte et lorsque l'oiseau guéri s'envolait, elle le regardait partir sans verser une larme. A sept ans elle avait compris deux choses, pour les avoir entendu si souvent répéter au cours des longues veillées mélancoliques où l'on parlait toujours de sa maman : il ne faut jamais priver un être de liberté, et l'on ne doit attendre aucune gratitude de la part de ceux que l'on a aidés. Cette philosophie rude et primaire représentait un bagage appréciable pour une enfant. Alice avait compris que la générosité n'est pas payée de retour, mais qu'elle n'en est pas moins indispensable pour être en paix avec soi-même.

La belle ferme du Véhut était un lieu privilégié. C'était un havre pour les amis, un refuge pour les jours de malheur. Les compagnons de Marion y venaient parfois, prendre des nouvelles de celle qui était la maîtresse de leur destinée : sans elle, ils seraient restés des paysans comme les autres, écrasés de travail et privés de ressources, vivant, sans bien comprendre, une existence sans espoir. Marion avait fait d'eux des hommes épris de liberté, courageux et entêtés, décidés à briser leur sort voué à la misère. Ils connaissaient l'espoir ; ils étaient les plus forts. Dans l'ombre propice des longues nuits d'hiver, Guillaume échafaudait des plans audacieux pour libérer Marion. Jean Le Bihan, le compagnon d'Hélène Kerneau, surnommé par dérision Le Sénéchal parce qu'il ne faisait pas grand-chose de ses journées sinon boire du cidre, donnait son avis et se rendormait. Hélène Kerneau, toujours silencieuse, allait de temps à autre surveiller le sommeil de la petite Alice qui dormait dans le grand lit les bras étendus, un sourire indéfinissable sur les lèvres. Corentin, en fronçant le nez, frappait de grands coups sur la table.

— Nous n'avons que trop parlé ! Il faut la sortir de la prison !

Guillaume le calmait d'un geste.

— De Robien nous a déconseillé d'agir dans l'immédiat. Il est sûr de faire libérer Marion sans qu'on ait à se battre. Il dit que cette fois, on enverrait la troupe et qu'on serait tous pendus...

Et le temps passait. Il ne se passait pas un jour sans que la mère Kerneau n'adresse une prière à sainte Barbe ou à saint Urlo pour le retour de sa fille. Alice faisait déjà preuve de caractère et d'indépendance : elle s'en allait souvent se promener seule dans les champs, restait de longues heures perchée sur un arbre, courait se blottir dans les bras de sa grand-mère en posant des questions :

— Où elle est, ma maman ?

Hélène Kerneau embrassait la petite fille.

— Elle est partie pour un long voyage, mais elle est sur le chemin du retour...

— Dis, il est long le chemin du retour ?

— Oui, très long et très fatigant...

Rassurée, l'enfant s'endormait dans ses bras en rêvant à sa mère.

Des bruits alarmants avaient couru dans le pays : le complice du comte de Kerviguen, Desrochers, assassin et pourvoyeur, avait disparu mystérieusement. Sa disparition avait été suivie de celle du recteur Blanchard. On chuchotait que le château de Kerviguen avait été vendu au prince de Rohan pour une somme fabuleuse, que les biens avaient été distribués entre les vautours qui entouraient le comte : le sénéchal Louvard et son écuyer, Nicolas Guyet, étaient au nombre des bénéficiaires, ainsi qu'un étrange seigneur, qu'on appelait Kergroaz. Mais au Véhut, on ignorait les ragots et les légendes, on ne pensait qu'à Marion et chaque fois qu'un galop se faisait entendre, on guettait son retour.

Laurent Jagouret bondissait sur le chemin qui conduisait au Véhut. Il coupait à travers les fourrés, sautait les trous d'eau, filait plus vite que le vent. Il voulait arriver avant Marion. L'apparition l'avait dégrisé. Il avait couru chez lui, pour repartir aussitôt au Véhut, tandis que Madeleine, derrière lui, criait :

— Attends-moi, Laurent, je viens, je veux venir avec toi...

Mais Laurent filait comme le vent. Il traversa la cour de la belle ferme, et fit irruption dans la salle où Hélène Kerneau, assise près de la table, préparait une soupe aux choux.

— La voilà, hurla-t-il. Elle est là : je l'ai vue.

Hélène Kerneau, blanche d'émotion, se dressa tout d'un coup, et les choux qui reposaient sur son tablier roulèrent au sol.

— Mon Dieu !...

Guillaume poussa la porte.

— Que se passe-t-il ?

— Marion est revenue.

Son visage s'éclaira d'un large sourire.

— Je le savais...

A ce moment, on entendit les sabots d'un cheval qui passait sous le porche. Hélène se précipita, en essuyant ses mains à son tablier, suivie de Guillaume et de Laurent qui le bousculait, et les trois s'exclamèrent :

— C'est elle !

Marion dévala le chemin à bride abattue. Elle déboucha dans la cour de la ferme, sauta de son cheval et se jeta dans les bras de sa mère, toute parfumée de l'air de la route. Hélène Kerneau fermait les yeux, balbutiait des mots incompréhensibles, serrait le cou de sa fille. Guillaume, que ces élans embarrassaient, marchait de long en large en bougonnant. A la fin il s'exclama :

— C'est bientôt fini les embrassades ? Et moi, alors ?

Marion valsait entre ses bras, échevelée et heureuse, riant aux éclats. Elle enlevait Alice, partait se cacher dans un coin discret, l'embrassait follement, en lui racontant à voix basse des secrets merveilleux que la petite fille écoutait les yeux ronds, tremblant avec délice aux aventures de sa mère. Ce soir-là, on dîna fort tard et l'on but force bouteilles. Jagouret ne quittait pas Marion des yeux, perdu dans les brumes du cidre et secoué par les émotions, il répétait sans cesse la même phrase :

— J'ai bien cru ne jamais te revoir...

Puis il buvait encore un verre. Une ombre passa sur la joyeuse assemblée lorsque Marion évoqua la mort d'Hanviguen.

— C'est lui qui m'a sauvée, murmura-t-elle. Il aurait pu m'accuser pour abréger ses souffrances. Il n'a pas dit un mot... Je n'oublierai jamais, ajouta-t-elle faiblement.

Les jours et les semaines s'écoulèrent ainsi. Marion

retardait le moment où elle aurait à affronter ses compagnons. Elle savait que ce jour-là le combat reprendrait pour ne plus finir.

Un matin, tandis que Marion dormait encore, Alice s'habilla silencieusement et sortit. Elle rencontra sa grand-mère dans la cour.

— Où vas-tu ? lui demanda Hélène Kerneau.

— Je vais aller faire une prière à la Vierge pour la remercier de m'avoir rendu maman. J'avais promis si elle revenait...

Hélène Kerneau secoua la tête.

— Marion viendra avec toi, attends-la.

— Non, répondit la petite fille d'un air buté, c'est mon secret.

Elle accepta à contrecœur de boire un grand bol de soupe, de s'habiller chaudement et recommanda à sa grand-mère de ne rien dire à personne. Puis elle sortit dans le petit matin froid.

Marion fut tirée de son sommeil par une angoisse brutale. Elle se dressa sur le lit, aux aguets. Elle se souvint de ses rêves : les songes l'avaient conduite à Kerbihan, auprès de De Robien qui l'attendait au bout de la falaise, son beau visage grave tourmenté par le vent. Elle courait à perdre haleine pour le rejoindre, et plus elle courait, plus il s'éloignait d'elle. Elle se leva hâtivement, courut s'aperger d'eau glacée, revêtit des habits chauds. La ferme semblait silencieuse et paisible, pourtant, Marion avait l'intuition d'un danger.

Alice longeait les bords de l'Ellé en chantant. Derrière les branches d'un bosquet, un homme l'observait en silence. Il la vit quitter la route et gravir le sentier conduisant à la chapelle recouverte de lierre où les hiboux étaient plus nombreux à se réunir que les fidèles. Tout au bout du chemin, près d'un chêne abattu, Alice aperçut le campement des bohémiens. Elle ouvrit des yeux émerveillés en apercevant l'ours attaché à sa chaîne, mais résista à la tentation de le voir de plus près et entra dans la chapelle.

Une statue de la Vierge trônait sur un pilier de bois vermoulu. Alice s'agenouilla et récita sa prière. Elle remerciait la Vierge de lui avoir rendu sa maman. Pendant qu'elle se recueillait, la porte de la chapelle s'ouvrit et Juano s'approcha de la petite fille. Il la regardait gravement et lorsqu'elle le vit, il ne put s'empêcher de baisser les yeux.

— Bonjour, monsieur, dit-elle gracieusement, et elle se remit à prier.

Au bout d'un moment, elle se releva et Juano la suivit.

— Qui es-tu ? lui demanda-t-il.

— Je m'appelle Alice, et je suis la fille de Marion Tromel. Ma maman est très courageuse et tout le monde la craint. Je ne l'ai pas vue pendant longtemps, parce qu'elle était sur le chemin du retour... Mais, maintenant elle est revenue et elle ne repartira plus jamais.

Juano se pencha vers elle et lui dit sur un ton mystérieux.

— Est-ce que tu veux voir mon ours danser ?

— Oh oui, monsieur, répondit Alice.

— Alors, viens avec moi...

Le bohémien s'éloigna avec la petite fille.

Au Véhut, Marion s'inquiétait de l'absence d'Alice.

— Elle est partie juste avant que tu te lèves, dit Guillaume pour la rassurer...

Il sortit sur le chemin et guetta le retour de la petite fille. Au bout d'un moment, il n'y tint plus.

— Je vais la chercher, dit-il. Elle est à la chapelle du calvaire...

— Je viens avec toi, dit Marion.

La chapelle du calvaire était déserte. Marion et Guillaume appelèrent Alice tout au long du chemin qui les ramenait à la ferme. Lorsqu'ils aperçurent Hélène devant le porche, ils comprirent que la petite fille n'était pas rentrée.

Marion et Guillaume partirent à cheval. Près de la route ils rencontrèrent un voisin :

— Nous cherchons Alice. Est-ce que tu l'as vue ?

Le paysan fit un signe :

— Elle était du côté de la chapelle, près du camp des bohémiens...

Marion blêmit.

— Des bohémiens ? Où étaient-ils ?

— Juste derrière la chapelle, au petit bois...

Marion serra les poings. Guillaume galopa en avant, Marion grimpa sur la colline pour tenter d'apercevoir quelque chose, mais rien ne bougeait à l'horizon.

Ils repartirent au galop, mais lorsqu'ils arrivèrent au chêne abattu, les bohémiens avaient levé le camp. Marion partit sur la route du Faouët ; Guillaume dans l'autre direction. Au Véhut, Hélène Kerneau, prostrée sur son fauteuil, ne prononçait pas une parole. Madeleine guettait avec anxiété au détour du chemin. Corentin faisait les cent pas. Jean Le Bihan buvait du cidre. Jagouret, trop impatient, s'en alla à travers la forêt, coupa par le bois de frênes et chercha les traces des nomades. Plus tard, Marion et Guillaume se retrouvèrent au croisement des deux routes.

— Je n'ai rien trouvé, dit-elle.

— Moi non plus, avoua piteusement son oncle.

Marion était abattue.

— Pourvu qu'ils ne lui fassent pas de mal.

Guillaume la regarda. Son visage si beau exprimait une lassitude infinie. Il eut pitié d'elle.

— Ne t'inquiète pas. Ils prennent des enfants pour les faire travailler... Mais ils les soignent bien...

— Et les faiseurs de monstres ?

Guillaume détourna la tête. Il savait trop bien ce que faisaient les bohémiens à certains enfants. Il savait aussi qu'on les retrouvait rarement.

— Rassemble la bande et retrouvons-nous aux ruines à la tombée de la nuit, ordonna Marion d'une voix ferme.

— Je vais demander au village si on les a vus passer...

Au village l'émotion était grande. Des groupes d'hommes et de femmes s'étaient réunis sous la halle. On commentait l'enlèvement et ce qui allait suivre.

— Les ennuis vont recommencer, murmura un boutiquier. Nous étions trop tranquilles, les hommes du sénéchal ne venaient plus guère par chez nous...

— La Marion va regrouper sa bande. Cette fois les gardes du roi vont s'en mêler. Il faut que cette fille s'en aille. Si elle veut brigander, elle peut trouver un autre village. Nous ne voulons plus d'elle, s'écria un autre villageois.

— Vous oubliez ce qu'elle a fait pour nous, dit une femme. L'année de la disette, elle nous a distribué de la farine et du sel. Sans elle, mes enfants seraient peut-être morts de faim.

— Les temps ont changé. Marion a été condamnée. Sa bande a commis des vols et des crimes.

Guillaume Lafleur, l'un des plus fidèles compagnons de Marion, s'interposa :

— Vous êtes tous des lâches. Vous tremblez de peur. Marion a-t-elle volé l'un de vous ? Vous a-t-elle causé le moindre tort ? Parlez.

Les badauds se turent.

— Vous avez oublié le comte de Kerviguen ? Vous avez la mémoire courte. Vous étiez accablés de charges, le comte enlevait vos filles pour les orgies qu'il donnait au château. Marion vous a débarrassés de lui ! Aujourd'hui, si vous êtes tranquilles, c'est grâce à elle.

Couzil, le fermier de Priziac qui avait jadis chassé Marion et son père de ses terres, revint à la charge :

— Cette fille nous attirera des ennuis. Si l'on parle encore de nous au présidial de Rennes, on viendra mettre le nez dans nos affaires, et les impôts vont pleuvoir sur nos têtes. Chassez cette voleuse et souvenez-vous qu'elle a été marquée.

Leborgne, un autre compagnon de Marion, empoigna le fermier par le col.

— Vas-tu te taire, vieux bandit ? Tu étais dévoué au comte de son vivant et tu l'as trahi après sa mort. Tu es le pire de tous, égoïste, avare. Tu mériterais que...

Leborgne sortit un poignard et le posa sur la gorge du fermier qui pâlit. Il crut sa dernière heure arrivée.

— Ayez pitié d'un vieil homme, eut-il la force de gémir.

La foule stupéfaite n'osait plus bouger.

— Laisse-le, Leborgne, il ne mérite pas la lame de ton poignard.

Les regards ébahis se tournèrent vers celle qui venait de parler.

Dressée sur son cheval, sa chevelure de feu prise dans le halo d'une lanterne, Marion, superbe et menaçante, pointait un doigt sur la foule muette.

— La bande du Faouët recrute des braves. S'il en est qui veulent se joindre à nous, qu'ils viennent au rendez-vous : à la tombée du jour aux ruines de la chapelle. Nous reprenons le combat. Ceux qui ne seront pas avec nous seront contre, alors, malheur à eux. Nous allons abattre nos ennemis. Ils se nomment : Louvard, sénéchal de Guéméné, Nicolas Guyet, son écuyer, et Desrochers, l'assassin qui tuait aux ordres du comte.

Elle dégaina son épée.

— Quiconque se mettra en travers de mon chemin, quiconque trahira mes compagnons, quiconque alertera les gens du sénéchal, aura affaire à moi. Je jure devant sainte Barbe, patronne de ce pays, que je l'égorgerai de mes mains avec cette lame.

Tremblants d'effroi, les gens du Faouët virent Marion partir au galop sous la halle et disparaître au bout de la place. Alors la foule se dispersa, silencieuse et craintive, et les bonnes gens rentrèrent chez eux.

Tard dans la nuit, derrière les volets clos, on commentait le retour de celle qu'on avait surnommée la flibustière.

CHAPITRE VIII

La troupe des bohémiens chevaucha tout le jour. Les charrettes grinçantes couraient sur les mauvais chemins. Après Priziac et Plouray, les nomades avaient traversé Mellionec. Sans prendre le temps d'une halte, Manolo conduisait sa troupe vers Gouarec. Il devait être, à la nuit tombée, rendu dans le site sauvage des gorges du Daoulas où l'attendrait Lejuch. Dans la carriole conduite par Juano, Alice pleurait doucement en regardant la route défiler. Mal à l'aise, le gitan n'osait plus regarder son visage affolé et baigné de larmes. Près de la petite fille, Margotte, enroulée dans un long manteau, fixait l'horizon d'un regard vide. Un gros chat sommeillait sur un coussin. La plus jeune des gitanes dormait en boule au fond de la charrette. Depuis qu'ils avaient quitté Le Faouët, les bohémiens n'avaient pas échangé une parole. Juano, qui connaissait bien Manolo, voyait qu'il était soucieux. En vérité, le vieux gitan était pris d'un noir pressentiment. L'enlèvement de cette fillette ne correspondait pas à ce qu'on lui avait expliqué. On lui cachait quelque chose ou on lui avait menti... Enfin, les nomades aperçurent les toits pointus de Gouarec. Manolo ralentit le train et jeta un coup d'œil en arrière. Les deux charrettes suivaient. A l'entrée de la ville, Manolo ralentit encore et traversa le bourg au pas. Partout les curieux sortaient sur le pas des portes, et regardaient passer les bohémiens. Manolo prit une route escarpée qui conduisait aux gorges. La nuit commençait à tomber et de gros nuages sombres roulaient dans le ciel. L'endroit était sinistre. Des oiseaux poussaient des cris lugubres. Près d'un petit bois, attachés à un arbre, deux chevaux attendaient. Manolo arrêta sa carriole et descendit à terre. Il enfonça son chapeau sur ses yeux. Lejuch apparut.

— Vous êtes en retard. Mon maître vous attend.

— Attends un peu, j'ai des questions à te poser.

— Ne pose pas trop de questions, bohémien, moins tu en sauras et plus ta vie sera longue...

Manolo s'arrêta indécis.

— Où est ton maître ?

— Je suis là.

Kergroaz était appuyé contre un frêne. Manolo s'approcha de lui.

— Il y a longtemps que je ne vous ai vu, messire Desrochers, lança le gitan avec malice. La dernière fois, si je me souviens bien, vous étiez poursuivi par les gens d'armes de Brest...

Kergroaz toisa le gitan avec impatience.

— Desrochers n'existe plus... Dieu veille sur son âme...

— Pauvre Desrochers...

Le ton du bohémien devint cinglant.

— Dis-moi, coquin, tu ne vas pas essayer de m'avoir à l'esbroufe ! Dis-moi plutôt qui est cette enfant que je t'ai amenée ? On m'avait dit que c'était une nièce, ou une parente. C'est le moment de me dire la vérité...

Kergroaz daigna sourire.

— Satané gitan, tu as en vérité le sens des affaires. Tu t'imagines pouvoir me soutirer quelques sous de plus si cette enfant m'est chère ? Eh bien, tu te trompes... Mais je vois un moyen de te faire gagner un peu plus d'or...

Manolo serrait les mâchoires. Il pâlissait de rage. Le ton qu'employait Kergroaz le mettait hors de lui.

— Parle, je t'écoute, dit-il sèchement.

— Cette enfant me gêne, et j'aimerais que tu te charges d'elle... J'ai entendu dire que les bohémiens fabriquaient des monstres pour faire rire les bourgeois... Combien veux-tu pour rendre cette petite méconnaissable ?

— Tu t'es trompé d'adresse. Nous sommes des marchands et des comédiens. Nous ne faisons pas de monstres. Ceux que nous rencontrons nous suffisent...

Kergroaz fronça le sourcil.

— Parlons clair, je n'ai pas de temps à perdre. Cent louis, et tu te charges d'elle ?

— Non.

— Tu as bien réfléchi ?

— J'ai dit non.

Kergroaz fit un signe à Lejuch.

— Va chercher la petite. Nous l'emmenons.

Lejuch se dirigea vers les carrioles. Il prit Alice par la main. La petite fille pleurait et frottait ses yeux en marchant. Il la souleva et la posa sur sa selle.

— Où est maman ? murmura Alice d'une voix fatiguée.

— Tu la verras bientôt.

Kergroaz remonta sur son cheval. Lejuch l'imita. Manolo restait immobile, les bras ballants. Juano sauta à terre.

— Tu la laisses partir ?

Manolo hésita.

— Ils voulaient qu'on l'abîme un peu... Ils ne trouveront personne pour le faire...

Juano serra le bras du vieux gitan.

— Manolo, ne la laisse pas avec eux... Ils vont la tuer...

Manolo se décida brusquement.

— Suivons-les.

Les deux hommes s'enfoncèrent dans les taillis. En quelques enjambées, ils avaient rejoint les deux cavaliers qui avançaient le long du sentier traversant les gorges. Des rochers s'entassaient jusqu'au bord du ruisseau glacé. Soudain, Kergroaz fit un signe. Il montra le ruisseau. Lejuch regarda la fillette. Elle s'était endormie.

— Débarrasse-toi d'elle. Et jette-la dans l'eau. On croira à un accident... Prends ce caillou et frappe...

Il se détourna dédaigneusement et regarda le ciel.

— Dépêche-toi, imbécile, nous allons nous faire tremper...

Lejuch, le caillou à la main, hésitait. Il avait déjà tué, mais jamais une enfant, une petite fille de sept ans endormie dans ses bras.

— Qu'est-ce que tu attends, espèce d'idiot ? Tu veux que je t'aide ?

Lejuch leva la pierre. Kergroaz détourna les yeux. Il entendit un choc sourd, affreux, et un gémissement qui lui souleva le cœur.

— Partons maintenant, dit-il sans se retourner.

Il fit encore quelques pas et sentit soudain une présence hostile derrière lui. Il fit volte-face, en dégainant son épée. Lejuch titubait, les yeux exorbités, un filet de sang ruisselait de sa bouche. Le manche d'un poignard s'enfonçait dans sa gorge. Il tenta de l'arracher de sa blessure dans un gargouillis horrible. Il s'effondra par terre. Alice, toujours endormie, était couchée sur la selle. Kergroaz aperçut alors Manolo et un autre gitan.

— Ainsi donc tu voulais tuer cette enfant ? hurla Manolo.

Kergroaz, terrifié, riait nerveusement.

— C'est toi qui l'as enlevée, bohémien...

— Réponds, tu voulais la tuer ?

— Tu as déjà touché l'argent de ton crime, gémit Kergroaz.

— Tu voulais la tuer ?

— Va-t'en, s'écria l'assassin.

Manolo sortit un poignard de sa chemise et le lança. La lame s'enfonça dans la main de Kergroaz qui se mit à hurler. Il voulut retirer la lame et dans l'affolement, acheva de sectionner le doigt qui pendait à moitié. L'index de la main droite arraché, Kergroaz glissa sur les rochers, tomba dans le ruisseau, heurta un caillou de sa tête et ne bougea plus. Juano s'avança vers lui.

— Reste, Juano.

— Je vais l'achever.

— Non, ça suffit.

Manolo remonta vers le cheval qui broutait une touffe d'herbe. Il prit Alice dans ses bras et retourna vers les charrettes où il la déposa sur une couche. Elle ouvrit un œil ensommeillé.

— Où est maman ?

Epuisée par le voyage, elle n'attendit pas la réponse et se rendormit. Juano secoua la tête.

— Nous aurions dû l'achever. Kergroaz va nous accuser du meurtre de Lejuch. Et puis, on nous recherchera pour l'enlèvement de la petite...

— Il faut la rendre à sa mère, dit Manolo.

— Non, c'est trop dangereux. Personne ne nous croira. Nous serons pendus...

— Il faut rendre cette enfant à sa mère !

— Non, plus tard, maintenant nous devons fuir.

Manolo regarda Alice qui dormait en suçant son pouce. Dans cette pose, elle ressemblait trait pour trait à Marion, le soir où son père avait rencontré la vieille sorcière, à Porz-en-Haie.

— Tu as peut-être raison, murmura Manolo à contre-cœur.

Dans un fracas assourdissant, la foudre s'abattit sur un frêne. La pluie creva les nuages et une averse formidable noya les gorges du Daoulas dans un brouillard opaque. Manolo sauta dans la charrette, Juano courut à la sienne. Les chevaux effrayés hennissaient en se cabrant. A coups de fouet, Manolo réussit à les faire remonter jusqu'à la grande route et là, les nomades repartirent vers l'inconnu. Trempé par la pluie, éclaboussé de boue, aveuglé par le vent, Manolo conduisait les chevaux sur la lande. Derrière lui, les yeux fous, Margotte tremblait de peur. Cet orage la bouleversait. Quelque chose voulait remonter en elle, dans sa tête, qui la terrorisait. Dans un grincement épouvantable, les charrettes des bohémiens traversèrent un pont de bois. Dans un éclair phosphorescent, Margotte aperçut la croix d'une église, et soudain, elle se souvint de l'horrible nuit...

— Le prêtre, hurla-t-elle, le prêtre...

Elle se leva, en proie à une terreur folle, et retomba évanouie sur le corps de la petite Alice. Manolo sortit de sa chemise une croix et la baisa furtivement.

La nuit était tombée, et les charrettes avançaient plus lentement. Les roues passaient dans des ornières où les voitures faillirent verser, mais Manolo, d'une main ferme, tirait sur les rênes et la charrette retrouvait son équilibre. Au loin, quelquefois, luisait un feu derrière les carreaux d'une fenêtre. Des chandelles jetaient des ombres flottantes contre un mur. Passaient les ponts et les villages, les collines et les vallées. Manolo conduisait sa troupe à un train d'enfer, brûlant les étapes, tuant ses chevaux de fatigue. Les charrettes étaient inondées, et les femmes, patiemment, écopaient la pluie dans des écuelles qu'elles vidaient par l'arrière. En traversant une forêt sombre et touffue, Manolo aperçut au loin les éclats métalliques d'une épée.

— On va nous attaquer, hurla-t-il, en se redressant sur son siège à l'adresse de Juano... Des bandits...

Il fouetta de toutes ses forces les chevaux. Il ne savait pas ce qu'il allait trouver devant : si les coupe-jarrets avaient jeté un arbre en travers de la route, c'en était fini, la charrette se briserait. Mais si l'obstacle était de moindre taille, à l'allure à laquelle il conduisait les chevaux, il avait une chance de passer. Dans un grondement infernal, la charrette jaillit sous les yeux des bandits, effarés. Le cheval se cabra mais ne put éviter l'un des hommes qui roula sous la voiture et fut écrasé par les roues. Le corps sanglant était celui du chef de la bande et les autres bandits, effondrés, n'eurent pas le cœur de poursuivre les voyageurs.

Manolo remercia le ciel et ralentit son allure. A ce train-là, il allait crever les chevaux. Il avait mis suffisamment de lieues entre Alice et Kergroaz pour prendre enfin un peu de repos. Les nomades s'arrêtèrent au bord d'un étang, sous une haute futaie. Epuisé de fatigue, le gitan se roula dans son manteau et s'endormit lourdement.

Deux jours plus tard, au moment où quatre heures sonnaient au clocher d'une église, les bohémiens franchissaient les portes de Paris.

CHAPITRE IX

Quand la tempête souffle sur Le Faouët, le vent fait trembler la cloche de la chapelle Sainte-Barbe et l'on entend comme une plainte interminable flotter dans la nuit. Un feu était allumé près des escaliers de pierre. Des ombres passaient devant les flammes. Les flibustiers du Faouët étaient à nouveau réunis. Il y avait là les compagnons des premiers jours : Mahé le bossu, La Feuillade, Gargouille qui n'avait pas volé son surnom ; Leborgne, Bilzic et Jean Mével. D'autres avaient grossi la bande : Olivier Guilherm, qui savait beaucoup de choses, et Louis Tariot, que l'on disait sorcier. Corentin, le frère de Marion, arrivait par le sentier du bas en compagnie d'un jeune homme beau et robuste, Maurice Penhoat, qui plaisait aux filles. Comme il y avait beaucoup de Penhoat dans les environs du Faouët, celui-là se faisait appeler Jeannot. Guillaume, en habit rouge, sortit de la petite maison adossée contre l'escalier, où l'on allait boire un verre de cidre à la sortie de la messe.

— Nous sommes tous là, chuchota Jagouret, ses cheveux rouges malmenés par le vent.

Sur la route du Faouët d'autres arrivaient. Un homme taciturne, Gallo, nouvelle recrue, René Le Discoat et un couple, Alice Guillerée, de Pluméliau, et Etienne Prévost. Madeleine était venue elle aussi, avec un tailleur d'habits sans travail, Adrien Le Lay et son ami André Gaigneux, mercier de son état et grand amateur d'eau-de-vie. Le galop d'un cheval résonna au loin. Guillaume tendit l'oreille. Il prétendait que chaque cheval avait sa façon de galoper et reconnaissait de loin la monture et son cavalier.

— Voilà Marion, dit-il d'une voix forte.

Aussitôt les conciliabules cessèrent. Les compagnons, intimidés, se retournèrent ensemble au moment où, cape volant au vent, cheveux fous, Marion apparut. Le temps et les événements avaient créé un malaise. Marion le ressentit aussitôt. Elle sauta à terre et se campa devant l'assemblée, les mains sur les hanches, ses longues jambes bottées de cuir largement écartées dans une attitude masculine qui scandalisait les femmes du Faouët : on n'avait jamais vu dans toute la Bretagne, depuis la nuit des temps, une femme qui ose porter la culotte ! Jadis le recteur avait même crié au sacrilège, en chaire.

— Je suis heureuse d'être à nouveau parmi vous, lança-t-elle d'une voix qui tremblait légèrement. Depuis sept mois j'attendais ce moment. Il ne s'est pas passé un jour sans que je pense à vous, à notre pays. Ma vie est ici désormais, vous le savez. Ce ne sont pas les malheurs qui se sont abattus sur nous qui m'ont changée. Nous nous battrons ensemble jusqu'à la mort s'il le faut, et ceux qui ont donné leur vie nous donneront le courage nécessaire. Nos ennemis nous poursuivent. Aujourd'hui on a enlevé ma fille. Je ne céderai pas. J'ai besoin de vous... Etes-vous prêts à reprendre le combat ? Le vrai, je veux dire, pas celui que certains d'entre vous mènent depuis mon départ et qui nous cause le plus grand tort. Nous ne sommes pas des bandits comme les autres. Nous avons un but. J'ai entendu dire qu'on avait commis des crimes en mon nom. Ça, je ne l'accepterai jamais, et ceux qui se sont rendus coupables de ces traîtrises devront payer. Ceux qui vous ont entraînés seront exclus. Notre tâche est trop importante pour qu'on y mêle le souci de nos propres intérêts. Guillaume était votre chef pendant mon absence, c'est à lui de rendre des comptes en votre nom aujourd'hui... Guillaume, parle.

Guillaume s'était levé et affrontait l'assistance :

— Certains d'entre nous n'ont pas cru au retour de Marion. Ils ont oublié leur promesse. Par leur faute, on nous confond maintenant avec les autres détrousseurs. Nous avons perdu notre pouvoir politique... Tariot, tu as volé notre voisin, Pierre Le Nahour, qui revenait d'un charroi. Tu l'as dévalisé des quelques vivres qu'il rapportait et de l'argent qu'il avait gagné par son travail... Ses enfants n'avaient rien à manger, tu le savais pourtant...

— Qu'as-tu à dire ? demanda Marion d'une voix glaciale.

Louis Tariot ricana.

— Ben, je me suis trompé, j'allais tout de même pas lui rendre ce que je lui avais pris ?

Marion s'approcha de lui.

— Combien lui as-tu pris ?

— Juste rien, grogna Tariot, un jambon et un louis... Marion hocha la tête.

— Ensuite ?

— J'ai volé le cochon du bûcheron de Talvern. Parce que nous avions faim, répondit Tariot de mauvaise grâce.

— Et le bûcheron, il n'avait pas faim, lui ?

Marie Bidon se redressa.

— Dis, la Marion, on n'est pas au tribunal, ici. On n'a de comptes à rendre à personne. Mon homme fait ce qu'il lui plaît et on n'a pas besoin de ta morale. Surtout de la part d'une voleuse marquée à l'épaule...

Marie Bidon éclata d'un rire aussi gras que sa personne. Ses longs cheveux sales balayaient un visage bouffi par les trop nombreuses libations. Marion la prit par le bras et la força à se lever.

— Tu as pris de mauvaises habitudes pendant mon absence. Si tu n'es pas d'accord, tu n'as qu'à t'en aller. Excuse-toi.

Marie Bidon secoua la tête.

— Jamais. T'as pas de leçon à nous donner. Sans nous, t'aurais jamais rien fait. Et puis, comment t'as pu sortir de prison aussi vite ? Tu peux peut-être pas tout nous dire !

Marion la gifla avec violence. Le nez en sang, la fille resta un instant étourdie, puis, écumante de rage, elle se jeta sur Marion, les griffes en avant en hurlant des obscénités. Surprise par cette attaque, Marion tomba en arrière. Marie Bidon s'assit sur elle et tenta de lui griffer le visage. Les forces décuplées par la colère, Marion se dégagea, repoussa la furie sur le côté et lui appliqua deux violents coups de poing sur la bouche. Marie Bidon hurla de douleur. Marion frappait de toutes ses forces et la chemise douteuse de celle qu'elle punissait était tachée de sang. Marie Bidon roula à terre, en se protégeant avec ses bras, rampa sur la terre boueuse pour se mettre hors de portée.

Marion, l'œil étincelant, le souffle court, fit face aux autres compagnons.

— Ceux qui ne sont pas d'accord avec moi n'ont qu'à le dire maintenant. Ceux qui veulent partir peuvent le faire. Les autres m'obéiront. Comme avant. Alors ?

Un silence tendu s'installa. Marie Bidon, allongée dans la boue, gémissait en palpant sa bouche sanglante. Un homme se leva, c'était Gallo.

— C'est facile de se battre contre une femme.

Il provoquait Marion, les mains sur les hanches, un sourire narquois aux lèvres.

— Qui es-tu ? demanda Marion d'une voix sèche.

— On m'appelle Gallo. Moi aussi j'ai connu la prison. J'ai volé, et j'ai tué. Et je n'ai jamais obéi à une femme. Ce sont les femmes qui m'obéissent.

Il se tourna vers les autres compagnons.

— Ecoutez. Nous n'avons pas à lui obéir. Depuis six mois, vous vous défendez sans elle. Que ceux qui veulent un vrai chef me suivent : nous n'avons pas besoin d'une femme pour nous commander.

Marion posa une main sur son ventre. Son œil étincela de colère.

— Par l'enfant que je porte, je vais te faire rentrer ces mots dans ta bouche pourrie. Défends-toi.

Elle sortit son épée et s'approcha de Gallo. Il partit d'un formidable rire.

— Tu crois peut-être me faire peur, avec ton gros ventre et ton air mauvais. Va donc t'occuper de tes enfants et ne joue pas à des jeux de garçons...

Marion fit un bond et de la pointe de son épée écorcha la joue de Gallo. Celui-ci blêmit.

— Maudite femelle, je vais te dresser...

Il dégaina et attaqua Marion avec violence. Elle parait les coups et ripostait, mais ses gestes étaient alourdis par l'enfant qu'elle portait. Elle manquait de souplesse et s'essoufflait vite. Guillaume, l'épée à la main, voulut s'interposer.

— Gallo, bats-toi contre moi si tu as du courage!...

Marion lui lança un regard furieux.

— Laisse-le-moi. Je n'ai besoin de personne pour me défendre.

Un combat violent s'engagea. Les épées lançaient des éclairs. Gallo, décontenancé par la force de Marion, battit en retraite. Elle le talonnait, portait ses coups avec violence et précision. La main gauche toujours posée sur son ventre, dans un mouvement instinctif de protection. Gallo feinta, une marque sanglante apparut sur le bras de Marion qui poussa un cri. Jagouret bondit, Guillaume le retint par l'épaule.

— Laisse-la, murmura-t-il — et ses yeux brillaient de fierté.

Elle croisa le fer très haut, rompit, se baissa et déchira la poitrine de Gallo qui tomba en arrière en lâchant son épée. Elle marcha sur lui et posa la pointe de sa lame sur sa gorge.

— Je te laisse le temps de faire ta prière et après je t'égorge comme un porc que tu es...

Gallo, qui comprimait le sang de sa blessure, la regarda, épouvanté.

— Ne me tue pas, murmura-t-il.

Un sourire de triomphe éclaira le visage de Marion. Les flammes éclairaient son profil révolté. Ses cheveux dansaient sur ses épaules. La courbe de ses hanches, alourdies par la maternité, était provocante. On aurait dit une furie antique, menaçante et superbe, qui portait la mort en elle comme un justicier.

— Va-t'en, Gallo, quitte ce pays et ne reviens jamais. Si je te retrouve sur ma route, je t'abattrai comme un animal dangereux.

Elle se recula. Gallo se releva et se traîna dans l'ombre. Il s'appuya contre un arbre.

— Je t'ai dit de partir, tout de suite.

Gallo se retourna. Son visage était creusé par la douleur.

— On se retrouvera, jura-t-il entre ses dents.

Il partit, courbé et grimaçant, et disparut dans la nuit. Une formidable ovation, lancée par Jagouret, salua l'exploit de la jeune femme.

— Tu es notre chef, notre vrai chef, hurla Jagouret. Nous irons où tu voudras. Nous te suivrons jusqu'au bout du monde.

— A Marion ! s'écria Penhoat.

— A Marion ! reprit le chœur des compagnons.

Marion les regarda à tour de rôle. Des larmes faisaient briller ses yeux.

— Merci, dit-elle doucement — et elle glissa à terre, évanouie.

Guillaume se précipita et la prit dans ses bras. Le visage de la jeune femme était pâle, une rigole de sueur courait sur le front.

— Il faut la ramener à la maison, dit Guillaume à voix basse.

Les compagnons, silencieux, entouraient le corps inerte.

— Nous aurions dû la défendre, s'indigna Gargouille.

— Elle n'aurait pas accepté, répondit Madeleine qui caressait doucement le front de son amie. Ne perdons pas de temps, allons la mettre à l'abri.

Dans la nuit froide, le groupe éclairé par les torches s'enfonça dans la forêt. Les ombres jetées par les flammes rendaient les masques tragiques. Cette procession, effrayante, n'était qu'un cortège animé par l'amour. A cet instant, Marion était pour chacun de ses compagnons une mère, une sœur. Ces hommes rudes et sans loi étaient bouleversés.

A la ferme, Hélène Kerneau vit Marion inconsciente, et poussa un cri. Elle l'allongea dans le grand lit et la déshabilla. Les hommes gênés détournèrent les yeux du corps que la maternité rendait plus lourd mais aussi plus sensuel. Les seins gonflés dressaient leurs pointes brunes. Le ventre, déjà arrondi, palpitait doucement.

— Sortez, demanda Madeleine. Il faut la soigner.

Les hommes s'en allèrent. Dans la cour, ils restaient immobiles, indécis. Penhoat murmura :

— S'il lui arrive un malheur, j'irai égorger de mes mains ce lâche...

Tard dans la nuit, la chandelle brûla derrière le carreau de la ferme. Des ombres passaient devant la fenêtre. Soudain, la porte s'ouvrit et Guillaume vit Madeleine, pâle et défaite, qui lui faisait un signe.

— Elle est toujours évanouie, dit-elle à voix basse. Va chercher la matrone.

Guillaume sauta sur son cheval et partit au galop sur la route du Faouët. Il dévala la rue du village et s'arrêta devant une maison au toit d'ardoise. Il attacha son cheval à un anneau scellé dans le mur et frappa à la porte vermoulue. Les coups résonnèrent dans le village endormi, mais rien ne bougea dans la maison. Guillaume, exaspéré, frappa encore. Il y eut un bruit de pas, un volet s'ouvrit.

— C'est-y le diable qui vient gâter ma nuit ? dit une voix pâteuse et ensommeillée.

— Ouvre vite, c'est Guillaume, du Véhut.

Il leva la tête, et regarda au-dessus de l'auvent tordu qui abritait le seuil. La tête couverte d'un bonnet de coton crasseux, une mèche grise tombant sur les yeux, une vieille femme se penchait au-dehors sans le voir. C'était la matrone. Jeanne Billenic, surnommée pour des raisons mystérieuses la Grelote, était la sage-femme du pays, celle sans qui les enfants ne seraient pas nés au Faouët. La Grelote secoua la tête.

— Je te connais pas.

— Je viens pour Marion, Marion Tromel, la fille d'Hélène Kerneau.

Un cri étouffé se fit entendre, le volet se referma. Un instant plus tard Guillaume chevauchait vers le Véhut, il portait la Grelote en écuyère et la vieille qui était saoule se plaignit du froid.

CHAPITRE X

L'aube ne s'était pas encore levée que tout le pays était au courant : la Marion allait accoucher ! Les femmes du village s'étaient habillées chaudement et avaient pris le chemin du Véhut. En marchant, elles commentaient l'événement. Quels que fussent les sentiments qu'elles éprouvaient pour la fille Tromel, elles accomplissaient le devoir que leur dictait la tradition : elles emmenaient avec elles de l'ouvrage pour le temps qu'elles resteraient à la ferme. Elles seraient assises au coin du feu, raccommodant ou filant la quenouille en surveillant bien qu'aucun homme ne pénètre dans la maison tant que l'enfant ne serait pas né.

La Grelote, les manches retroussées, s'activait autour du lit. Pour se donner du courage, elle buvait plus qu'à son tour une rasade d'eau-de-vie, en faisant claquer sa langue. Une bassine remplie de vinaigre, des chiffons, une jarre d'huile, étaient sa médecine. Marion, exsangue, reposait sur les draps blancs, les narines pincées, les cheveux déployés autour de sa tête en une large auréole. Sa mère lui tenait la main et de temps à autre, Marion ouvrait les yeux et souriait faiblement.

— Ce sera un garçon, murmura-t-elle, à plusieurs reprises.

Elle ne l'avait dit à personne, mais elle s'était rendue à la fontaine, et, selon la coutume, avait étalé sur l'eau une chemise d'homme et une chemise de femme. La chemise d'homme s'était enfoncée la première : c'était donc un garçon qui allait naître : la tradition était infaillible. La Grelote relevait les draps, mettait à nu le ventre tendu, le tâtait sans douceur, arrachant des grimaces de douleur à la jeune femme.

— Le moment approche, dit-elle.

Dans la cour, les hommes attendaient avec inquiétude. Guillaume aiguisait avec une exaspérante lenteur un long poignard à la lame fine. Jagouret, assis contre le mur, relevait la mèche qui lui tombait sur le front. Penhoat parlait à voix basse avec Jean Mével. Soudain des cris se firent entendre. Les hommes se figèrent. Madeleine apparut, toute rose d'émotion :

— C'est un garçon, un beau petit garçon, dit-elle joyeusement.

Dans la pièce surchauffée, la Grelote secouait le bébé dans tous les sens, lui mettait la tête en bas, le nettoyait au vinaigre. Puis prestement, l'entortillait dans les langes en serrant bien fort, ne laissant dépasser des bandelettes qu'une petite tête chauve et congestionnée. Hélène Kerneau prit le bébé en tremblant. La Grelote essuya le sang qui maculait ses mains et versa deux grands verres de vin chaud. Elle but le premier d'un trait et tendit le second à Marion qui eut à peine la force d'ouvrir les lèvres. Puis la sage-femme retira du doigt l'alliance que portait la jeune mère.

— C'est mieux avec l'alliance du père, mais comme il est point ici, la tienne ira.

Elle trempa l'alliance dans le vin chaud et en fit boire quelques gouttes au nouveau-né qui pleura abondamment. Hélène Kerneau déposa l'enfant dans un berceau de bois grossièrement taillé, sur un lit de couvertures où l'on avait pris soin de déposer une pierre de silice aux formes étranges et un chapelet. Ces deux objets conjuraient le mauvais sort et écartaient les maléfices, car il est bien connu que les démons rôdent autour des enfants qui ne sont pas baptisés.

Pendant ce temps, Madeleine s'activait près de l'âtre. Elle versait une pleine assiettée de soupe au lard dans une écuelle et la portait jusqu'au lit. Patiemment, elle fit avaler à Marion le nourrissant breuvage. Puis le calme revint dans la maison et les femmes, les unes après les autres, s'en allèrent en déposant leur présent sur la table. Lorsque tout le monde fut parti, Marion se redressa légèrement sur son lit et tenta d'apercevoir son bébé.

— Maman, dit-elle, donne-le-moi.

Marion regarda longuement l'enfant et retrouva les traits du père. Elle se mit à pleurer. Elle serrait contre elle son fils, et l'enfant, rassuré par ce contact et cette chaleur, ouvrit sur sa mère de grands yeux étonnés. Dans le brouillard qui l'entourait, Marion crut apercevoir la silhouette d'Hanviguen, ses cheveux noirs bouclés, son sourire à la fois tendre et moqueur, la chemise ouverte sur sa peau brune et au moment où cette apparition se troublait pour disparaître, Marion crut lire sur les lèvres de son amant les mots d'amour tant de fois répétés.

Au Faouët, les cloches se mirent à sonner. Guillaume avait glissé une pleine bourse dans la main du sacristain. Les cloches sonnèrent donc longtemps. Les gens s'attroupaient devant le Lion d'Or. Les vieilles, courbées sur leur canne, riaient entre elles en évoquant leurs accouchements, les hommes taquinaient les jeunes filles. Pour tout le monde, une naissance était une fête. Plus tard, le cortège apparut au bout du village : Hélène Kerneau et la Grelote, qui tenait fièrement son bébé ; Guillaume qui marchait à la place du père absent, et les amis, rouges et importants, la bouche encore mouillée du cidre qu'ils avaient bu avant de partir. Le recteur baptisa l'enfant. Le parrain était Joachim Le Roux, la marraine, Perrine Camenen, une amie d'enfance de Marion, qui avait assisté la terrible Grelote, et portait maintenant le bébé sur l'autel.

« L'an de grâce mil sept cent quarante-huit, et le vingt-sixième jour de juin, je soussigné recteur ai baptisé un garçon né ce jour à huit heures du matin de Marie

Tromel... On a donné à l'enfant les noms de Pierre, Joachim... »

Après le baptême, tout le monde s'en alla boire à l'auberge du Lion d'Or. On y déboucha des bouteilles rares, coupa de larges tranches de jambon, servit même des poulardes et l'on chanta de belles chansons.

Marion reposait dans le grand lit frais. Seule dans la grande ferme silencieuse, troublée seulement par les craquements du bois qui brûlait dans la cheminée, elle luttait contre sa faiblesse et mettait toute sa volonté à reprendre des forces. Car le bonheur d'avoir mis au monde le petit Pierre-Joachim était altéré pas les pires angoisses. Le souvenir d'Hanviguen avait été tellement vif que Marion en était bouleversée jusqu'au fond de son âme, imaginant même dans un rêve fou qu'il reviendrait un jour, qu'il ne pouvait pas être mort. Elle poussa son fol espoir jusqu'à se persuader qu'il pousserait bientôt la porte, auréolé de neige, et qu'il se pencherait sur le berceau, comme il l'avait fait à la naissance d'Alice. Et puis le bonheur d'avoir eu un fils du seul homme qu'elle eût jamais aimé était gâché par l'image révoltante de sa petite fille aux mains d'étrangers qui s'apprêtaient peut-être à la marquer dans sa chair pour assouvir leur vengeance. Dans ces moments insupportables elle adressait des prières au Ciel et à sainte Anne d'Auray pour que sa fille soit protégée, en échange de sa propre vie s'il le fallait.

Marion sanglotait, seule et pitoyable, lorsque des bruits de pas se firent entendre. Elle se redressa sur son lit, son imagination fiévreuse échafaudant le retour d'Hanviguen, l'arrivée d'Alice, puis, plus sombrement, la venue de quelque spadassin payé pour la tuer. Elle voulut se lever, mais ses jambes se dérobèrent. Elle chercha des yeux une arme pour se défendre, mais ne trouva rien à la portée de sa main. Elle ne pouvait supporter d'être à la merci du destin, quel qu'il fût. Dans un gémissement de rage, elle tenta une nouvelle fois de sortir du lit, mais elle défaillit et resta étendue, à bout de forces.

La porte s'ouvrit lentement et Marion, les yeux brouillés par la fièvre et les larmes, mit un moment à reconnaître celle qui arrivait. Courbée sur sa canne noueuse, tordue par le poids des ans, c'était la femme en noir. Elle s'approcha du lit et hocha longuement la tête.

— Je ne m'étais pas trompée, croassa-t-elle, tu as besoin de moi.

Et la vieille, avec douceur, lui prit la main.

— Garde-toi bien, ma petite, garde-toi. On déchaîne sur ta tête le malheur et la mort...

Marion, alarmée, serrait la main de la vieille femme.

— Je vous en supplie, hoqueta-t-elle, dites-moi où est ma petite fille... Par pitié, dites-moi si vous savez où elle est...

La vieille la regarda avec ruse.

— Que me donneras-tu pour savoir cela ?

Marion leva sur elle un regard implorant et désespéré.

— Je n'ai rien qui vous intéresse, mais vous savez que je crois en vous...

La vieille hocha la tête.

— Il y a pourtant quelque chose ici qui m'appartient.

Marion eut un triste sourire.

— Là-bas, dans le coffre, sous les draps, indiqua-t-elle.

La vieille sans quitter sa canne trottina jusqu'au coffre de bois, souleva le couvercle et d'une main avide fouilla sous les draps. Elle en sortit une bourse toute griffée, d'un vieux cuir décoloré par le temps : c'était la bourse du bûcheron Félicien Tromel, une pauvre bourse qui n'avait jamais été remplie que d'espoirs et d'illusions. Le bûcheron l'avait portée sur lui jusqu'à sa mort. Dans la bourse se trouvaient les deux pièces d'or que le bûcheron avait trouvées un soir sur le cadavre d'un voyageur, monnaie d'échange symbolique entre la mort et la vie [1].

— Ces pièces sont un gage, dit la vieille. Elles n'ont que la valeur que nous leur connaissons, toi et moi...

1. *Marion du Faouët,* tome I, pp. 16-18.

Elle revint près du lit et s'assit au chevet de Marion.

— Ne pleure pas sur ta fille, murmura la vieille. Le danger n'est plus sur elle, mais sur toi.

— Mais où est-elle ?...

— Je la vois dans une grande ville, entourée d'une foule de gens. N'aie pas peur. Elle a trouvé un père et une sœur. Tu la retrouveras, si tu te gardes des ombres qui t'entourent. Je te dis... — La vieille hésitait, cherchait ses mots, la peau parcheminée de son visage ridée par l'effort — je te dis : « Prends garde au lion noir... »

— Au lion noir ? demanda Marion sans comprendre.

— Le lion noir veut ta mort, ne t'approche pas de lui...

Marion serra la main de la vieille. Peu lui importaient les dangers qu'elle pouvait courir. Elle ne pensait qu'à sa petite fille.

— Je suis assez forte pour me défendre, même contre un lion noir, mais Alice, es-tu sûre qu'elle ne craint rien ?

— Alice est en train de dormir, une poupée dans les bras, une poupée avec une robe rouge. N'aie pas peur pour elle. Il faut que tu te battes pour te sauver. Ne te laisse pas aller à la faiblesse. Pars sur les chemins et fais craindre ton nom. Celui qui a tué ton père te guette, la mort est sur toi. Je vois encore du sang, ma pauvre fille, et un cachot bien pire que celui que tu as connu. Tu vas partir très loin, les épreuves qui t'attendent sont terribles, mais le soleil est au bout. Ne désespère jamais...

La vieille secoua la bourse. Les deux pièces d'or tintèrent.

— Je te les rendrai un jour. Quand tu auras accompli ta tâche.

La vieille ricana.

— Pourquoi craignez-vous tous de quitter cette pauvre vie ? demanda la vieille.

Marion secoua la tête.

— Je ne crains rien pour moi.

— Le jour où je te rendrai ces pièces, tu sauras que ton

voyage touche à sa fin. C'est mon rôle, après tout, même si je ne distribue pas de l'or à tout le monde...

On entendit au loin les cloches sonner. Le vent portait loin dans la vallée l'heureuse nouvelle ; un enfant était né au Faouët. La vieille tendit l'oreille et hocha la tête.

— La naissance, ce n'est pas mon domaine. Je dois m'en aller, j'ai quelques visites à faire avant la nuit, et je ne peux pas être en retard. Adieu, ma petite, cette fois, nous ne nous reverrons plus...

Marion souriait.

— Je ne te crains pas... Tu peux revenir quand tu veux.

La vieille fronça les sourcils.

— Tu n'es décidément pas faite comme les autres. On me crache dessus, on me lance du buis béni, on me fait mille misères. Et toi, tu n'as pas peur... Cela me dérange...

La vieille s'éloigna, penchée sur son bâton, noire et fragile. Sur le seuil de la maison, elle se retourna.

— Vis bien ton destin, ma fille, le temps passe vite.

Marion hocha la tête et ferma les yeux. Ce furent les chansons des fêtards qui la réveillèrent. Elle se dressa sur son lit, les joues roses et l'œil brillant. Des forces nouvelles habitaient son corps. Elle avait envie de se lever, de manger et de boire, de chanter à son fils la chanson de son enfance et de dévaler à cheval les routes et les sentiers. Le cortège revenait joyeusement du baptême. Hélène Kerneau portait dans ses bras le nouveau-né recouvert d'un manteau brodé de dentelles. La Grelote, silencieuse et hébétée, marchait derrière elle d'un pas incertain. Guillaume était bien rouge, Penhoat chantait et les autres s'exclamaient bruyamment.

On servit à Marion un festin peu ordinaire : assise sur le lit, entourée de ceux qu'elle aimait, elle dévora de belles grives que l'aubergiste du Lion d'Or avait rôties pour elle, et puis du sanglier aux lentilles dont elle raffola. Elle but un pichet de vin et avala des crêpes aux noix. A chaque bouchée, l'assistance poussait un cri de joie. Elle imaginait la petite Alice en train de jouer avec une poupée habillée de rouge et un indéfinissable bien-être l'envahissait : elle savait maintenant qu'elle allait se battre et qu'elle triompherait. Elle se souvint alors du rêve étrange qu'elle avait fait : la visite de la vieille femme en noir et ses paroles mystérieuses. Elle voulut chasser le doute qui s'installait en elle, partagée entre le désir de croire et la crainte de savoir.

Dans le coffre de bois, sous les draps blancs, la bourse du bûcheron n'était plus à sa place.

CHAPITRE XI

Kergroaz fut tiré de l'inconscience par une atroce douleur. Il se redressa en frissonnant et frotta sa main cuisante. Avec horreur, il se souvint de la blessure que lui avait infligée le gitan : une plaie béante, recouverte de caillots de sang, paralysait sa main droite où l'index manquait. En grognant de douleur, il se releva, glissa sur les cailloux humides qui tapissaient le lit du ruisseau, trébucha, voulut se rattraper de sa main mutilée. Une douleur aiguë le paralysa et il resta un instant, immobile, le souffle coupé, le visage baignant dans l'eau glacée. Dans un sursaut il parvint enfin à se redresser. La nuit était tombée et les ombres l'entouraient de toutes parts. Il n'y avait pas un souffle de vent, pas le moindre bruit, pas la plus mince lueur. Il était muré dans l'obscurité la plus profonde. En tâtonnant, il chercha une branche ou un rocher qui lui permît de sortir du ruisseau, mais ses mains aveugles ne trouvaient rien et il s'agitait dans la nuit comme un dément, fendant l'obscurité de gestes désordonnés. En se baissant il trouva les cailloux et, pierre après pierre, remonta jusqu'au talus. Ses doigts se posèrent soudain sur un pelage poisseux et tiède, un cri aigu troua la nuit, des dents acérées le mordirent au poignet, il relâcha sa prise en hurlant et retomba lourdement sur le sol. Ses mains affolées trouvèrent une branche épaisse et il s'en servit comme canne pour remonter sur le sentier qui bordait les rives du Daoulas.

Les vêtements maculés de boue, trempé jusqu'aux os par l'eau glacée du ruisseau, Kergroaz grelottait de froid. Des élancements insupportables traversaient son bras. En gémissant, il tâtonna jusqu'au bosquet où il avait attaché son cheval. Mais, il s'y attendait, la bête n'était plus là. Alors, il se mit à marcher au hasard, titubant de fatigue et de douleur, l'estomac révulsé par la peur. Dans la nuit opaque, il ne pouvait éviter aucun des pièges du chemin et tantôt tombait dans une ornière, tantôt glissait sur une flaque de boue, ou se prenait encore les jambes dans un buisson de ronces. Il marcha ainsi pendant un temps qui lui parut interminable. Curieusement les pensées qui accompagnaient ce long parcours étaient celles du repentir : Kergroaz était de ces hommes qui n'évaluent la juste valeur des choses que lorsqu'ils sont confrontés à l'adversité. Dans une sorte de prière qu'il adressait aux forces supérieures dont il avait toujours douté, il s'engageait sur la voie du serment : il était prêt à jurer qu'il ne commettrait plus le mal pour se consacrer au bien lorsqu'il aperçut, loin derrière les feuillées, un feu qui annonçait la présence d'un secours probable. Du coup, les serments furent remis à plus tard et la foi soudaine que l'ancien spadassin du comte de Kerviguen avait éprouvée dans le désespoir, s'éteignit au fur et à mesure qu'il s'approchait du campement. En vérité, il ne se posait pas la question de savoir qui il trouverait autour de ce feu inespéré. Qu'il s'agisse de pèlerins, de voyageurs égarés, de bûcherons ou même de brigands réunis pour préparer un mauvais coup, il ne craignait rien autant que le calvaire solitaire qu'il avait vécu dans le noir et comptait sur son rang, sa fortune et sa réputation pour se tirer de toute autre difficulté.

Autour du feu précaire, qu'un bois mouillé faisait fumer abondamment, était réunie une bien curieuse assemblée. Quelques hommes et deux femmes, recouverts de manteaux sanglants, gesticulaient autour des flammes en buvant une eau-de-vie âcre. L'un des hommes, barbu, hirsute, avait un regard halluciné. De temps à autre, il dressait vers le ciel un bras décharné pris dans un collier de fer où pendait une chaîne rompue. Il poussait alors des cris effrayants et de sa bouche édentée coulait un filet de bave. Une femme, près de lui, recroquevillée, silencieuse, se balançait d'avant en arrière, en psalmodiant une longue plainte monotone. Ses cheveux presque tondus étaient rongés par la vermine, ses yeux largement cernés de mauve n'exprimaient qu'une profonde prostration. Un autre homme affalé contre un arbre respirait avec difficulté. Une blessure ouvrait sa poitrine jusqu'à l'épaule et l'aile de la mort semblait déjà se refermer sur le blessé. A ses pieds gisait un jeune garçon, les bras en croix, inconscient, le visage marqué par la vérole. Plus loin, une femme très jeune, enroulée dans sa cape, pleurait en claquant des dents. Enfin, le plus affreux des compagnons de cette assemblée sinistre se trémoussait en criant sur le sol mouillé. Il buvait sans répit de l'alcool à une gourde de cuir, en répandant le liquide sur ses joues sales. Il toussait, s'étranglait bruyamment, mais buvait toujours, les yeux tournant autour des orbites de la plus effrayante manière. Chacun portait des fers aux pieds et aux poignets, et dissimulait sous les manteaux sombres les longues chemises blanches dont on habillait les malades dans les hospices. Un convoi était parti, à l'aube, de Quimper pour Rennes, transportant un groupe de fous furieux qu'on emmenait jusqu'à Paris pour qu'ils y soient observés par les savants docteurs de Bicêtre, tant leur folie était violente et passionnait les apothicaires et autres chirurgiens : il semblait en effet que cette folie furieuse avait été provoquée par l'ingestion d'une drogue mystérieuse, vraisemblablement concoctée par un alchimiste de la ville qui utilisait les prisonniers comme cobayes pour ses recherches de potions destinées aussi bien à guérir les maux de certains qu'à tuer les autres de la façon la plus foudroyante.

Le convoi avait traversé les villes de Coray, Gourin et Rostrenen puis, sur la route de Rennes, le village de Gouarec. Lancés à grande vitesse, les chevaux n'avaient pu éviter une souche d'arbre tombée en travers du chemin. Le convoi avait versé dans le fossé, s'était fracassé sur les rochers, un cheval s'était rompu le cou, l'autre s'était enfui en hennissant, le convoyeur, la tête écrasée par une roue, gisait dans un fourré ; l'un des deux gardes, la poitrine traversée par un éclat de bois, était resté à terre et l'autre, sauvé par la Providence, s'était trouvé devant les malades libérés de leurs chaînes. Deux d'entre eux étaient morts dans l'accident mais les autres, en proie à leur délire, les forces décuplées par la folie, s'étaient rués sur lui et l'avaient massacré. C'est ainsi que les déments, libres et perdus dans la forêt, avaient allumé un feu pour se réchauffer et boire l'eau-de-vie que les gardes portaient dans leurs bagages. Il faut dire que la folie avait frappé avec une force inégale les victimes de l'alchimiste. Si les hommes, atteints par l'alcool, avaient été les plus touchés par la drogue, les jeunes femmes, elles, auraient pu être facilement désintoxiquées. Mais la promiscuité affreuse avec les déments avait achevé de les déséquilibrer, et leur esprit à la dérive n'avait pas résisté aux atrocités qu'elles avaient dû subir...

Kergroaz, sous le coup d'une fièvre violente, sentait le vertige le gagner. Il se hâta vers le campement où il croyait trouver du secours et s'effondra presque en arrivant près du feu. Le géant hirsute se jeta sur lui et agrippa ses habits trempés. Avec des cris rauques, il se mit à lacérer les vêtements du blessé, les yeux injectés de sang, la bave aux lèvres. Tiré de sa torpeur par les cris, Kergroaz reprit connaissance et crut défaillir d'horreur en découvrant le personnage penché sur lui. Avec un rire affreux, le dément s'empara de sa main blessée et observa avec convoitise le doigt mutilé. Kergroaz, dans un sursaut, parvint à se dégager, roula jusqu'à un arbre et, y prenant appui, se redressa pour affronter son adversaire qui s'approchait, les doigts recourbés comme des serres. A ce moment des gouttes tièdes tombèrent sur le visage de Kergroaz. Celui-ci cherchait à dégainer le poignard qui pendait à sa ceinture.

D'un geste machinal, il essuya son visage et s'aperçut avec dégoût que ses mains étaient tachées de sang. Levant les yeux, il aperçut alors le corps du convoyeur pendu à une branche. Il avait été égorgé. Cédant à la terreur, Kergroaz bondit en avant et plongea son poignard dans la poitrine du dément qui s'effondra dans un râle affreux. En tenant fermement son poignard, Kergroaz s'approcha d'un homme étendu. Il s'agissait du second convoyeur. Le teint terreux, les narines pincées, il n'avait déjà plus de souffle et mit ses dernières forces à prévenir Kergroaz :

— Attention... derrière !...

Puis il retomba, mort. Kergroaz se retourna et n'eut que le temps d'apercevoir une masse sombre lui tomber dessus, il reçut un coup violent à la tête et perdit connaissance.

Lorsqu'il ouvrit les yeux, il était attaché. Sa main, gonflée et rouge, était couverte de croûtes répugnantes. Son corps était douloureux, une douleur lancinante broyait sa tête ; il était incapable de bouger. Près du feu, les déments parlementaient à voix basse et jetaient vers lui des regards menaçants. Cette fois, il crut sa dernière heure arrivée. Il se plongea alors dans une prière fervente, implorant le ciel d'abréger ses souffrances, battant sa coulpe pour tous les crimes qu'il avait commis, reconnaissant ses fautes et criant son repentir. La foi fervente qu'il éprouvait alors le faisait presque pleurer. Il imaginait les bienfaits de la grâce divine, s'il parvenait à la gagner.

— Ayez pitié de moi, gémissait-il, accordez-moi votre pardon pour que je puisse entrer dans la mort sans la peur. Dieu, si vous existez, prenez-moi à votre service. Je serai votre plus humble valet, mais ne m'abandonnez pas. Je jure de me consacrer au bien et de me dévouer à mes sujets si vous m'accordez, dans votre infinie générosité, le salut. Dieu, ne me sacrifiez pas, gardez-moi pour que je vous serve sur la Terre. Voulez-vous que je me retire dans un monastère ? Oui, c'est ça, je prendrai la bure et m'astreindrai au silence et aux plus dures privations. Je serai pénitent pour les processions : je renonce à tout si vous me laissez la vie... O Dieu que je ne connais pas, manifestez votre mansuétude...

Kergroaz ferma les yeux et attendit. De longues minutes s'écoulèrent dans le silence le plus angoissant. Kergroaz n'osait pas regarder ce que préparaient les monstres, mais tandis que le temps passait, l'image de Marion s'imposait à son esprit. Déjà, il trahissait le marché qu'il avait fait avec le Ciel. Une haine insurmontable noyait son cœur. L'évocation de Marion, belle, forte et libre, le mettait hors de lui. Au lieu du pardon et du repentir, il était submergé par des flots de haine et de vengeance. Marion était la cause de tous ses malheurs !... Il se força à penser à autre chose, soucieux de n'être pas surpris dans ses pensées coupables. Pour donner le change, il se remit à gémir :

— Pitié, Dieu, pitié. Laissez-moi la vie...

Un peu plus tard, alors que les déments, ivres et fatigués, somnolaient devant le feu, un détachement de la maréchaussée fit irruption dans le bois : les soldats en armes se précipitèrent. L'un des fous jeta vers eux sa gourde vide et voulut se défendre, mais les soldats, sans hésiter, plongèrent leurs épées dans son corps. Les femmes, de nouveau enchaînées, furent jetées sans ménagement dans une charrette. Kergroaz, dans l'état lamentable où il était, fut pris lui aussi pour un fou et connut l'horreur d'être hissé au milieu des cadavres sur la charrette qui partit bientôt pour Rennes. Tout au long de la route, Kergroaz, terrassé par la fièvre, menacé par la gangrène qui pourrissait sa main, délira. Il voyait des visages plus blancs que ceux des spectres se pencher sur lui ; dans les cahots, la main glacée d'un cadavre semblait vouloir serrer sa gorge. A nouveau Kergroaz sombra dans le néant.

Il se réveilla dans la salle de l'hospice de Rennes. Sa main, couverte de charpie et de bandages, lui faisait encore mal, mais la fièvre était tombée. Bien qu'il se sentît encore très faible, il appela à grands cris les chirurgiens et les gardes, à la stupéfaction des malades hébétés qui avaient pris le parti de mourir sans se plaindre. Il conta son aventure, annonça son titre et son rang, mais ne trouva en écho qu'indifférence et incrédulité. Une longue journée se passa dans la salle de l'hospice. On lui servit au soir un brouet infâme qu'il jeta à la tête de la religieuse effarée, venue le servir. Or, il advint que l'écuyer du sénéchal de Guéméné, Nicolas Guyet, qui avait été le complice du comte de Kerviguen et, à ce titre, celui de Desrochers, passait à l'hospice au moment où ce dernier se laissait aller à la fureur. Nicolas Guyet, alerté par les cris, s'approcha de la salle où gesticulait Kergroaz. Les deux hommes éprouvèrent la même stupéfaction à se rencontrer en ce lieu singulier. A bout de patience, Kergroaz conta son aventure à l'écuyer, qui ne put s'empêcher de sourire au récit de pareille épopée. Il s'en alla chercher le chirurgien et fit aussitôt libérer Kergroaz qui, en franchissant le seuil de l'hospice, poussa un profond soupir de soulagement.

Les deux hommes trouvèrent des chevaux et prirent aussitôt la route du Faouët. Kergroaz chevauchait en silence, le regard sombre. Ils s'arrêtèrent à un relais et se partagèrent un chapon qu'ils dévorèrent en buvant deux pichets de vin de Nantes. Puis ils reprirent la route jusqu'à la nuit. Nicolas Guyet s'en alla retrouver son maître et Kergroaz, rompu de fatigue, galopa jusqu'à son château. La cour était silencieuse et seule une fenêtre était illuminée sur la façade sombre. Il abandonna le cheval et se traîna jusqu'à la porte. Dans la salle brûlait l'éternel feu de bûches. Henriette de Saint-Fiacre était allongée sur le canapé et serrait dans ses bras le corps maigre d'une adolescente. Henriette caressait tendrement les épaules dénudées de la jeune fille en murmurant à son oreille d'une voix rauque. L'adolescente tressaillait sous ses caresses et les pointes de ses seins minuscules étaient dressées. Henriette se releva pour l'embrasser et découvrit Kergroaz. Il était livide, ses vêtements tachés de sang et de boue étaient déchirés, les boutons arrachés, la chemise en lambeaux. Le pansement de sa main était rougi de sang. La jeune fille se redressa, exposant sans s'en rendre compte sa nudité. Elle poussa un cri d'horreur devant l'apparition. Henriette, remise de son émotion, posa sa main sur la bouche de l'adolescente.

— N'aie pas peur, ma petite. Voici ton maître, dit-elle avec ironie. Voici le maître de Kergroaz... Maintenant laisse-nous et va te reposer dans ta chambre. Je viendrai te chercher lorsque j'aurai besoin de toi.

La jeune fille s'enfuit et son corps blanc disparut derrière une tenture.

Henriette se leva et prit son amant par la main.

— Dieu, que vous est-il arrivé ?

Kergroaz tomba sur un fauteuil et se laissa aller en arrière.

— Je reviens de l'enfer. J'ai cru mourir... je ne savais pas que pareille horreur fût possible...

Tard dans la nuit, les amants échafaudèrent des projets et des plans. Tous n'avaient qu'un objet : trouver la pire des vengeances pour se débarrasser de celle qui était à l'origine de tous les malheurs.

Kergroaz, à ce moment, avait perdu la foi et la mémoire. Il ne gardait aucun souvenir de ses angoisses et de ses serments.

CHAPITRE XII

Le printemps ensoleillait la vallée de l'Ellé, rose de tous ses pommiers. Les bourgeons avaient éclaté en fleurs sur les branches noueuses des arbres tordus par le vent. L'air tiède était embaumé de foin, d'herbes et de fleurs sauvages. Le ciel d'un bleu lacté devenait lumineux et prenait vers le soir une teinte orangée qui se fondait imperceptiblement dans le bleu profond de la nuit. Dans les champs les paysans travaillaient torse nu, les filles portaient des robes légères de coton qui laissaient deviner les formes généreuses de leurs jeunes corps.

Le carrosse doré de la marquise de Crozon cheminait allégrement le long du grand chemin qui conduit de Gourin à Guéméné, en passant par Plouray. Les chevaux pur-sang allaient bonne allure, fiers de transporter un aussi beau monde : outre la marquise, il y avait là M. l'abbé de La Berchère, le richissime recteur de l'abbaye de Bon-Repos, M. de Porville-Hamon, receveur général de la commanderie de Saint-Jean pour la Basse Bretagne, le chevalier de Baguer-Morvant et la belle demoiselle de Châteaudun, héritière gracieuse d'une des plus riches familles de la noblesse française. A l'heure où le carrosse doré traversait l'Ellé, laissant derrière lui un nuage de poussière, l'abbé de La Berchère courtisait avec esprit la belle demoiselle, qui, dans sa pose abandonnée, ne cachait rien d'une poitrine rose et menue. Le chevalier, plus audacieux, avait glissé sa main sur les genoux de la belle et caressait avec ravissement la peau tiède et duvetée. M. de Porville-Hamon, que ce spectacle charmait, contait fleurette à la belle marquise que le printemps et l'amour rendaient coquette et désirable.

— Ah madame, murmurait le receveur général, j'ai hâte de vous accueillir dans mon manoir. Vous y serez servie comme une reine, et le moindre de vos désirs sera exécuté par mes serviteurs qui connaissent les bons usages puisque c'est à Versailles que je les ai recrutés...

— Monsieur, ne me tentez pas davantage et prenez bien garde à ne pas vous laisser aller à des promesses fatales : avez-vous bien songé à ce que vous me promettez lorsque vous dites que le moindre de mes désirs sera comblé par vos soins ?... Le moindre, avez-vous dit ?

Rose d'émotion, le receveur général serra la main de la marquise.

— Le plus petit de vos caprices, madame, je vous le promets...

L'abbé, pendant ce temps, arrangeait ses affaires.

— Ma douce amie, il serait bon que vous songiez à notre abbaye. Vous le savez les charges sont lourdes, et j'espère que vous ne refuserez pas d'être notre marraine et de nous rendre visite à la première occasion...

— Mon ami, minauda Mlle de Châteaudun, vous me savez acquise aux bonnes et nobles causes. J'ai là dans mes malles un coffret qui vous est destiné. Vous y trouverez des perles et des pierres précieuses pour enrichir votre trésor et parer selon vos goûts la châsse de sainte Anne...

L'abbé embrassa avec une dévotion nullement religieuse la main fine et pâle de la demoiselle.

— Mon enfant, vous êtes bénie et déjà j'imagine votre nom gravé en lettres d'or à l'entrée de la chapelle...

Le chevalier surenchérit :

— Rien ne vous presse, Blanche, faisons une halte à l'abbaye. L'abbé nous y servira un festin comme il sait en préparer à ses amis. Je me souviens d'un souper, donné l'hiver dernier, où les langoustes étaient à profusion et les truffes si grosses qu'elles suffisaient à calmer l'appétit par leur seul parfum...

— J'étais allé les chercher au couvent des bénédictins de Périgueux, en Dordogne. Les bons moines de là-bas sont assez frustes pour ne point connaître la réelle valeur des choses. Ils m'ont échangé des truffes contre de l'huile, les braves garçons...

Par la portière, la marquise aperçut des paysans qui travaillaient aux champs. Elle éclata de rire.

— Nos serfs sont encore beaux et gras. A ce qu'il paraît, ils ne mangent pas tous les jours à leur faim. Que seraient-ils, de véritables monstres... La diète est nécessaire pour ceux qui ont des travaux durs à accomplir... N'est-ce pas l'abbé ?

— Certes, marquise, Notre-Seigneur Jésus-Christ ne buvait qu'un peu d'eau et grignotait un poisson, mais nos paysans ont perdu la foi et deviennent exigeants. Ils veulent connaître les mêmes plaisirs que leurs seigneurs... Vous verrez qu'un jour ils ne voudront plus travailler le dimanche pour pouvoir assister à la grand-messe... Les temps sont durs, en vérité...

Le carrosse doré s'enfonça dans un bois de chênes et de châtaigniers. Soudain les chevaux se cabrèrent. Un tronc d'arbre abattu coupait le sentier. Le postillon tira sur les rênes en poussant de hauts cris. Le chevalier mit le nez à la portière. Il vit des cavaliers noirs apparaître derrière les arbres et entourer le carrosse. Il pâlit.

— Mon Dieu, mesdames, nous sommes attaqués. Priez pour mon âme : je vais donner ma vie pour sauver les vôtres. C'est ainsi que meurent les gentilshommes...

Il sauta à terre. La marquise gémit de terreur, l'abbé se congestionna d'angoisse et Blanche de Châteaudun, éveillée par la curiosité, descendit à son tour du carrosse.

— Nous voulons votre argent, vos bijoux et vos bagages, dit l'un des cavaliers au crâne chauve et à la grosse moustache brune.

— Jamais, bandit. Il faudra d'abord me passer sur le

corps, s'écria le chevalier de Baguer-Morvant en dégainant son épée.

— Prends garde, chevalier, dit une voix de femme, nous n'avons pas de temps à perdre et ne voulons vous faire aucun mal. C'est l'or qui nous intéresse, pas vos personnes. Evitez le combat, vous éviterez la mort...

L'abbé, qui avait entendu ces paroles, fut réconforté en prenant connaissance des intentions des brigands. Il fit un geste rassurant à la marquise et descendit à son tour. D'une voix grondeuse, l'ecclésiastique admonesta les bandits :

— N'avez-vous pas honte de vous attaquer à de pauvres voyageurs ? Savez-vous qui nous sommes ? N'allez pas plus loin : en nous dévalisant, c'est votre sénéchal que vous dévalisez... Oui, nous sommes des amis de messire Louvard, c'est lui que nous visitons. Alors, laissez-nous passer notre chemin...

Un cheval s'avança. Marion rejeta sa cape en arrière. Ses cheveux roux étincelèrent au soleil. Elle se pencha en avant et de la pointe de son épée, caressa la poitrine de l'abbé scandalisé.

— Quel nom as-tu prononcé, l'abbé ?... Répète, je crois avoir mal compris...

— Nous sommes des amis de messire Louvard...

Marion appuya l'épée contre la poitrine de l'abbé et arracha, d'un coup de poignet, la chaîne et la croix en or.

— Tu ne pouvais pas mieux tomber, curé. Nous sommes, nous, les ennemis de Louvard le voleur. Et nous allons nous rembourser de ses dettes en vous empruntant quelques-uns de vos biens. Mais rassurez-vous, curé : la moitié de ce que nous vous prendrons ira à nos pauvres. Les vrais.

Marion, d'excellente humeur, fit un geste.

— Allez-y !

Les compagnons de la jeune femme descendirent de cheval et ouvrirent la malle. Ils en sortirent des coffres qu'ils posèrent sur le sol. Pendant ce temps, l'abbé se pencha pour ramasser sa lourde croix en or.

— Par ici les bijoux, ordonna Marion.

— Comment osez-vous porter la main sur des objets sacrés ? Je peux vous excommunier...

— Ça suffit, curé. Je t'ai assez entendu. Tais-toi, sinon je te fais caresser les côtes avec un bon bâton.

L'abbé, confus, baissa la tête. La marquise, horrifiée, vit ses coffres répandus sur le sol :

— Chevalier, faites quelque chose, on me pille...

Le chevalier, que cet appel fit renaître à la vie, avança d'un pas.

— Au nom du roi, je vous ordonne de nous laisser passer.

— Au nom de la Bretagne, je t'ordonne de reculer, répondit Marion en sautant à terre.

Maurice Penhoat s'approcha d'elle.

— La prise est bonne, murmura-t-il. Les coffres regorgent de bijoux, d'or et de vaisselle.

Marion lui lança un regard amusé.

— Ça rapporte plus que la fausse monnaie, tu ne trouves pas ?

Maurice Penhoat, qui avait longtemps fabriqué de fausses pièces, dut en convenir.

Derrière le carrosse, Bilzic dirigeait le transfert du butin. Blanche de Châteaudun regardait les brigands avec curiosité.

— Je vous trouve bien beaux pour des bandits, minauda-t-elle. Et puis entre nous, vous avez raison : il faut prendre l'argent où il se trouve, et de l'argent nous en avons, n'est-ce pas marquise ? cria-t-elle en direction du carrosse.

Leborgne, Mahé et les autres vidaient les coffres. Des bourses remplies de louis, des tablettes de nacre, des rangées de perles, des miniatures dorées, du velours en coupons, des sacs de sel, du parfum, des assiettes de vermeil, des coupes en or ciselé, un véritable trésor s'entassait dans les sacs des bandits. Le receveur général, qui ne s'était pas manifesté jusque-là, descendit à son tour.

— Je ne vous connais pas, coquins, dit-il d'une voix

forte. Vous croyez pouvoir vous permettre toutes les audaces ! Mais cette fois vous vous êtes attaqués à trop forte partie. Cet or et ces bijoux appartiennent à la maison de Bretagne. Vous commettez un crime de lèse-majesté en les volant. Vous allez avoir contre vous les gens du sénéchal, la maréchaussée et même la troupe. Vous serez tous pendus !

— Je te remercie pour tes conseils, mais nous n'avons pas l'habitude de calculer les risques. Tu me sembles bien au courant des lois de ce pays. Qui es-tu donc ? demanda Marion avec curiosité.

— Je suis le receveur général de la commanderie de Saint-Jean.

— Fichtre, s'exclama Marion, tu dois avoir du bien...

Elle s'approcha de lui et en relevant son habit découvrit une bourse bien gonflée qui pendait à sa ceinture.

— Voilà qui t'apprendra à parler à des inconnus en les traitant de coquins, dit-elle en coupant sa bourse.

Le receveur général blêmit de colère.

— On se retrouvera, grommela-t-il.

Marion se retourna et mit la main sur son épée. Puis elle se ravisa.

— On se retrouve toujours, dit-elle d'une voix menaçante.

Maurice Penhoat fouilla l'abbé, le délesta de quelques pièces qu'il portait sous l'habit, d'une chaîne en or et d'une tabatière ouvragée. Le chevalier, penaud et abattu, se vit confisquer un poignard serti de rubis, une bourse bien pleine, un pistolet à crosse de nacre. Blanche de Châteaudun offrit d'elle-même un collier de diamants, des ferrets en or, une bague ornée d'une émeraude, une bourse en mailles d'or. La marquise dut remettre un collier, des peignes d'or, une boîte à musique. Les voyageurs semblaient effondrés.

— On ne vous prend pas tout, déclara Penhoat en riant, et il leur jeta une bourse remplie de pièces. Le receveur général reçut la bourse, avec étonnement :

— On peut être bandits et généreux, monsieur le receveur, dit Marion d'une voix moqueuse. Vous pourrez ainsi boire à notre santé ! Et sur un signe d'elle, la troupe se dispersa.

— Tenez, dit-elle avant de partir. Prenez cet intersigne. Grâce à lui vous ne serez plus inquiétés sur votre chemin. Vous n'aurez qu'à dire que c'est Marion du Faouët qui vous l'a remis...

L'abbé blêmit affreusement.

— Marion du Faouët ? Est-ce donc vous ?

— Pour vous desservir, curé, et servir les pauvres ! Et que Dieu et le sénéchal veillent sur vous désormais !

Marion éperonna sa jument et s'enfonça sous les arbres. Les voyageurs, atterrés, se regardèrent. Le postillon descendit de son siège, regarda la souche d'arbre.

— Messires, faudra m'aider pour continuer...

— C'est le comble, s'exclama l'abbé. Non seulement on nous détrousse, mais encore il nous faut nous salir les mains...

Un peu plus tard, le carrosse doré s'arrêtait devant l'hôtel du sénéchal, à Guéméné-sur-Scorff.

Les valets conduisirent les voyageurs dans le salon où François Anne Louvard, vêtu de gris, prenait le frais devant sa fenêtre. Il avait de chez lui une fort belle vue sur les collines empourprées par le soleil couchant.

M. de Porville-Hamon lui raconta les mésaventures du voyage. Louvard hocha la tête.

— Cette flibustière devient très gênante, dit-il. Elle vient de causer de graves ennuis à un ami, le comte de Kergroaz... Il a failli perdre la vie à cause de cette catin...

— Le comte de Kergroaz, avez-vous dit ? questionna la marquise. Je ne connais pas cette famille...

— Cela n'a rien d'étonnant. Ce titre a été vendu en récompense de bons et loyaux services.

— Hélas, murmura la marquise, cela est devenu chose courante. Il n'y a plus de vraie noblesse, mais des bourgeois enrichis. C'est cela, la décadence...

Le chevalier de Baguer-Morvant, auquel Blanche de Châteaudun battait froid depuis l'incident, tenta de renverser la situation à son avantage :

— Sénéchal, déclara-t-il avec emphase, je demande à partir avec vos hommes pour châtier ces misérables et ramener à ces dames les biens qui leur ont été volés. J'accepterai avec honneur d'être mis à leur tête...

Le sénéchal fit un geste évasif.

— Doucement, chevalier, doucement. Nous sommes en Bretagne, ici, et cette fille est puissante. Elle a des protections, le peuple est avec elle. Et puis, elle pourrait nuire à des gens importants... Pour toutes ces raisons, je ne peux pas envoyer une expédition contre elle. Il faudra un peu de patience pour retrouver les biens qui vous ont été volés...

Blanche de Châteaudun qui contemplait le paysage charmant, appuyée à la fenêtre, se retourna et regarda rêveusement le chevalier.

— Ainsi vous trouveriez avec une troupe de soldats le courage qui vous a manqué seul? Vous me décevez, chevalier.

Elle soupira.

— Quant à moi, ajouta-t-elle, je ne déposerai pas de plainte. Ces bandits ne m'ont pas paru si terribles que ça. J'avoue même qu'ils m'ont plu. Surtout le grand garçon brun qui m'a pris ma bourse et mes bijoux. Je serais navrée si on leur causait des ennuis, vous m'avez bien comprise, sénéchal, insista Blanche d'une voix douce.

— Voilà qui est scandaleux, marmonna l'abbé.

— Monsieur l'abbé, un mot de plus et vous n'aurez plus un sou de ma famille.

L'abbé se renfrogna.

— Vous m'ennuyez, messieurs, acheva Blanche en s'asseyant gracieusement sur un fauteuil. Vous vous en prenez à ces bandits pour un vol banal. Nous dépensons chaque jour bien davantage pour acheter des consciences, réduire des témoins au silence ou faire disparaître des cadavres compromettants. J'ai eu la chance d'hériter une bien grosse fortune. Mes pauvres parents m'ont quittée trop vite. Alors je vous le dis : laissez cette flibustière commettre ses vols. Cela me fait trop plaisir de savoir que des gens comme vous ont enfin peur de quelque chose. Pour moi cela n'a pas de prix.

Elle sourit affectueusement à la marquise.

— Ma chère, je vous trouve bien soucieuse. Ce n'est pas la perte de quelques bijoux qui vous assombrit autant ? Non, je ne le crois pas... Bon, ajouta-t-elle en soupirant, devant l'assistance muette sur qui la foudre semblait être tombée à plusieurs reprises, et si nous dînions maintenant ?

François Anne Louvard, qui l'avait observée sous ses lourdes paupières, se frotta les mains.

— Quelle bonne leçon nous a donnée Mlle de Châteaudun... Allons dîner. Blanche, donnez-moi votre bras, ajouta-t-il presque tendrement.

CHAPITRE XIII

Le petit enfant gazouillait dans son berceau. Pierre-Joachim, avec ses cheveux noirs et ses yeux profonds, ressemblait à son père. Ses attitudes et ses regards étaient ceux d'Hanviguen, mais il avait déjà le caractère de Marion. Il se montrait impatient lorsqu'on tardait à lui donner le sein, ou le grand bol de soupe chaude quand la nourrice n'avait pas de lait. Hélène Kerneau s'occupait de lui nuit et jour. L'enfant s'éveillait à la vie dans la grande ferme du Véhut et observait avec gravité les animaux qui l'entouraient : le veau au mufle tiède qui passait sa longue langue râpeuse sur ses mains le faisait rire aux éclats, la poule qui caquetait et s'envolait, soudain effarouchée, pour se poser sur la table. Le cochon aussi, qui quittait sa tanière installée sous le lit et grognait en cherchant sur le sol le trognon de chou ou le croûton qui ferait son régal.

Marion partait sur les routes au lever du jour. Elle ne revenait qu'à la nuit, éreintée mais heureuse, rapportant des butins fabuleux qu'elle partageait avec Guillaume. L'argent et les objets de valeur s'entassaient en deux tas égaux : l'un était destiné à la bande, l'autre aux distributions qui se tenaient sous la halle. Marion et ses compagnons prenaient place au bout du village, et avant qu'ils aient eu le temps de s'installer, la moitié du Faouët était là. Les gens restaient silencieux, attentifs, partagés entre la crainte et l'admiration. Marion les impressionnait : en vérité ils n'avaient jamais compris pourquoi les voleurs leur donnaient la moitié de leurs biens. Spontanément, les gens du village s'étaient organisés. Pendant les distributions, des guetteurs se postaient aux entrées du village : un sur la route de Penfeld, l'autre près du grand pont, un troisième à la hauteur du vieux moulin, sur la grand-route de Meslan. Un attelage inconnu s'avançait-il sur la route ? il était aussitôt arrêté, retardé et dans tous les cas l'alerte était donnée pour que Marion et ses compagnons pussent disparaître avant l'arrivée des gens d'armes, des hommes du sénéchal ou des soldats.

Les plus pauvres recevaient de l'argent et des vivres. Des sacs de farine, des jarres d'huile, des paquets de sel, du lard, du jambon, des poulets étaient ainsi distribués aux familles privées de travail et de nourriture. Les bijoux et les objets de valeur, tabatières, peignes, miroirs ou vaisselle, récompensaient ceux ou celles qui avaient fait du bien autour d'eux : à vrai dire c'étaient toujours les mêmes qui profitaient de ces largesses, car la générosité est innée pour un certain nombre, mais ne touche jamais les autres, qui préfèrent garder pour eux le peu qu'ils ont plutôt que de partager l'inutile. Certains jours, les distributions avaient lieu à Saint-Caradec, à Saint-Fiacre, et même à Botquenven ou Lanvénéguen. Marion était redevenue ce qu'elle était avant la mort d'Hanviguen : l'incarnation de ce que les pauvres gens de la région auraient voulu être, courageux, audacieux et provocants, opposés à la justice des puissants et des riches. Plus que jamais, en cette période du règne de Louis XV, les inégalités étaient scandaleuses. Une véritable coalition de la noblesse privait le pays de ses richesses et de liberté : une poignée de nantis et de favorisés possédaient la totalité des terres, des biens, des vivres et de l'argent. Et Versailles, qui vivait dans l'insouciance et la débauche, ne prêtait pas attention aux premiers murmures d'un peuple affamé, opprimé, prêt à tout pour survivre. Une révolution profonde était en train de naître dans le cœur des paysans, et personne dans le royaume ne s'en souciait.

Entre deux expéditions, Marion s'attardait au Véhut le plus qu'elle le pouvait. Elle aimait cette grande maison basse, aux toits de chaume et d'ardoise mêlés. Devant la maison se dressait un puits à margelle où elle puisait de l'eau. De part et d'autre de la maison, s'étendait un bois touffu qui rejoignait le vieux chemin du Faouët à Priziac au pied duquel coule et serpente l'Ellé, torrentueux petit ruisseau qui se glisse entre la colline de Rohan-Marc'h-Bran, où se dresse la chapelle de Sainte-Barbe, et la colline boisée qu'on appelait curieusement dans la région « la montagne du Coran ». Dans ce lieu paisible, elle connaissait pour la première fois depuis longtemps la douceur d'une vie familiale. Son petit bébé grandissait vite et bien, sa mère, ses frères et ses amis vivaient autour d'elle, et sans la cruelle absence de la petite Alice, elle eût été pleinement heureuse. Inexplicablement, elle savait qu'elle retrouverait bientôt sa fille. Sans doute influencée par les paroles de la vieille femme qui lui avait rendu visite au soir de son accouchement, Marion avait la conviction que sa fille était protégée par une force supérieure. Le temps passait vite, partagé entre les expéditions qui conduisaient la bande aux quatre coins de la région, les longues rêveries solitaires dans lesquelles elle aimait de plus en plus s'isoler, évoquant les fantômes qui peuplaient sa vie et les scènes éprouvantes qui avaient influencé sa destinée pour faire d'elle, une paysanne, l'égérie de la révolte et de la liberté. Qu'importait le chemin qu'elle dût emprunter pour parvenir au but : faire triompher sa justice et son droit, et donner ainsi l'exemple et le réconfort aux êtres faibles et défavorisés qui supportaient depuis des siècles d'être traités avec plus de mépris que des bêtes.

Elle entassait les biens, les vivres et l'argent volés dans des cachettes connues d'elle seule. Les distributions n'avaient jamais été aussi nombreuses, ses compagnons ne manquaient de rien, et un véritable petit trésor était amassé en prévision de jours plus difficiles. Marion avait pris la décision de partir pour Paris. Cette aventure périlleuse l'intimidait et l'excitait à la fois. Mais elle était persuadée que ce long voyage lui permettrait de retrouver sa fille et peut-être de régler ses comptes avec ses ennemis. Elle passait des nuits entières à imaginer cette expédition. Mais entre les projets les plus fous, apparaissait souvent l'image d'Hanviguen, et ce souvenir obsédant la plongeait dans la détresse. Alors qu'elle gardait pour lui la tendresse qu'on réserve aux amours perdues, elle ne pouvait nier la complicité amoureuse qui l'unissait à Maurice Penhoat, le beau Jeannot.

Un soir, en revenant d'une expédition lointaine où un transport de sel avait été détourné, Marion s'était retrouvée seule sur la route avec lui. Pris dans un orage furieux, chassés par le tonnerre, Marion et Jeannot avaient trouvé refuge dans une bergerie nichée sur une colline proche du moulin de Crémence. La pluie glaciale avait trempé leurs vêtements et Jeannot avait retiré sa veste et sa chemise pour les mettre à sécher devant la flamme. Marion claquait des dents. Jeannot la regarda.

— Enlève tes vêtements, tu vas attraper la mort.

Marion avait rougi.

— Non, je me réchauffe très bien comme cela...

Jeannot l'avait provoquée du regard.

— Tu n'oses pas te déshabiller devant moi? Je ne te savais pas si timide... Si tu veux je me retourne...

Marion avait serré les lèvres. Elle ne supportait pas qu'on devine ses pensées. Elle fixa Jeannot avec colère.

— Tu crois vraiment que je n'ose pas me déshabiller devant toi? Et pourquoi, à ton avis?

Jeannot, souriant et moqueur, fit une moue significative.

— Peut-être parce que nous sommes seuls, tous les deux, dans cette étable... L'odeur du foin, la chaleur du feu, le vent qui souffle au-dehors... N'est-ce pas le décor idéal pour une idylle?

Marion se leva et lentement ouvrit son pourpoint. Sa

chemise de batiste crème collait à sa peau. Elle la retira. Ses seins gonflés jaillirent sous la lumière rouge des flammes. Jeannot, pendant ce temps, quittait son pantalon de panne bleue et posait ses vêtements près de l'âtre. Il se retourna et vit que Marion était nue. Il resta un instant immobile, la gorge serrée, ému par la beauté de la jeune femme et l'impudeur qu'il devinait en elle. Et puis, il avait rêvé tant de fois à ce corps secret et voluptueux, que de le découvrir nu et doré, provoquait chez lui un sentiment indéfinissable. Il était partagé entre l'adoration et l'épanouissement d'un désir si violent qu'il ne pouvait en contrôler la montée. Marion voulut cacher le trouble qu'elle-même ressentait.

— Je te trouve très beau, tu sais, dit-elle d'une voix moqueuse, mais es-tu toujours aussi... timide ?

Penhoat baissa les yeux en rougissant. Pour la première fois devant une femme, il se sentait gauche et intimidé. Il bafouilla quelques mots puis se tut. Marion le sentit malheureux.

— Viens, dit-elle, d'une voix douce, j'en ai autant envie que toi...

Penhoat prit sa main et l'embrassa tendrement. Puis il l'attira vers lui et caressa avec ses lèvres le visage apaisé. Elle fermait les yeux sous la caresse douce et, instinctivement, se serrait contre lui, frottant imperceptiblement ses seins contre sa poitrine. Un baiser timide les unit pour la première fois. Tendre et violent, interminable, il alluma bien vite un feu ardent dans leurs cœurs passionnés. Penhoat contrôlait avec peine le désir qu'il avait si longtemps retenu et elle, alarmée par son propre émoi, se sentait tourmentée par le souvenir d'Hanviguen, celui de De Robien, qu'elle imaginait dressés devant elle, lui reprochant le plaisir qu'elle allait prendre, et dont elle avait tant besoin. Allongée sur le foin, elle s'abandonnait aux caresses patientes. La soumission de son corps, l'oubli de sa volonté de n'appartenir à personne, faisaient d'elle une femme amoureuse, livrée totalement à l'homme ébloui qui l'aimait avec une application attendrissante, oubliant son propre plaisir pour ne se préoccuper que du sien qu'elle sentait monter lentement. A son tour elle prit l'initiative, troublée de découvrir les faiblesses de cet homme puissant et fort qui la regardait avec émerveillement tandis qu'elle accomplissait les gestes rituels de l'amour comme une magicienne pratique sa magie. Mais le souvenir des nuits de Kerbihan s'imposait à elle, et elle savait qu'elle n'atteindrait jamais la délivrance furieuse qu'elle avait connue dans les bras du chevalier. Et paradoxalement, c'est en aimant un autre qu'elle prit conscience de son amour pour lui. C'est ainsi qu'elle découvrit un nouveau sentiment, semblable à l'amour, mais infiniment plus tendre et plus maternel que les passions qu'elle avait connues. Au bout de cette nuit singulière, les amants, silencieux, repartirent dans la forêt, sous les arbres qui égouttaient la pluie comme des larmes de plaisir.

Leur aventure ne pouvait pas être discrète. Hélène Kerneau et Guillaume ne furent pas longs à découvrir leur secret. Depuis longtemps, ils attendaient cette rencontre inévitable. Penhoat et Marion étaient trop semblables pour ne pas se trouver et Guillaume en éprouva un vif soulagement. Hélène savait que Jeannot pouvait rendre sa fille heureuse, cela seulement avait de l'importance à ses yeux. Elle imagina même que Marion puisse avoir un autre enfant, qui cette fois ressemblerait à Penhoat, cheveux noirs et yeux bleus, avec la petite flamme malicieuse qui brillait toujours dans le regard du jeune homme.

Les jeunes gens ne se quittaient guère. Ils chevauchaient ensemble tout au long des journées, s'isolaient souvent sous les hêtres, aimaient boire du cidre dans les auberges perdues, rentraient à l'aube, les yeux battus et le teint pâle de ceux qui ont livré un rude combat. Ils se comprenaient d'un regard, aimaient les mêmes choses, portaient les mêmes jugements sur les êtres qui les entouraient. Penhoat tempérait l'impatience de Marion et elle stimulait sa réserve. Il savait la faire rire et elle l'amusait. On les vit ensemble aux moissons, comme deux amoureux. Ils étaient encore ensemble aux vendanges comme des mariés.

Les autres compagnons avaient d'abord fait grise mine, chacun gardant le secret espoir de devenir un jour l'amant de la maîtresse et ils avaient éprouvé pour Penhoat une compréhensible jalousie, à laquelle s'était ajouté le dépit d'avoir été devancés par un nouveau compagnon, alors qu'ils avaient cru détenir les avantages réservés aux anciens. Mais au bout de quelques jours, les volontés avaient plié. Les plus entêtés avaient reporté leurs espoirs sur l'avenir. Un jour, le cœur de Marion serait à nouveau libre, et ce jour-là les chances seraient égales pour tous.

Au début de l'automne, un colporteur s'arrêta un matin au Faouët. C'était un homme à la barbe grise, chaussé de grandes bottes, transportant sur son dos une caisse de bois bourrée de bibelots, d'almanachs et de mercerie. Il portait un message pour Marion Tromel. Au Lion d'Or, on lui indiqua le chemin du Véhut. Il y arriva sur le coup de midi, à l'heure où la ferme résonnait des préparatifs du repas familial. Marion donnait le sein au bébé rond et chevelu. L'homme s'était approché d'elle et lui avait tendu un pli.

— Je le porte depuis Paris, d'où je suis parti à la fin du printemps.

Marion décacheta fébrilement le papier froissé par le voyage. Une large écriture avait tracé ces mots :

« Votre petite fille est en bonne santé. Elle joue et s'amuse avec des enfants de son âge. Elle vous appelle souvent. Nous ne l'avons enlevée que pour la protéger et la sauver d'une mort certaine. Nous vous la rendrons bientôt, quand nous pourrons apporter la preuve de ce qu'on vous dit. N'ayez pas de peine, on ne peut pas faire autrement. »

Il n'y avait pas de signature. Marion pleura de joie et le colporteur, reçu comme un prince, attablé devant un festin, leur raconta Paris.

CHAPITRE XIV

Les flibustiers s'en donnèrent à cœur joie : l'été et l'automne de cette année 1747 virent se multiplier les attaques et les pillages. Les routes de la sénéchaussée acquirent une fort mauvaise réputation : on en parlait jusqu'à Versailles où l'on disait qu'elles étaient les plus dangereuses du royaume. En fait nul n'était épargné : les membres du clergé, de quelque rang qu'ils fussent, clerc efflanqué ou archidiacre gras et onctueux, se voyaient dépouillés de leurs biens terrestres comme de vulgaires négociants. Les officiers du roi ne s'en tiraient pas mieux : les convoyeurs de sel, les releveurs d'impôts, les fermiers généraux, n'osaient prendre la route qu'escortés d'une multitude de gardes. Et encore cela ne suffisait pas toujours à les protéger. Au cours de ces engagements, un petit nombre périt ; mais ces morts brutales n'étaient pas dues à la violence. Quelques gros bourgeois, confits de graisse et d'alcool, moururent en vérité d'émotion. Leur cœur, fatigué par l'abondance des plaisirs et de la chère trop riche, les abandonna à la première contrariété : ils ne supportaient pas l'idée que d'autres pussent jouir de leur fortune, de leurs mets délicats, de leurs habits fourrés et s'emparassent ainsi des signes distinctifs de leur classe. Ils n'en mouraient pas tous, mais tous étaient touchés.

Versailles finit par s'émouvoir de ce qu'on appelait déjà la rébellion de Bretagne. Le contrôleur général des finances du roi, Machault d'Arnouville, qui avait perdu quelques hommes et beaucoup d'argent, morigéna la famille de Châteaudun qui se déshonorait en la personne de Blanche : la belle héritière ne cachait plus sa sympathie pour les voleurs et osait prendre ouvertement leur parti dans les soirées qui réunissaient les meilleurs nobles de la province. Elle fut priée d'entrer dans le silence et la réserve, sous la menace qu'une lettre de cachet signée par le roi la contraigne à la méditation dans le calme d'un couvent isolé.

Le lieutenant général de Bretagne, le duc de Chaulnes, ambassadeur maladroit et mal aimé, convoqua le sénéchal du prince de Rohan-Guéméné et le tança vertement : il fallait que cesse le scandale par tous les moyens. François Anne Louvard n'attendait que cela pour attaquer Marion et ses complices. Il organisa une formidable expédition pour arrêter la bande. Un détachement de dragons prit place autour du Faouët. Les hommes du sénéchal poussaient à la délation. Mais le peuple se taisait et Marion, mystérieusement prévenue du moindre mouvement des troupes, demeurait introuvable. La tâche du sénéchal n'était guère aisée. N'ayant aucune preuve matérielle des nouveaux méfaits de Marion, ne disposant d'aucune plainte, il devait la prendre sur le fait, attaquant ou volant. Voilà qui expliquait au lieutenant général l'échec des recherches. En vérité, Louvard ne redoutait rien tant que d'arrêter Marion et de s'exposer ainsi à des révélations compromettantes. La fin tragique et inattendue du comte de Kerviguen avait frappé tous les esprits. C'est pourquoi, pendant que les dragons s'ennuyaient ferme dans leur campement et buvaient plus que d'ordinaire au Lion d'Or, Louvard montait des stratagèmes pour venir à bout de son ennemie.

Le Véhut, belle et grande ferme entourée de terres, appartenait à un notaire roublard et corrompu, maître Nicolas Rouesnier. Celui-ci pratiquait de coupables affaires avec les autres représentants de sa corporation et voisins. Une alliance sacrée rendait bien redoutable la bande des quatre notaires : maître Mathieu Legras, maître Yves Bargain, maître René le Gouzeron, notaire à Meslan et maître Nicolas Rouesnier ! Investis des pouvoirs les plus étendus, bénéficiant des protections les plus prestigieuses et des appuis les plus hauts, les notaires étaient craints et respectés : c'est dire qu'ils pouvaient commettre en toute impunité indélicatesses, malversations et autres scélératesses, dont les moindres n'étaient pas de dépouiller la veuve et l'orphelin. Le sénéchal avait donc confié à maître Nicolas Rouesnier, notaire et voleur devant l'Eternel, la mission d'attirer Marion dans un guet-apens. Il fut aidé en ce projet par un événement qui fit, à l'époque, un bruit considérable au Faouët : Bilzic, l'ami et le complice de Marion, passablement ivre, rendu vindicatif et violent par quelque dispute d'ivrogne, s'en était allé, au beau milieu de la nuit, briser la porte de la chapelle des Ursulines, au cœur du Faouët, à l'entrée de la route de Quimperlé. Etait-ce là bravade, pari d'ivrogne ou tout simplement hasard malheureux ? Bilzic manque de discrétion ; le bruit attire les voisins ; on trouve le compagnon de Marion en train de piller un tronc ; il se défend ; dans son ivresse, il commet l'impardonnable : il pisse contre le mur de la chapelle. Blasphème, profanation, scandale, tout y est pour s'en prendre au pauvre ivrogne, subitement dégrisé, emmené, jeté en prison.

Cette fois, les voisins, cette majorité silencieuse qui profitait des largesses de Marion tout en regrettant qu'elle associe le nom de leur village à ses mauvaises actions, critiquèrent sans détour ce débordement qu'ils jugeaient plus sévèrement qu'un crime. Le lendemain matin, maître Nicolas Rouesnier se présenta au Véhut. Hélène Kerneau, le voyant arriver, habit noir et maroquin sous le bras, eut l'intuition que le malheur entrait avec lui dans la ferme paisible. Le notaire, sévère et méprisant, faisait connaître à la famille Tromel, locataire de ses terres, qu'il les expulsait pour mauvaise conduite. Hélène Kerneau, seule, timide, Pierre-Joachim sur les bras, n'osa rien répondre : elle respectait trop les notaires et les curés pour encore oser les contredire. Mais le soir venu, lorsque Guillaume et Penhoat apprirent l'incident, ils entrèrent dans une grande colère et Penhoat, sans réfléchir, s'élança vers Le Faouët.

Ce soir-là le notaire buvait une pinte de vin à une table du Lion d'Or. Entouré de deux bons bourgeois soucieux de lui plaire, le notaire paradait. Avachi sur le fauteuil, le ventre en avant, la face luisante et réjouie, il recréait le monde selon ses propres lois, bannissant les juifs et les bâtards, et d'une manière générale tous ceux qui ne pouvaient servir ses ambitions velléitaires. Penhoat, rouge et décoiffé, apparaît à ce moment. Il s'avance d'un pas décidé sur le notaire. L'auditoire de ce dernier, qui se compose de deux vieux boutiquiers perclus de rhumatismes, parant au plus pressé, prend aussitôt du champ. Le notaire, qui se croit protégé par l'assistance, adopte un ton agressif :

— Alors coquin, on profite de sa liberté ? Hâte-toi, car tu iras bientôt rejoindre ton complice en prison.

Penhoat agrippe Rouesnier par sa cravate et la serre vivement jusqu'à ce que le visage du notable prenne une vilaine couleur violette.

— Il paraît que tu ne veux plus de tes locataires du Véhut ? gronda Penhoat d'une voix menaçante.

— Je te défends de retourner dans ma maison, répondit le notaire d'une voix étranglée.

— Les maisons ne sont pas faites pour les chiens, répliqua Penhoat.

— Si tu y retournes, prends garde à toi !

— J'y retournerai quand je voudrai ! Mais toi, si je t'y revois, je te rosserai si fort que tu en perdras ton latin !

Et méchamment, Penhoat d'un coup de talon écrase le pied du notaire [1]. Rouesnier hurle de douleur. Penhoat le lâche, l'assistance éclate de rire, le notaire s'enfuit honteux et plein de rancœur. Un ami de Penhoat lui conseille de

---

1. Cette scène est en tout point authentique.

suivre le notaire : celui-ci est bien capable d'aller se plaindre aux gens d'armes et de faire du tort à Marion. Penhoat avale une rasade de cidre, et se met à courir sur les talons de Rouesnier. Celui-ci, épouvanté de se voir poursuivi en pleine nuit par un aussi dangereux personnage, rentre chez lui, saisit un fusil et tire à plomb sur Penhoat qui s'écroule, l'épaule en sang.

Le lendemain matin, les notaires se rendirent ensemble au Véhut. Ils n'étaient pas rassurés en passant sous le porche de pierre et leur démarche témoignait de quelque raideur due à l'angoisse. Ils demandèrent à parler à Marion. Elle se trouvait au chevet de Penhoat, qui souffrait cruellement de sa blessure, heureusement superficielle.

Rendue furieuse par l'attentat, piquée au vif par leur audace, elle affronta les quatre notaires en persiflant :

— Bonjour messieurs. Une arme contre un homme désarmé, quatre hommes contre une femme, vous avez une certaine notion de la justice pour des gens de robe.

Maître Rouesnier se fit humble et penaud.

— Madame, nous venons prendre des nouvelles de Maurice Penhoat. Croyez que je regrette l'incident de cette nuit et je suis tout prêt, d'une façon ou d'une autre, à réparer les dommages.

— Vous voilà encore plus lâches que je ne l'avais pensé. Vous croyez qu'un arrangement de boutiquier pourra vous sauver de ma vengeance ?

— Madame, reprit le notaire de plus en plus mal à l'aise, nous vous offrons un gage de notre honnêteté : nous avons entendu parler d'un piège qui vous serait tendu par les dragons, dans les jours qui viennent. Acceptez-vous cette démarche pour preuve de notre bonne foi, si nous parvenons à en savoir davantage ?

Marion les regarda, curieuse et amusée : c'était la première traîtrise, la première reddition de la bourgeoisie. L'ennemi perdait du terrain et cherchait à négocier. Elle entrevit tout ce qu'elle pourrait tirer de cette trahison. Impulsivement, elle accepta le marché.

— Très bien. J'accepte votre proposition.

— Merci, madame, répondit le notaire habitué aux paroles onctueuses qui endorment la méfiance du client. Je vous propose une rencontre en terrain neutre. Voulez-vous que l'on se retrouve à dix heures, ce soir, à la chapelle Saint-Urlo ? Nous y viendrons avec l'homme du sénéchal qui vous révélera le piège, et nous y apporterons notre offrande à votre compagnie.

Marion ne put s'empêcher de rire.

— Vous n'y allez pas un peu trop fort, les bourgeois ?

— Ne vous y trompez pas, madame, ce geste n'a pour but que de racheter les dommages causés à votre compagnon. Pouvons-nous compter sur votre entière discrétion ?

— Pourquoi voulez-vous que je vous croie ? Pour quelle sotte raison nous viendriez-vous en aide ? Assez de mensonges !

— Madame, reprit le notaire sur le ton de la plus innocente sincérité, vous n'êtes pas sans ignorer que les affaires du royaume vont mal, et celles de la province pis encore. Le duc de Chaulnes s'en prend aux nobles et aux bourgeois, il a rompu la sainte alliance. Le contrôleur des finances du roi, ce pauvre Machault d'Arnouville, s'apprête à faire voter des lois qui ne nous sont guère favorables : ce piètre ministre entend diminuer les inégalités ! Quelle erreur et quelle sottise ! Nous ne pouvons le suivre et nous avons décidé, mes amis et moi, de porter aide à tout ce qui pourra contrarier le gouvernement qui veut notre perte. Votre compagnie empêche la province de dormir : tant que vous sévirez, on n'osera pas nous déplaire. Voilà, madame, la vérité, qui nous a inspiré cette manœuvre. Certes, il y va de notre intérêt : si vous retournez en prison, nous perdons notre unique moyen de pression sur l'intendant.

Marion fit une grimace.

— Vos desseins sont à votre image. A force de trahir, vous vous trahirez vous-mêmes...

Elle regarda les quatre hommes raides et austères. La perspective de déjouer, une fois de plus, les manœuvres du sénéchal, l'incitait à accepter. D'autant plus qu'elle était décidée à révéler les sources de ses renseignements et à compromettre ses indicateurs : un beau scandale en perspective.

— C'est bon, dit-elle, je viendrai. Ce soir, à dix heures à Saint-Urlo.

— Soyez discrète. Ne prenez pas une escorte trop nombreuse... Vous n'avez rien à craindre.

Marion, piquée au vif, répondit d'un ton cinglant.

— Je n'ai pas besoin d'escorte. Les notaires ne me font pas encore peur...

Les quatre corbeaux s'inclinèrent, prirent congé et s'éloignèrent d'un pas raide et grave sur le sentier charmant qui courait au bord de l'Ellé.

Marion bondit dans l'étable où Penhoat reposait, couché sur un lit de foin. Cette ancienne grange était devenue leur chambre. Aménagée de la plus coquette manière, grosses tentures au mur, peaux de chèvre sur le sol, flambeaux accrochés dans la pierre, elle ressemblait à une caverne fabuleuse plus qu'à un nid d'amour.

— Nous tenons notre revanche, annonça-t-elle fièrement au jeune homme allongé, l'épaule recouverte d'un pansement. Les quatre vautours viennent de nous jurer fidélité !

Penhoat grogna.

— Méfie-toi d'eux ! On ne peut rien attendre de pareilles gens...

Marion s'allongea près de Penhoat et caressa tendrement son visage.

— Mon beau Jeannot, tu doutes de tout, et même de moi. Je sais bien que les quatre vautours ont une idée derrière la tête, mais on peut se servir d'eux...

— Hier soir encore, il voulait que l'on quitte cette

maison. Quelque chose s'est produit depuis, tout cela sent le piège...

Marion semblait soucieuse.

— Tu as peut-être raison, dit-elle à contrecœur. Mais je dois y aller tout de même...

— C'est nous qui allons leur tendre un piège. C'est nous qui allons les faire prisonniers... Où dois-tu les rencontrer ?

— A la chapelle Saint-Urlo.

Penhoat se redressa. Il appela Guillaume.

— Voici ce que nous allons faire. Près de la chapelle se trouve une étable. Nous allons nous y cacher, Lafleur, Gargouille, Le Bossu, Corentin et moi. Nous pourrons les surveiller. S'ils arrivent avec des soldats, Jagouret fera le guet et te préviendra. S'ils viennent seuls, nous ne nous montrerons qu'à ton appel. Qu'en penses-tu ?

Marion soupira d'aise.

— Quelle bonne idée ! A un point près : Il n'est pas question que tu te lèves. Tu attendras ici... C'est un ordre, ajouta-t-elle tendrement.

Penhoat la prit dans ses bras et l'embrassa sur la gorge. Sa bouche descendait sur ses seins.

— Un ordre ? demanda-t-il.

Pendant ce temps, les quatre vautours, assis à la table du sénéchal, buvaient à la réussite de leur plan.

— Ce soir, s'écria Rouesnier avec haine, la Marion ne pourra plus nuire à personne...

CHAPITRE XV

Dix heures sonnèrent au clocher de Sainte-Barbe. Guillaume et ses compagnons, dissimulés sous d'amples capes sombres, s'enfoncèrent dans la nuit : ils avaient inspecté les alentours de la chapelle et n'avaient découvert aucun piège. La campagne était déserte et silencieuse, pas un uniforme ne se profilait à l'horizon. Marion restait seule avec Penhoat. Celui-ci ne cachait pas son inquiétude.

— Prends garde à toi, Marion, j'ai un mauvais pressentiment. Ne pars pas seule, fais-toi accompagner...

Marion se retourna et mit les mains sur ses hanches, dans un mouvement qui lui était familier et qui trahissait son énervement.

— Cesse de me parler comme à une enfant. Tu as devant toi la femme la plus redoutée de toute la Bretagne. Je ne vais pas me conduire comme une nonne ! Je sais me battre, et à Saint-Urlo, l'étable est pleine de nos amis. Un geste, un cri : ils seront à mes côtés. Avec eux, je ne crains même pas un régiment de dragons ! Je m'en vais, mon Jeannot, et nous boirons à notre victoire avant minuit !

Marion enfila une grosse veste de velours noir. Sa culotte grise était prise dans des bottes de cuir bien cirées. Elle attacha son épée autour de sa taille, glissa un pistolet à sa ceinture, rabattit son chapeau sur ses yeux et sortit dans la nuit. Christophe Bobe, qu'une blessure

124

empêchait de combattre, faisait office d'écuyer. Il avait préparé un cheval noir.

— Où est Princesse? demanda Marion en s'inquiétant de sa belle jument alezane offerte par de Robien.

— Elle souffre d'une patte, et il vaut mieux qu'elle ne sorte pas pendant un jour ou deux.

Marion se mit en selle. Elle sentit la bête nerveuse, craintive. Une inquiétude soudaine l'étreignit. Après un instant d'hésitation, elle prit le chemin de Saint-Urlo. Elle conduisait le cheval noir au pas, troublée par des souvenirs qui dansaient devant ses yeux. Elle revoyait Kerbihan, le manoir dressé contre la mer, le visage grave et tendre de De Robien, les longues chevauchées sur les plages, les soirées devant la haute cheminée. Elle revivait l'amour de cet homme, qu'elle avait fui parce qu'elle se jugeait indigne de lui, de sa noblesse de cœur, de son dévouement, de cette passion à laquelle elle ne répondait que par une attirance très tendre. Elle se prit à souhaiter que de Robien chevauche à ses côtés, qu'il la réconforte et l'encourage comme seul il savait le faire, et qu'il pose sur elle ses yeux brûlants de désir. Elle n'oublierait jamais qu'il l'avait attendue à la sortie de la prison, quand tout le monde l'avait abandonnée, qu'il l'avait recueillie, sacrifiant sans hésiter sa position à la cour pour la défendre. Mais cet amour hors du commun était un piège trop tendre et trop dangereux pour qu'elle puisse s'y laisser enfermer aussi vite. Elle avait encore des tâches à accomplir, et puisque de Robien lui avait demandé de choisir, elle avait choisi la liberté. Pourtant, elle savait qu'un jour, elle retournerait au manoir perdu au milieu des tempêtes et qu'elle n'en repartirait plus.

Un carrosse la doubla sur la route. Une tête se pencha à sa hauteur.

— Bonsoir, madame.

Marion fit un écart, prête à tirer son épée, lorsqu'elle reconnut le visage obséquieux de maître Rouesnier.

— Me permettez-vous de vous prendre à mon bord?

— Je suis très bien à cheval, répliqua sèchement Marion.

— Cependant, arrêtons-nous un instant. Il y a là dans ma voiture un homme qui voudrait vous parler d'une troupe de bohémiens et d'une petite fille...

Marion cabra son cheval. Le carrosse s'arrêta.

— Qui est-il ? s'écria-t-elle. D'où vient-il ?

Le notaire baissa les yeux tristement.

— Hélas, madame, hélas...

Folle d'inquiétude, Marion sauta de son cheval et s'avança vers le carrosse dont la portière s'ouvrit. Elle aperçut les armoiries peintes sur la porte : un lion noir. Cela lui rappela confusément quelque chose. Une main se tendait vers elle. Elle la saisit. Soudain son cœur battit plus fort. Elle se souvenait de l'étrange visite de la vieille sorcière et de ses paroles : « Méfie-toi du lion noir ! » Marion porta la main à son pistolet. On la tira brutalement. Un chiffon parfumé fut appliqué contre sa bouche. Elle étouffait, se débattit, tenta de se dégager et perdit connaissance. Au moment où ses yeux se fermaient elle reconnut l'homme qui se penchait sur elle, la bouche tordue par un rire moqueur : c'était Desrochers, l'assassin de son père !

Les ruines du manoir de Guern se dressaient sur une colline proche de Pontivy. Une légende courait sur ce lieu déserté et maudit : le diable aurait construit lui-même le grand mur du manoir, et les empreintes de ses griffes étaient encore visibles sur un gros menhir auquel le château semblait s'appuyer. Le donjon orné de meurtrières et de mâchicoulis, coiffé d'un toit d'ardoise, jetait une ombre sur l'aile détruite, amas de pierres écroulées, repaire des oiseaux de proie et des bêtes sauvages qui venaient y dévorer leurs victimes la nuit. L'aile située au nord était encore habitable. Epargnée par les incendies qui avaient anéanti le château, cette partie abritait la grande salle de garde, des chambres et la crypte renfermant les ossements

126

des seigneurs du lieu. L'endroit était sinistre et personne, dans les environs, n'osait plus s'y aventurer depuis le terrible malheur qui s'était abattu sur le dernier descendant de la noble famille de Guern. On se racontait encore cette tragique histoire à la veillée, et les hommes les plus courageux ne pouvaient s'empêcher de frissonner.

Marion ouvrit péniblement les yeux. Un étau douloureux semblait broyer sa tête. Elle passa la main sur son front glacé et se redressa. Elle se trouvait sur le sol humide d'une vaste salle voûtée et sombre. Sa cheville était prise dans un anneau de fer rouillé. Une indéfinissable odeur de moisi flottait autour d'elle. Le jour pénétrait seulement par une étroite ouverture qui interdisait à jamais au soleil d'éclairer ce lieu. Des sculptures brisées décoraient le manteau d'une cheminée poussiéreuse. Des nids abandonnés gisaient sur le sol recouvert d'immondices : même les oiseaux de proie avaient fui cet endroit sinistre. Marion se releva. Son mal de tête s'estompait. Elle tira de toutes ses forces sur la chaîne scellée dans le mur et ne réussit qu'à se blesser la cheville. Elle était à la fois honteuse et furieuse de son imprudence. Elle aurait égorgé de ses mains quiconque se serait aventuré assez près. Des heures interminables s'écoulèrent. L'obscurité de cette salle affreuse se fondit dans les ténèbres. Le froid glacial de la nuit s'infiltra dans la pièce. Marion claquait des dents. On l'avait dépouillée de sa veste et elle n'avait plus sur elle qu'une légère chemise, aux trois quarts déchirée, et sa culotte de panne, qui la protégeaient mal. Elle pria sainte Barbe, saint Fiacre et sainte Anne d'Auray, recommanda son âme à Dieu en le suppliant de prendre soin de sa fille et de son nouveau-né et se résigna à attendre la mort.

Au loin, un coq chanta. Une vilaine lumière bleutée éclaira la pièce. Affaiblie par la faim, engourdie de froid, Marion ne bougeait plus. Elle fermait les yeux en espérant que cette angoisse s'achèverait vite. Soudain, dans un long grincement, une porte s'ouvrit, une ombre apparut. Kergroaz s'avança lentement vers sa prisonnière. Un sourire odieux éclairait son visage, un tic nerveux déformait sa joue, qui trahissait sa peur. Il craignait ce lieu néfaste et redoutait Marion, même enchaînée au mur.

— Te voilà donc, dit-il d'une voix rauque. Depuis le temps que j'espère ce moment... Sais-tu où tu es ?

Marion le fixait durement. Ses yeux lançaient des éclairs d'acier.

— Tu te trouves dans la salle de garde du château de Guern !

Le visage de Marion resta impassible. Et pourtant elle connaissait la terrible réputation que l'on faisait à ce château : on ne revoyait jamais ceux qui s'y aventuraient.

— Est-ce que tu connais l'histoire de ces ruines ? demanda Kergroaz d'une voix suave. Je vais te la raconter. Ce château a été construit par un maître des templiers. Il s'y enferma un jour pour échapper à un seigneur cruel qui voulait l'assassiner, et nul ne le revit jamais. Une incroyable succession de malheurs s'abattit alors sur la famille du seigneur qui s'était emparé du château. Lui-même, Gontrand de Guern, mourut transpercé par une flèche, sur le chemin de ronde : on ne retrouva jamais qui avait tiré cette flèche fatale. Sa femme se jeta de la tour. Sa fille fut dévorée par ses chiens. Le fils, Olivier de Guern, terrorisé, réussit à s'enfuir et partit à la guerre. Il triompha de tous ses ennemis, ne fut même jamais blessé, mais il commit l'erreur de revenir ici : il disparut un matin comme le templier. Sa femme accoucha d'un garçon. Elle mourut en couches.

Desrochers s'interrompit. Marion avait baissé les yeux. Il la sentait faiblir.

— Ainsi de suite, jusqu'au dernier descendant de cette famille maudite. Daniel de Guern a épousé, ici même, une douce jeune fille, Adèle Le Plescoat, quelques années après le début du siècle. Le soir de ses noces, la mariée a disparu. Daniel de Guern a fait fouiller le château et ses souterrains par une centaine de soldats venus de Quimper. On n'a jamais retrouvé la belle et douce Adèle et désespéré, Daniel s'est pendu. A la poutre qui se trouve exactement au-dessus de ta tête.

Instinctivement, Marion leva les yeux. Une poutre faisait saillie au-dessus d'elle, et elle crut apercevoir une ombre pendue.

— Toutes ces disparitions sont inexplicables. Les gens du village affirment que les esprits des disparus viennent hanter cette salle, les nuits de pleine lune... C'est ici que tu mourras, ma belle. On retrouvera ton corps dévoré par les rats, rongé par la vermine, comme celui du pauvre Daniel qui tombait en morceaux à l'endroit même où tu es enchaînée. Quelle triste fin pour une femme si courageuse ! Tu vas sombrer dans la folie, tu te dévoreras les mains pour calmer ta faim, tu mourras dans d'affreuses douleurs...

Kergroaz soupira.

— Personne ne viendra te délivrer. Et tes cris effraieront les rares promeneurs.

Marion, désespérée, voulut gagner du temps.

— Desrochers, tu es perdu. J'ai envoyé ce matin même un message au chevalier de Robien. Il va te retrouver...

Kergroaz éclata de rire. Une veine battait sur son front.

— Qui ne connaît dans le pays le brave comte de Kergroaz ?

— J'ai entendu parler de lui. Il mène grande vie à ce qu'il paraît, répondit Marion en réfléchissant à la façon de piéger son ravisseur.

— La comte de Kergroaz, c'est moi. Desrochers est mort, ma 'belle, et personne ne le retrouvera jamais...

La prisonnière parut accablée.

— Kergroaz... toi ? Je suis perdue, murmura-t-elle. Eh bien, je mourrai, s'il le faut. Mais avant de mourir, je te maudis, Desrochers. Et tu endureras tous les tourments. Tu mourras comme tu as tué.

Il recula.

— Tais-toi sorcière ! je ne crains pas tes imprécations. Tu ne me fais pas peur...

— On te poignardera par-derrière, la nuit.

Desrochers grimaça.

— Tu perds ton temps. Economise tes forces pour ce qui te reste à vivre. Tu en auras besoin pour te battre contre les rats...

— Poignardé par-derrière, la nuit, Desrochers... A partir de ce soir tu ne pourras plus t'endormir sans trembler. L'ombre te fera peur...

Desrochers bondit sur Marion et leva un poignard.

— Je vais t'égorger, tais-toi, misérable catin ! Ne m'appelle pas Desrochers... Je suis Kergroaz, Kergroaz, entends-tu ?

— Arrête-toi, imbécile.

Une voix avait jailli de l'ombre. Hébété, il se retourna. Henriette de Saint-Fiacre s'avançait vers lui. Elle tenait à la main une longue cravache.

— Comment es-tu venue ici ? haleta l'assassin.

— Tu n'as pas voulu me dire où cette chienne était enfermée. Je n'ai eu qu'à te suivre. Heureusement que je suis venue. Tu allais perdre patience et gâcher notre vengeance. Cette créature voulait que tu la tues. Elle craint la mort que nous lui avons réservée...

Henriette s'approcha de Marion.

— Je te hais, maudite fille. J'ai un compte à régler avec toi. Je n'ai pas oublié la scène qui s'est déroulée dans mon château, ni l'humiliation que tu m'as fait subir devant mes valets. Eh bien, à mon tour ! Tu n'es pas la seule à manier le fouet.

Henriette de Saint-Fiacre, avec une joie voluptueuse, cravacha violemment le corps sans défense de Marion, qui tressaillit, sous la morsure du fouet. Elle poussa un cri. Une longue traînée sanglante apparut sur sa chemise déchirée.

— Ça suffit, ordonna sèchement Desrochers. Nous devons partir.

Il se tourna vers Marion.

— Adieu. La porte de cette salle possède un secret : un dispositif peut déclencher un éboulement et en murer l'entrée. C'était un moyen infaillible de résister aux assiégeants en cas de défaite. Nous allons manœuvrer ce mécanisme de l'extérieur. Ainsi tu seras emmurée vivante. J'espère que ton agonie sera très, très longue...

Desrochers s'éloigna en prenant Henriette de Saint-Fiacre par l'épaule.

Dans un sursaut de colère, Marion tenta de se libérer mais à ce moment précis, un grondement formidable ébranla les murs du château. Un amas de pierres recouvrait la porte.

Marion était prisonnière du château maudit.

CHAPITRE XVI

Une poussière âcre avait envahi la salle, des blocs de pierre avaient roulé sur les dalles. Marion était désespérée : il faudrait des mois pour retirer l'éboulement qui condamnait la porte. En pleurant de rage, elle tirait sur sa chaîne. Rien ne semblait pouvoir ébranler l'anneau fixé dans le mur. Pourtant, en examinant de près le scellement, elle s'aperçut que le crochet retenant l'anneau entre deux pierres bougeait légèrement. Animée d'un espoir insensé, elle se livra à de douloureuses contorsions pour atteindre, au prix de longues minutes d'efforts, un morceau de pierre pointu qui s'était détaché de la masse éboulée. La jambe désarticulée, la cheville à vif, le bras tendu de toutes ses forces, elle parvint, millimètre après millimètre, à saisir du bout de ses doigts la pointe de la pierre. Elle se reposa un long moment, pansa avec un morceau de sa chemise déchirée sa cheville sanglante, reprit son souffle et s'attaqua à l'anneau. Très lentement, pour ne pas casser la pierre effilée qui coupait sa main, elle creusa l'intervalle où était attaché l'anneau de fer. Au bout de plusieurs heures d'efforts épuisants, elle avait dégagé l'anneau de quelques millimètres. Assommée de fatigue, affamée, elle rangea soigneusement son instrument et se roula en boule pour dormir. Un vent mauvais soufflait sur les ruines du château. Grelottante de froid et de fièvre — la plaie de sa cheville s'était infectée — Marion souffrait abominablement. Elle s'endormit quelques instants, et sentit aussitôt des glissements furtifs sur ses jambes. Avec horreur, elle distingua dans la nuit des yeux rouges phosphorescents. D'énormes rats s'enhardissaient et se rapprochaient d'elle. Marion les chassa en frappant de toutes ses forces les bêtes visqueuses qui s'enfuirent en poussant des cris stridents. Mais au bout de quelques minutes, les rongeurs affamés s'approchèrent de nouveau. Ils comprenaient instinctivement que Marion ne pouvait pas se défendre, et de cri en cri, les rats se transmirent la nouvelle. Incapable de supporter plus longtemps les frôlements ignobles des bêtes qui couraient sur ses jambes, elle prit fermement son arme de pierre dans la main, et, retenant son souffle, resta totalement immobile. D'abord surpris, les rats hésitèrent, puis se rapprochèrent du corps étendu. Marion, la peau hérissée de dégoût, sentit des dents pointues mordiller sa cuisse. Elle se détendit d'un bond, saisit une bête gluante, l'écrasa sur le sol et plongea de toutes ses forces la pierre dans l'animal. Un liquide tiède et gluant coula sur ses doigts. Marion jeta au loin le corps du rat éventré, et tous les rongeurs se ruèrent pour se goinfrer de chair et de sang. A bout de résistance, Marion éclata en sanglots. Elle se ressaisit en pensant à Alice, perdue dans Paris, et au petit Pierre-Joachim qui devait l'attendre dans son berceau. Après un long moment de repos, elle s'attaqua de nouveau à l'anneau, se déchira les mains, brisa son arme improvisée, racla tant de fois la pierre que l'anneau s'ébranla, prit du jeu et tomba enfin, entraînant Marion qui perdit l'équilibre. Allongée sur le sol, les bras et les jambes écartées, elle savoura cette dure victoire : elle était venue à bout de sa chaîne comme elle viendrait à bout de tous les obstacles qui se dresseraient sur sa route !

Elle comprit vite que ses illusions étaient dérisoires. Rien ne permettait d'accéder à la porte recouverte de pierres, aucune autre issue n'était visible dans la grande salle abandonnée. Marion marcha de long en large, pour réhabituer ses muscles à fonctionner et prise d'une soudaine inspiration, se pencha dans la cheminée. Elle poussa un long cri qui se répercuta longtemps dans le conduit sombre. Elle hurla ainsi pendant de longues minutes, puis abandonna, découragée. Elle retourna au fond de la salle, chercha à glisser une main par l'étroite meurtrière, mais celle-ci était trop haut située et Marion ne réussit pas à l'atteindre. Prostrée, affaiblie par son jeûne prolongé, elle perdit à nouveau courage. La nuit s'abattit sur le château, le froid devint plus vif. Marion entendit des cris au-dessus de sa tête. Des oiseaux voletaient au-dessus de la cheminée, et le conduit faisait écho à leurs cris. Elle s'approcha, se glissa sous le manteau de la cheminée et, à tâtons, inspecta une à une les pierres couvertes de suie. Soudain sa main rencontra un creux. Elle avança. Le creux s'enfonçait dans la muraille. Un passage s'ouvrait dans la nuit. Le cœur battant, elle s'engagea avec d'infinies précautions dans le passage secret. Le sol descendait en pente douce. Dans ses mouvements, elle traînait derrière elle la chaîne et l'anneau de fer qui raclaient la paroi et résonnaient de la plus lugubre manière. Enfin, le sol redevint plat, l'étroit couloir s'élargit. En fixant de toutes ses forces la nuit noire, Marion crut apercevoir une fenêtre : des reflets de lune brillaient derrière un vitrail. Le souffle court elle s'appuya contre le mur et sentit une sculpture glacée contre son dos. Elle reconnut en tâtonnant la forme d'un animal taillé dans la pierre. Un détail l'intrigua : une patte de l'animal — un lion sans doute — dépassait du mur. Elle la prit en main machinalement, et la patte du lion rentra dans le mur en grinçant. Quelque chose venait de se produire que Marion ne pouvait deviner. Consciente du danger, avertie par un souffle d'air frais, elle fit un pas en avant, et, dans un hurlement de terreur, se sentit disparaître dans un gouffre sans fond.

Une violente douleur à l'épaule la fit revenir à elle. Elle gisait sur une pierre froide recouverte de mousse sèche et poussiéreuse. Incapable de bouger, elle resta de longues heures, immobile, à demi inconsciente. Puis, elle devina que le jour se levait. Une pâle lueur entrait dans la pièce et teintait de bleu la nuit profonde. Elle distinguait les contours d'une table, d'une armoire, d'un fauteuil. Elle faisait un mouvement, puis s'arrêtait, douloureuse et sans forces... Elle se traîna sur le sol recouvert d'un tapis complètement pourri. Des toiles d'araignée pendaient devant le soupirail grillagé. Elle se redressa et voulut s'asseoir dans le fauteuil à haut dossier, dont le rembourrage pendait en lambeaux. Ce qu'elle découvrit lui fit pousser un hurlement de terreur : une jeune femme était assise dans le fauteuil, les mains croisées. En tremblant, Marion la toucha. La peau était froide et dure comme du marbre. Le cadavre assis avait l'apparence d'une momie effrayante : la peau grise et parcheminée découvrait les dents de la malheureuse qui semblait sourire dans l'éternité... La poussière avait décoloré la robe rouge. Des rangs de perles avaient terni sur le cou, des diamants noircis ornaient encore un bracelet de métal terne qui avait été de l'or. Marion crut devenir folle. Devant la morte, sur la table, était ouverte une Bible. Ces mots terribles étaient écrits : « Recommandez votre âme à Dieu. Vous êtes entrés dans votre tombe. Vous ne pourrez jamais en ressortir. »

Marion fixait le cadavre avec horreur. Elle aperçut alors une niche dans la muraille. Un squelette était allongé sur les vestiges d'une couche. Une épée pendait à une ceinture. Une dague était serrée entre les os des doigts. Marion se souvint alors de l'histoire que lui avait racontée Desrochers : la disparition mystérieuse du templier, la malédiction qui s'était abattue sur la famille de Guern, la disparition tragique d'Adèle Le Plescoat la nuit même de ses noces... Marion en était convaincue : elle était tombée dans le piège que le templier avait tendu à ses agresseurs. Le squelette allongé était celui du vieux templier réfugié dans son repaire pour y mourir après avoir tracé, en guise de bienvenue, la sentence de sa malédiction sur la Bible ouverte... Et quelques centaines d'années plus tard, la pauvre Adèle Le Plescoat, poussée par la même curiosité qui avait perdu Marion, était venue rejoindre le templier dans cette tombe. Cette fois, Marion savait que tout espoir était perdu. Rien ne pouvait la faire sortir de ce lieu maudit. Elle devait se préparer à la mort. Elle adressa une prière à sainte Barbe, sa divine protectrice et s'allongea sur un coffre vermoulu pour trouver le sommeil.

Un miaulement plaintif la tira de sa torpeur : un petit chat gris ronronnait contre son visage. Avec sa patte, il caressa sa joue. Marion sentit la langue rêche lécher sa tempe. Le chat frotta son museau contre son cou. Cette présence réconforta la prisonnière. Elle se redressa et, tout en caressant le chat, réfléchissait à la venue de l'animal : aussi minuscule qu'elle fût, il existait une issue qui communiquait avec l'extérieur. Très doucement, elle mit le chat en confiance en lui parlant et en le caressant. Le chat jouait en tirant avec ses griffes un fil qui pendait du vêtement déchiré. Puis, en miaulant, il sauta à terre et courut jusqu'au catafalque où reposait le squelette du templier. Il se faufila dessous et disparut. Marion se jeta à terre, et découvrit un trou dans le plancher dévoré par les rats : utilisant ses dernières forces, elle décrocha une hache rouillée à la panoplie d'armes étalée sur la muraille et frappa avec toute son énergie sur le bois vermoulu qui se désagrégea en une sorte de sciure grisâtre. Un souterrain boueux s'enfonçait dans les profondeurs de la terre. Marion s'élança dans le noir. Le sol se dérobait sous ses pas, elle glissait, se rattrapait aux parois humides ruisselantes. Un peu plus loin, elle trébucha sur une masse étendue. Elle promena ses mains aveugles sur des ossements recouverts par des lambeaux d'étoffe. Avec une grimace de dégoût, elle reprit sa course folle et se trouva soudain dans une zone faiblement éclairée. Deux tunnels s'enfonçaient dans les profondeurs de la terre. Marion hésita et s'élança dans le souterrain de gauche. Elle glissa dans une flaque de boue et ne put se retenir. Son corps rebondit sur les parois, sa tête heurta un caillou, puis lourdement, elle tomba près d'une haute grille rouillée. Derrière, à perte de vue, s'étendait la lande bretonne. L'entrée du souterrain débouchait sur la colline qui domine Guern. Elle rassembla ses dernières forces et se mit à secouer la grille avec fureur. Un hurlement rauque s'échappa de ses lèvres. Elle retomba, au bord de l'évanouissement. A ce moment, elle aperçut un enfant qui gravissait la colline en chantant. Il portait une veste de mouton, une grosse culotte et des sabots remplis de paille. Sur la tête, il avait posé un chapeau pointu orné d'un ruban incolore. Derrière le berger, apparut un pauvre troupeau : trois chèvres effarouchées et nerveuses qui bondissaient en béguetant. Marion appela le berger. L'enfant, stupéfait, se tourna vers l'entrée du souterrain. Il aperçut alors une créature tout droit sortie de l'enfer, couverte de boue et de sang, la main tendue vers lui comme pour l'attirer dans l'ombre. Une grimace affreuse tordait les traits de la sorcière : c'était le sourire de Marion plus morte que vive, à bout de résistance.

L'enfant, terrorisé, se mit à courir en hurlant, poursuivi par les chèvres affolées, et même par le chien du troupeau, qui malgré son grand âge n'avait jamais vu silhouette plus effrayante que celle accrochée aux grilles du souterrain. Le silence retomba sur la campagne. Marion emplit ses poumons de l'air tiède de cette fin d'automne. Des parfums qu'elle croyait oubliés parvenaient jusqu'à elle, la bonne odeur du bois entassé pour l'hiver et les feuilles séchées qui craquent sous les pas. Un peu plus tard, une troupe apparut au bas de la colline. Des hommes armés de fourches s'approchaient prudemment. Marion ferma les yeux. Le berger, en tremblant, la montrait du doigt. Un homme en habit noir gesticulait en arrière : c'était le recteur de Guern, appelé pour exorciser. Les hommes s'avancèrent. Les fourches se firent plus menaçantes.

— Par pitié, sortez-moi de là, murmura Marion. Je me suis perdue dans les ruines.

— C'est une sorcière, s'écria un homme aux yeux remplis d'effroi. Il faut la brûler...

— Donnons-lui quelques coups de fourche, pour voir si son sang est bien noir comme celui des diables...

— Qui es-tu ? demanda le recteur d'une voix qu'il voulait assurée.

— Je suis Marie Tromel, du Faouët... la Marion des grands chemins... La compagnie Finefont...

— Marion du Faouët ? demanda le recteur d'une voix incrédule. La flibustière ?

— Oui... par pitié, sortez-moi de là, et donnez-moi à manger... je vais mourir de faim...

Les hommes se concertèrent. Il fut décidé qu'on ne sortirait pas la femme avant qu'on l'eût identifiée. On s'en alla donc chercher du côté du Véhut le témoin indispensable. Pendant ce temps, sur l'insistance du recteur, le berger déposa en tremblant devant la grille un fromage de lait caillé et une miche de pain. Marion se jeta sur la nourriture et l'avala férocement. Son estomac contracté par le jeûne brûlait atrocement. Cet appétit très charnel sembla rassurer les paysans qui allèrent chercher un pot de lait crémeux. Marion le but d'un trait, et le lait coulait dans sa gorge comme une source fraîche. Et puis, enfin, le galop d'un cheval se fit entendre et Penhoat apparut, pâle et ombrageux. Il sauta à terre, se présenta aux paysans silencieux et se précipita vers Marion qui chancelait d'émotion.

— Mon pauvre amour ! murmura-t-il, en serrant la main fiévreuse que Marion lui tendait à travers la grille. Qu'est-ce qu'ils t'ont fait ?

Marion pleurait et riait à la fois. Les paysans s'armèrent de pioches et brisèrent les anneaux rongés par la rouille. La grille s'abattit avec un bruit infernal.

Marion fit quelques pas en chancelant, mais un vertige l'éblouit et elle glissa dans les bras de Penhoat qui marchait derrière elle.

— Distribue-leur des présents et des vivres, murmura faiblement Marion. Ils m'ont sauvé la vie. Donne une bourse entière à ce petit berger : sans lui je serais morte de faim...

La nuit tombait lorsque Penhoat arriva au Véhut. Il portait dans ses bras Marion endormie. Son cheval s'arrêta en hennissant devant la porte de la ferme. Tout le monde sortit. On emporta la rescapée, on la coucha et on soigna ses plaies. Au milieu de la nuit, Jagouret arriva en courant. Il apportait de mauvaises nouvelles : une troupe de dragons, envoyés par le sénéchal, progressait vers Le Véhut. Il fallait partir, en pleine nuit, transporter le corps inconscient de Marion, enrouler l'enfant dans ses langes, emporter des vivres pour subsister quelques jours.

L'exil commençait.

CHAPITRE XVII

Les dragons donnèrent l'assaut au petit matin. Une partie des soldats investit les bâtiments de la grande ferme. Le reste de la troupe, posté aux croisements des sentiers, encerclait les environs sur deux bonnes lieues. Guillaume et Marion avaient prévenu leurs compagnons. Penhoat, à cheval, faisait la tournée des retardataires. Il fallait arracher un ivrogne au sommeil, un amoureux aux bras de sa belle, un inconscient au danger.

Un rendez-vous fut fixé sous les frondaisons discrètes du parc Charles, situé à l'écart de la ville, sur la route qui conduit à Kerly. Des guetteurs furent disposés aux détours des chemins. Marion, très pâle, affaiblie par son aventure, se tenait toute droite sur sa jument, serrée frileusement dans une longue cape noire. Autour d'elle, ses compagnons restaient silencieux. Jagouret grimpait dans un arbre pour surveiller l'arrivée de Guillaume et de Penhoat. Guillaume revint le premier, porteur de mauvaises nouvelles.

— Cette fois, ils iront jusqu'au bout, affirma-t-il.

— Mais pourquoi aujourd'hui ?

— Je ne sais pas. Il a dû se passer quelque chose que nous ignorons...

— Desrochers a dû apprendre que je me suis évadée du château de Guern, et il a voulu attaquer aussitôt...

— Il y a autre chose : le sénéchal n'a pu agir qu'avec une plainte ou des preuves formelles...

Jagouret descendit de son arbre.

— Penhoat arrive...

Le cheval déboula dans la clairière. Jeannot sauta à terre. Il était abattu.

— Le malheur est sur nous, murmura-t-il. On ne parle que de ça dans le pays. Cette nuit Mahé, Bulze et Perrin sont partis boire à Lorient. Ils se sont enivrés et sur le chemin du retour, ils se sont arrêtés à Ploermeur, pour réveiller un aubergiste et boire encore. On les a chassés à coups de bâton... Mahé et Bulze étaient furieux. Ils ont cassé les vitraux de la chapelle de Larmor et ils ont fait un tel chahut que le village en a été réveillé. L'église a été entourée ; Mahé, Bulze et Perrin ont été arrêtés et livrés aux juges. Le sénéchal est intervenu...

— Il faut les délivrer, s'écria Marion.

— Non, c'est trop tard, répondit Penhoat. Ils sont perdus.

— Mais pourquoi ont-ils avoué ?...

— Ils n'ont pas avoué. Mais on a témoigné contre eux : Gallo, payé par le sénéchal, a formellement reconnu ses anciens compagnons et donné la liste des méfaits qu'ils avaient commis ensemble. Il a été libéré.

— Et les autres ?

— Ils ont été jugés ce matin.

Marion se tourna vers Guillaume.

— Pourquoi ont-ils fait cela ? Il faut partir immédiatement. Nous pouvons peut-être encore les sauver. Nous attaquerons. Ne perdons pas de temps...

Les flibustiers dévalèrent la route, Marion à leur tête. Dans les champs, les paysans surpris regardaient avec inquiétude le funèbre cortège prendre la direction du Faouët. Lorsqu'ils arrivèrent dans le village, ils trouvèrent les rues désertes et les boutiques fermées. Le volet de bois était posé sur la porte du Lion d'Or. La compagnie traversa Le Faouët et se retrouva sur la grand-route de Scaër. Des groupes de gens revenaient au village. En apercevant la troupe des bandits, ils se signaient...

— Mon Dieu, murmura Marion, ils reviennent du gibet...

Elle lança sa jument au galop, suivie de tous ses compagnons. Dans un grondement épouvantable, ils traversèrent Vetveur. Un peu plus loin, un attroupement encombrait la route à la hauteur des trois gros chênes : on apercevait de loin les corps des pendus. Marion sauta à terre et s'approcha des arbres. Accrochés à une haute branche, les corps de Mahé, le bossu, et de Bulze, son ami, se balançaient comme des pantins dérisoires. Mahé souriait dans la mort. Le cou brisé, il n'avait pas eu le temps de souffrir. Bulze, lui, avait le masque noir et convulsé de ceux qui ont agonisé longtemps.

Les gens du village, effrayés par l'arrivée de la compagnie Finefont, se dispersèrent dans la campagne. Marion regarda une dernière fois les corps suppliciés.

— Je jure de vous venger, dit-elle froidement.

Derrière elle, les compagnons firent le même serment. Marion donna des ordres brefs et s'éloigna au grand galop en direction du Faouët.

La nuit était noire. Gallo rasait les murs. Le chapeau rabattu sur les yeux, il traversait la place de la halle, l'oreille aux aguets, un poignard à large lame bien serré dans sa main. Soudain, des ombres s'agitèrent sous les piliers. Avant qu'il n'eût eu le temps d'esquisser le moindre geste, Gallo était entouré d'épées. Accablé de terreur, il comprit que sa dernière heure était arrivée. Il tenta de se défendre, eut le fol espoir de s'enfuir, mais aussitôt les lames pointées vers lui s'enfoncèrent dans sa chair. Il poussa un cri d'épouvante. Au fond de la halle, Marion apparut, sombre incarnation de la justice. Gallo tomba à genoux.

— Grâce, implora-t-il. On m'a forcé à parler...

Il ne rencontra que des regards glacés et méprisants.

— Donnez-moi une chance...

Personne ne lui répondit. Gallo se mit alors à sangloter. Penhoat passa derrière lui et lança une longue corde sur les poutres de la halle. Il passa un nœud coulant au cou de Gallo.

— Nous t'apportons un message de François Mahé, le bossu, et de Yves Bulze... Ils t'attendent là où tu les as envoyés. Ils te demanderont des comptes lorsque tu les rejoindras !

— Vous ne pouvez pas... Pas ici...

— Tu serviras d'exemple. Tu auras beaucoup de visites, demain matin quand tu te balanceras tout raide au bout de la corde... Il faut payer, Gallo, il faut toujours payer ses dettes...

Marion fit un geste. Guillaume tira d'un coup sec, la corde se tendit. Gallo se mit à trépigner nerveusement, puis on entendit un craquement sinistre et le corps du pendu s'affaissa. Il tournoyait lentement dans la nuit, fixant d'un regard halluciné les terres froides qui l'entouraient.

Une feuille de papier fut accrochée à son dos. On y avait écrit un seul mot : traître.

L'émotion fut grande, le lendemain dans le village. Les enfants, insouciants de la mort, dansaient sous le cadavre. Les paysans réunis discutaient gravement. Puis les hommes du sénéchal arrivèrent, Nicolas Guyet à leur tête. Ils firent décrocher le pendu et ordonnèrent qu'on l'enterrât aussitôt.

Un arrêté du parlement de Bretagne fut lu en place publique : il ordonnait que Marie Tromel, dite Marion du Faouët, fût arrêtée et conduite en prison pour y être jugée. Elle était accusée de complicité d'assassinat. Elle méritait la mort. Quiconque connaissait son repaire ou l'apercevait devait immédiatement en avertir la maréchaussée sous peine de prison...

Les hommes du sénéchal repartirent. Les gens du village se dispersèrent, graves et silencieux. Spontanément ils prenaient le parti de Marion. La justice ne leur avait jamais paru plus vaine et plus discutable. Lorsqu'un drame survenait, les indécis se rangeaient du côté des leurs, selon une ancestrale coutume. On arrange ses affaires entre gens du même monde.

Marion et sa troupe galopèrent jusqu'au château de Kergroaz. La grille monumentale était fermée. Penhoat sauta par-dessus et l'ouvrit de l'intérieur. Le château était vide, le feu éteint, les écuries sans chevaux. Les compagnons de Marion brisèrent quelques meubles, crevèrent des tableaux, arrachèrent quelques tentures, dévalisèrent une remise où pendaient des saucisses et des jambons. Ils emportèrent un fût de vin de Saumur. Soudain, Marion entendit un bruit venant de l'extérieur. Suivie de Penhoat armé d'un pistolet, elle découvrit dans la porcherie un homme affalé par terre, les bras sur sa tête en proie à une vive frayeur.

— Qui es-tu ? demanda-t-elle d'une voix rude.

— Je suis un valet, rien qu'un pauvre valet, répondit l'homme en bégayant.

— Ton nom ?

— Tulard, mais je suis un valet...

— N'aie pas peur, imbécile, dit Marion avec mépris, et cesse de trembler. Où est ton maître ?

Tulard risqua un œil implorant vers les assaillants.

— Je ne sais rien, rien du tout...

Marion le prit par l'épaule et le secoua.

— Ecoute-moi bien, et cesse de gémir, tu vas parler, sinon je te fais pendre par les pieds...

— Non, non, hurla Tulard, pas par les pieds...

— Alors, parle...

— Mon maître est parti hier, avec ma maîtresse et quatre hommes. Ils ne reviendront pas de sitôt...

— Qu'est-ce qui te fait dire cela ?

— Dame, ils sont partis pour Paris. Je crois qu'ils vont y rester longtemps...

— A Paris ?

Marion était songeuse.

— Il paraît qu'ils ont un compte à régler avec quelqu'un qui est là-bas...

Marion pensa immédiatement à Alice.

— Il a parlé d'une petite fille ?

— Je crois bien.

— A-t-il prononcé le nom d'Alice ?

— Je crois pas.

Marion exaspérée fit semblant de tirer son épée. Le valet joignit les mains et l'implora.

— Pitié, pitié, je vous dirai tout. Mon maître veut retrouver une troupe de gitans qui se cache à Paris... Voilà, je ne sais plus rien...

Marion fit un signe et la compagnie se retira, abandonnant le pauvre homme à sa terreur.

Le soir, dans la salle de la ferme du parc Charles, la compagnie était réunie pour la dernière fois : Madeleine et son petit garçon, Hélène Kerneau qui berçait Pierre-Joachim, Jagouret, désespéré par la mort de ses deux compagnons, Penhoat, Guillaume et tous les autres.

— Mes amis, dit gravement Marion, je dois m'en aller...

Un murmure parcourut l'assistance.

— L'homme qui a provoqué tous nos malheurs, qui a assassiné mon père, qui a enlevé ma fille, qui a causé la mort d'Hanviguen et de vos compagnons, s'en est allé à Paris. Je crois qu'il nous fuit. J'ai peur qu'il ne se venge sur Alice.

Marion, plus émue qu'elle ne paraissait, les regarda tour à tour.

— Je ne sais pas si je reviendrai...

Il y eut un long silence.

— Je ne sais pas ce qui m'attend à Paris. Mais je dois y aller. Je vous laisse ici, avec la mission de continuer. Il faut poursuivre le combat. N'oubliez jamais notre loi : prenez aux riches ce qu'ils ont en trop, et donnez aux pauvres ce qui leur manque ! Refusez la justice qui désavantage les faibles ! Défendez-les ! Tout ce qu'on a fait jusqu'à ce jour ne sera pas inutile si vous savez continuer... On parlera de nous longtemps ; parce que nous sommes le seul espoir pour ceux qui n'ont rien...

Marion se tourna vers Penhoat et Guillaume.

— C'est vous deux les plus vieux ! Guillaume, tu seras le chef, et Jeannot t'aidera. Le chevalier de Robien m'a appris une chose, il faut être exigeant avec soi-même autant qu'on peut l'être avec les autres : c'est la seule loi pour commander et se faire obéir...

Penhoat la prit à l'écart. Son regard était grave.

— Je ne te laisserai pas partir seule.

— Non, mon Jeannot, je ne veux pas que tu viennes. Guillaume a besoin de toi ici, les autres aussi. Vous ne serez pas trop de deux pour tenir notre compagnie. Je penserai souvent à vous, et à toi encore plus, ajouta-t-elle, d'une voix que l'émotion brisait.

— Quand pars-tu ? demanda Penhoat tristement.

— Tout de suite.

Hélène Kerneau serrait dans ses bras le petit Pierre endormi.

— Mange bien avant de partir, dit-elle seulement.

Marion éclata de rire. Des larmes brillaient dans ses yeux.

— Je pars pour vaincre, ne soyez pas tristes, je me sens forte et vaillante et si quelqu'un se met en travers de mon chemin, j'irai parler au roi...

Elle se tourna vers ses compagnons atterrés.

— Olivier Guilherm, veux-tu venir avec moi ?

Olivier bondit. La perspective de connaître Paris, de se lancer dans la folle aventure d'un aussi long voyage, lui plaisait.

— Je suis déjà parti, répondit-il joyeusement.

— Et toi, Lafleur ?

Lafleur regarda ses compagnons, tout fier d'avoir été choisi.

— Moi ? dit-il. Je cours, je vole.

Marion enfila sa cape, ses gants. Elle n'arrivait pas à cacher son trouble et son émotion.

Penhoat s'approcha d'elle. Elle se blottit dans ses bras.

— Tu penseras à moi ? demanda-t-elle dans un murmure.

— Tu serais même au bout de la terre que je ne te quitterais pas...

— Tu sais, ajouta-t-elle dans un souffle, je ne suis pas si forte qu'on le croit. Je doute de moi, quelquefois, j'ai peur... mais il ne faut pas que ça se sache... Prends soin d'eux, dit-elle en désignant sa mère, l'enfant et Guillaume.

Une dernière fois, elle embrassa sa mère qui la retint pour lui recommander d'être très prudente, serra le bébé endormi dans ses bras, puis, très vite, elle monta sur la jument qui releva fièrement la tête.

— Si Dieu le veut, je reviendrai avant l'hiver et nous fêterons Noël ensemble, avec Alice et vous tous...

Marion caressa la crinière de sa jument en regardant une dernière fois le décor paisible de son bonheur. La bête bondit en avant et disparut derrière le rideau de hêtres et de châtaigniers. Guilherm et Lafleur chevauchaient derrière en discutant gaiement, échafaudant mille extravagances qu'ils accompliraient à Paris. Tard dans la nuit, Hélène Kerneau priait encore pour sa fille.

CHAPITRE XVIII

Une foule bigarrée et bruyante encombrait les portes de la capitale. Aux barrières de l'octroi se pressait une masse confuse de voyageurs, de cultivateurs venus de leur village vendre volailles et légumes ; des mendiants, des bohémiens, des militaires en goguette, des filles désœuvrées qui attendaient la bonne fortune en la personne d'un bourgeois discret et généreux. Des enfants pleuraient dans les jupes de leurs mères, des bateleurs invitaient au spectacle qu'ils donneraient le soir, et des marchands ambulants vantaient leur marchandise en de longs et inintelligibles hurlements. Dans un enchevêtrement qui paraissait inextricable, charrettes et carrosses, diligences et cabriolets étaient emmêlés, les chevaux hennissaient et les cochers faisaient claquer les fouets en poussant des jurons. Des cloches se répondaient d'église en chapelle, égrenant les notes sourdes du glas ou l'envolée joyeuse d'un baptême.

Aussitôt passée la barrière, on se trouvait dans une rue étroite et bordée de maisons de guingois. Des échoppes offraient à tous les vents des quartiers de viandes boucanées, des enseignes grinçaient au vent. Une odeur forte, nauséabonde, prenait à la gorge le voyageur habitué à l'air vif de la campagne. Tous les miasmes et émanations de la grande cité flottaient autour des immeubles, effluves insupportables de décomposition, de crasse et de latrines montant des maisons humides qui ne voyaient jamais le soleil.

Autour des églises et des cimetières planait l'odeur douce et entêtante de la mort. Les fosses surchargées dégageaient des exhalaisons sépulcrales qui incommodaient souvent les passants. Mais les Parisiens s'étaient habitués à l'odeur pestilentielle qui avait envahi leur ville. Un flot incessant de colporteurs animait les rues les moins passantes : la plupart des marchandises que la capitale consommait étaient transportées à dos d'hommes. Quinze cent mille muids de blé, quatre cent cinquante mille muids de vin, cent mille bœufs, quatre cent quatre-vingt mille moutons, trente mille veaux, cent quarante mille porcs, cinq cent mille voies de bois, deux millions deux cent mille bottes de foin et de paille, cinq millions de livres de suif : tels étaient les besoins de Paris chaque année, et cela représentait cohues et embouteillages.

Neuf heures sonnèrent au clocher de Saint-Marcel. Les perruquiers se hâtaient dans les rues, couverts de poudre, tenant à la main perruques et fers à friser : c'était l'heure où l'on coiffait les bourgeoises dans les riches maisons des faubourgs, et les princesses dans les palais luxueux. Les limonadiers livraient le café et les bavaroises dans les chambres garnies. Des jardiniers aux habits terreux, les yeux battus de sommeil sortaient de la ville, leur grand panier vide à la main. Ils s'en retournaient dans leurs potagers de la banlieue.

Un peu plus loin, sur le faubourg Saint-Michel, on apercevait les habits noirs des plaideurs qui se rendaient au Palais de Justice ou au Châtelet. Au coin des rues, des passants s'attroupaient autour d'une femme qui portait une fontaine de fer-blanc sur son dos : c'était la marchande de café au lait, qui, pour deux sous, servait un petit pot de terre rempli de ce liquide tiède dont les Parisiens raffolaient. Cette boisson, que les limonadiers vendaient trois fois plus cher dans les boutiques luxueuses, servait d'ordinaire aux ouvriers les plus pauvres : on trempait un morceau de pain dans son café au lait pour tout repas. Une quantité étonnante de porteurs d'eau déambulaient dans les rues : ils avaient à approvisionner maisons et galetas, chambres et hôtels, portant sur leur dos leur lourde marchandise, descendant dans les caves ou montant, par les escaliers sombres et puants, jusqu'aux mansardes des étudiants.

Marion, Olivier et Lafleur avançaient lentement dans les rues encombrées. Leurs regards ébahis trahissaient les gens de la province, les voyageurs naïfs qu'une foule de profiteurs professionnels pourraient voler aisément. Ils s'adressèrent à un soldat du guet qui leur indiqua une écurie où laisser les chevaux.

— Je vous préviens, dit-il en riant, qu'ici on paie plus cher pour loger et nourrir un cheval qu'un homme...

Dans un enchevêtrement de rues tordues et boueuses, aux trottoirs recouverts d'immondices et de reliefs de toutes sortes, Olivier trouva l'écurie où il laissa les trois chevaux. Prudemment l'homme demanda à Olivier s'il avait son permis de séjour, Olivier le lui présenta et l'homme lui demanda de payer une semaine d'avance. Olivier, qui ne connaissait pas les usages, accepta et repartit. Marion discutait avec une grosse femme sale, passablement éméchée. Elle proposait aux voyageurs de leur indiquer, contre quelques sous, un bon hôtel où ils pourraient dormir et manger sans dépenses excessives. Olivier, tout éberlué par la foule et le bruit, accompagna les deux femmes sans prononcer une parole, bientôt rejoint par Lafleur, épouvanté d'avoir failli, pendant un instant, se perdre dans la grande ville.

L'hôtel garni du Cœur-Volant où les conduisit la poissarde était situé à l'angle des rues du Cœur-Volant, des Mauvais-Garçons et des Boucheries. C'était une maison haute et étroite, hâtivement blanchie à la chaux, aux fenêtres sans volets, à la porte basse et sans lumière. Une forte odeur de moisi prenait à la gorge dès l'entrée. Un homme occupé à écrire était penché sur une chandelle fumeuse.

— Je t'amène des voyageurs, grogna la vieille.

L'homme leva la tête et identifia aussitôt ses visiteurs : des paysans. L'hôtelier était rusé.

— Je n'ai plus de chambre, c'est complet, répondit-il sèchement.

Il adressa un clin d'œil à la poissarde.

— Mes pauvres amis, vous aurez bien du mal à trouver un logement. Paris est rempli de voyageurs, ces temps, et beaucoup couchent sous les ponts.

Il se replongea dans son écriture. La vieille fit un signe rassurant à Marion.

— Dis donc, ce sont des relations à moi, tu pourrais peut-être leur donner l'appartement...

L'aubergiste releva sa maigre tête jaune. Les lunettes cerclées de fer étincelèrent à la lueur de la bougie. Il se frotta machinalement les mains.

— Sûr qu'il reste l'appartement, mais avez-vous de quoi payer ?

Marion commençait à se méfier de l'aubergiste.

— Combien coûte-t-il votre appartement ?

L'homme évalua une dernière fois les habits des voyageurs.

— Trois louis par jour, lança-t-il. Plus la lumière et le feu.

Marion regarda Olivier. Celui-ci fit une grimace. Pour ce premier jour, ils n'avaient pas le choix.

— Nous le prenons...

L'aubergiste regarda les deux hommes.

— Ce n'est guère la coutume de loger ensemble deux hommes et une femme, mais en attendant que mes chambres se libèrent, je fermerai les yeux...

Il hésita un instant et ajouta :

— Vous devriez faire attention, madame, et ne pas sortir ainsi accoutrée dans les rues... On ne voit guère de femmes en culotte dans ce quartier... Vous vous ferez remarquer et vous vous exposerez à bien des déboires : on guette les gens de province pour les voler.

Marion regarda ses habits : la veste de daim, la culotte

de peau, les bottes retournées aux genoux, lui paraissaient pourtant naturels.

La poissarde s'approcha d'elle.

— Je connais une brave couturière qui vous fera des robes comme il faut en porter... Pour vos amis, le voisin est un tailleur : il leur coupera un habit ou deux pour presque rien.

La vieille jubilait. Elle touchait une commission pour chacune des affaires qu'elle apportait à ses complices et avait bien gagné sa journée.

— Je peux vous louer une domestique, dit encore l'aubergiste. Cela fera un louis de plus par jour. Vous la voulez ?

— Oui, oui, répondit Marion, que le dépaysement amusait.

— Bertine, viens donc ici...

Un trottinement se fit entendre et une frêle jeune fille apparut. Elle était menue, blonde, maigre, presque encore une enfant. Elle s'inclina cérémonieusement devant les voyageurs en souriant.

— Conduis-les à l'appartement et arrange leurs bagages. Tu es à leur service.

Bertine salua encore et prit les sacs que les trois voyageurs avaient emportés avec eux : quelques affaires peu appropriées à Paris.

L'appartement se composait d'une antichambre sombre tendue de toile verte, d'une chambre attenante décorée de papier à fleurs, d'un salon aux meubles branlants, et d'une minuscule remise sommairement aménagée en salon ou en chambre d'appoint. Le tout était terne, triste, sale et poussiéreux, et partout flottait la même odeur de rance et de moisi, relevée de fumets divers et aussi malodorants les uns que les autres. Marion ouvrit la fenêtre qui donnait sur la rue du Cœur-Volant : une bouffée de cris monta jusqu'à elle. Des roues grinçaient sur le pavé, des coups de marteau ébranlaient le mur.

Bertine rangea les bagages des voyageurs et demanda ce qu'ils désiraient.

— Nous voulons boire, répondit Olivier, en lui adressant un galant sourire.

— Je m'en vais vous chercher un pichet de bon vin.

Lorsque Bertine eut disparu, les trois amis se regardèrent.

— Je n'ai qu'une envie, murmura Marion, c'est de partir d'ici.

Lafleur faisait grise mine. Olivier lui avait réservé la remise et s'était gardé pour lui la chambre d'entrée. Marion dormirait entre ses deux compagnons, dans la belle et vaste pièce meublée du seul grand lit.

Le vin était frais et agréable. Marion but à la réussite de leur voyage. Plus tard, la poissarde, qui avait encaissé son pourboire, conduisit Marion chez la couturière. Pour vingt livres, celle-ci lui façonna une jupe de drap bleu, ample selon la dernière mode, un justaucorps de drap de la même couleur, deux foulards, trois paires de bas de laine et une robe de velours d'un bordeaux très foncé. Marion paya quatre livres supplémentaires pour deux paires de souliers de cuir. La couturière donna l'ouvrage aux cousettes en promettant que tout serait livré le lendemain. Olivier et Lafleur avaient été plus économes. A eux deux, pour deux habits galonnés, quatre paires de bas, deux paires de souliers de cuir, deux chapeaux, deux chemises et deux cravates, ils n'avaient dépensé que trente livres et dix sous.

Les trois aventuriers, fourbus par le voyage, dormirent tout le jour. Le soir, ils se firent monter à souper par Bertine : ils eurent droit à un insipide bouillon clairet, un gigot brûlé et un salmis de volaille qu'ils arrosèrent du vin léger de la maison. Le lendemain, comme promis, la couturière livra les robes : Marion apparut à ses compagnons habillée comme une bourgeoise et les deux garçons poussèrent des hurlements joyeux en la découvrant si belle et si à son aise dans des vêtements auxquels elle n'était pas accoutumée : taille serrée, corset douloureux, jupons encombrants, elle portait tout cela avec une grâce de princesse. Les jours suivants, ils visitèrent le quartier.

Lorsqu'ils se furent habitués à la foule et aux bruits, ils poussèrent plus loin leurs recherches : par la rue des Mauvais-Garçons, ils rejoignirent la rue de Bussy, coupèrent par la rue de Bourbon-le-Château, longèrent la rue de l'Abbaye et se retrouvèrent sur la place Saint-Germain-des-Prés, étroite et sombre, entourée de maisons pointues. Ils pénétrèrent dans l'église où une messe était dite par trois abbés et plusieurs clercs. Les orgues déchaînées, l'assistance nombreuse, les vapeurs d'encens, rendaient la cérémonie magnifique. Marion, agenouillée au fond de la nef, pria avec ferveur. Olivier et Lafleur regardaient les belles dames couvertes de bijoux, qu'entouraient des galants plus attentifs à leur plaire qu'à s'imprégner du sermon ennuyeux qu'un abbé bedonnant déclamait du haut de la chaire.

A la sortie de la messe, Marion aperçut une troupe de bohémiens : ils donnaient un spectacle sur la place. Les tréteaux dressés contre la rue Childebert attiraient les badauds : on y voyait des équilibristes danser sur une corde, un avaleur de feu cracher de longues flammes orangées, des chiens savants se dandiner en arborant des perruques et des rubans ridicules. Un vieux gitan faisait la quête dans le public, et les passants jetaient dans son chapeau des pièces qui tintaient agréablement. Deux comédiens grimés mimèrent un duel. Les spectateurs encouragèrent les combattants. Marion, sans hésiter, prit le gitan par le bras.

— Je cherche une petite fille rousse, qui est arrivée à Paris voici quelques mois avec une troupe de gitans, peut-être la connaissez-vous ?

Le gitan évalua d'un coup d'œil les beaux habits neufs.

— Comment s'appelle-t-elle ? demanda-t-il à voix basse.

— Alice...

Le gitan jeta un coup d'œil autour de lui.

— Je la connais... Je l'ai vue encore hier soir... Pourquoi

la cherchez-vous ? chuchota-t-il, avec une mine de conspirateur.

— Je suis sa mère et je voudrais la ramener chez moi...

Le gitan hocha pensivement la tête.

— Cela coûtera cher...

Marion commit encore une imprudence :

— J'ai tout l'argent qu'il faudra, s'écria-t-elle.

— C'est bon, dit alors le gitan. Retrouvons-nous ce soir, vers minuit, sous le pont des Arts. Je vous l'amènerai. Vous, apportez votre argent. Maintenant, filez, dit-il entre ses dents, il ne faut pas que l'on nous voie ensemble.

Marion s'éloigna furtivement. Olivier et Lafleur la rejoignirent dans la rue Sainte-Marguerite. Elle semblait bouleversée.

— Je crois que j'ai retrouvé la trace d'Alice...

Olivier fronça les sourcils. Marion lui raconta sa conversation avec le bohémien.

— Je ne crois guère à cette fable, dit-il. Retrouver une enfant dans Paris ne me paraît pas facile, et comme par miracle, le premier brigand à qui tu t'adresses va te la rendre ? Fais attention, Marion, ceci cache encore un piège...

Marion réfléchit un instant. Olivier avait raison. Mais elle ne voulait pas s'avouer battue.

— J'irai tout de même, dit-elle d'un air buté. Je ne peux négliger aucune chance.

Olivier secoua la tête. Lafleur ouvrit de grands yeux inquiets.

— Je sais que je la retrouverai.

CHAPITRE XIX

L'hôtel de Saumur était une noble et vaste construction qui s'élevait, rue Coquillière, près de la place des Victoires, face à l'hôtel de Soissons. Cette riche demeure, construite au début du siècle, avait été vendue au prince de Rohan-Guéméné qui la réservait à ses hôtes de marque séjournant à Paris. L'intérieur était digne des palais antiques : des tentures pourpre et or ornaient les murs, des candélabres en argent massif, où brûlaient en permanence des centaines de chandelles, éclairaient les salons vastes et innombrables d'une lumière aussi vive que celle du soleil. Des miroirs se renvoyaient les images confuses des statues de marbre, des meubles dorés, des fauteuils recouverts de tapisseries d'Aubusson. Là, passaient des femmes extrêmement belles que les lueurs des chandelles rendaient presque irréelles. Cette lumière savante ôtait le poids des ans, les rides du temps et les fatigues de l'âme ; un bien-être merveilleux s'emparait des visiteurs.

Le seigneur de Kergroaz et Henriette de Saint-Fiacre avaient trouvé refuge dans ce palais, complaisamment mis à leur disposition sur la recommandation du sénéchal Louvard. Servis par une multitude de valets et de servantes, les deux amants y étaient traités comme des princes, ce qui satisfaisait pleinement leur vanité. En vérité, Kergroaz se cachait à Paris. Il craignait en Bretagne que Marion ne fît éclater un scandale sur lui. Il aurait été bien en peine d'expliquer à un tribunal pourquoi il avait emmené Marion dans le château de Guern, mais encore l'origine de ses titres, de son rang, et la provenance de sa confortable fortune. Et puis, à Paris, il avait le moyen de réduire à jamais sa redoutable adversaire au silence, en retrouvant la petite Alice et en la gardant en otage. Enfin, la perspective de connaître la Cour, d'y briller aux côtés de la belle Henriette, achevait de le griser. Il était de ces hommes qui fuient sottement les dangers en croyant qu'on peut impunément échapper à son destin. Cet ancien spadassin, condamné au bagne, enlevé à une mort certaine par le comte de Kerviguen, avait admirablement appris son rôle de nobliau de province. Il avait cette morgue méprisante pour les humbles qui se transforme en obséquieuse servilité pour les puissants, et qui est à l'origine de bien des réussites. Le siècle du roi bien-aimé, tout entier voué à la corruption, aux plaisirs et aux intrigues les plus viles, favorisait cette race d'hommes vains et superficiels, qui se veulent les éternels seconds ou les faire-valoir des princes qui gouvernent.

Ce soir-là, assis à un bureau en bois de rose, éclairé par une lampe à bec, Kergroaz attendait nerveusement une visite. Les hommes de Louvard, qui connaissaient à Paris les gens et les lieux qu'il fallait connaître, avaient organisé une rencontre avec un personnage effrayant, une sorte de monarque des gueux et des tire-laine. Dans un boudoir délicat, Henriette de Saint-Fiacre faisait plus ample connaissance avec le personnel attaché à sa personne : elle inspectait la femme de chambre brune aux formes épanouies, qui ne semblait connaître ni la timidité ni la pudeur. Elle avait accepté de prouver à sa nouvelle maîtresse ses incomparables talents et caressait avec ferveur le dos nu de la sensuelle Henriette. Un jeune valet, appelé lui aussi à honorer sa maîtresse, les vêtements en désordre, attendait patiemment qu'on fasse appel aux armes naturelles dont la nature l'avait généreusement pourvu.

Kergroaz entendait les soupirs qui parvenaient jusqu'à

lui. Les débordements incessants d'Henriette, son appétit féroce pour tous les plaisirs, la perversion profonde qui la dégradait chaque jour davantage, ne l'émeuvaient plus. Ses sens émoussés s'étaient lassés de l'ardeur fastidieuse de sa maîtresse, et en vérité, une certaine aversion s'emparait de lui lorsqu'il ne pouvait refuser les rapports qu'elle exigeait. Kergroaz rêvait de solitude, du silence du grand large, dans le manoir qu'il se ferait construire un jour, sur les hauteurs de Carantec, le village où il était né, dans la pauvreté honteuse d'une famille d'ivrognes. Un silence que personne ne viendrait troubler, qu'aucune exigence ne viendrait interrompre, qu'aucun souci ne rendrait inquiétant : cette retraite ne pourrait être vécue qu'avec une fortune dont Kergroaz estimait qu'il ne possédait pas le dixième. Il allait donc, comme bon nombre de ses semblables, passer la plus grande partie de sa vie à préparer un avenir utopique. Au contraire des oiseaux, il se souciait du lendemain. Mais on ne pouvait guère lui en tenir rigueur : il n'avait jamais lu la Bible.

Un valet espagnol vint annoncer le visiteur. Kergroaz s'empressa. Une porte s'ouvrit, un pas puissant claqua sur le marbre. L'homme apparut. Kergroaz resta immobile, frappé de stupeur. Cet homme qui se tenait devant lui, la main posée sur la garde de son poignard, ce regard noir et inflexible, cette moue hargneuse, c'était Kéroué ! le voleur, le tueur à gages, le bras qui avait frappé le chevalier de Latreille ! qui avait enlevé Marion ! là-bas, au Faouët... Kéroué ne dissimula pas sa surprise. Ses yeux détaillèrent Desrochers, évaluèrent la richesse de ses habits, la qualité de sa perruque, le cadre magnifique dans lequel il vivait, puis, brutalement, Kéroué éclata de rire.

— Le seigneur de Kergroaz !

Blessé par la dérision qu'il avait lue au fond des yeux du bandit, Kergroaz tourna le dos et feignit de s'absorber dans la contemplation d'une toile représentant une mise au tombeau. Kéroué se calma et s'assit lourdement sur un fauteuil.

— Je m'attendais à tout, sauf à te retrouver seigneur de quelque chose et habitant un palais...

Kergroaz grimaça un mince sourire.

— Ma surprise est aussi grande : la dernière fois qu'on m'a parlé de toi, tu croupissais au fond d'un cachot et personne n'aurait parié un sol pour ta vie.

Kéroué hocha la tête et étendit ses jambes, puis il se ravisa et posa ses bottes sur le bureau en bois de rose.

— Est-ce tout ce que tu avais à me dire ?

Kergroaz alla s'asseoir derrière le bureau.

— Non. Il faut que tu me retrouves une enfant. Elle est à Paris depuis quelques mois, avec une troupe de bohémiens. Il me la faut absolument. C'est la fille de Marion. Marion du Faouët.

Kéroué se redressa.

— Que dis-tu ?

— Je cherche la fille de Marion. Tu peux la retrouver.

Kéroué prenait un air songeur.

— J'ai été enfermé dans le même cachot qu'elle. Cette pauvre fille m'a ému : c'est moi qui lui ai révélé la vérité sur la mort de son père...

— Quelle vérité ?

— Je lui ai donné le nom de son assassin ; ton nom !... Sans moi, elle aurait continué à croire que ce lâche de Kerviguen avait frappé de sa main.,.

La colère bouleversa les traits de Kergroaz qui se maîtrisa et saisit une bourse dans un tiroir.

— Quel est ton prix pour l'enfant ?

— Le double de ce que tu me proposeras !

— Marché conclu. Retrouve-la vite.

Kergroaz traça un portrait précis de la petite Alice, Kéroué l'écouta sans l'interrompre, puis il se leva, enfila ses gants, coiffa son chapeau à plumes noires. Kergroaz lui tendit la bourse :

— Tu auras la seconde moitié lorsque je verrai la petite. Nous avons toujours fait de bonnes affaires ensemble : il n'y a pas de raison que ça ne puisse continuer...

— Nous ne sommes plus à Langonnet, coupa Kéroué avec humeur. J'ai une question à te poser : as-tu revu Madeleine ?

Kergroaz sourit malicieusement.

— A ce qu'il paraît, elle file le parfait amour avec l'un des compagnons de Marion. C'est elle qui a recueilli cette fille lorsqu'elle s'est enfuie de chez toi... Elle a un ou deux enfants et elle te croit mort...

— Elle se trompe, murmura Kéroué avec haine. J'ai juré de lui faire payer sa trahison...

— Pour l'instant, retrouve-moi la petite Alice. En l'attrapant tu atteindras sa mère, et à travers elle, ta Madeleine !

Kéroué s'en alla. Sur le seuil, il se retourna et parut hésiter. Kergroaz souriait narquoisement.

— Qu'est-ce que tu lui veux à cette enfant ?

— La mettre en lieu sûr. C'est ma meilleure assurance contre sa mère. Tant que je l'aurai, elle n'entreprendra rien contre moi. Je trouverai le moyen de me débarrasser de l'une et de l'autre...

Kéroué hocha la tête et sortit de l'hôtel de Saumur. Il s'enfonça dans les rues tortueuses qui conduisaient vers les quais de la Seine. A cette heure tardive, il ne croisait plus sur son chemin que des portefaix ployant sous leur fardeau, des filles galantes qui attendaient le client sous le porche des maisons, quelques ivrognes qui vacillaient devant les cabarets. De temps à autre, un porteur de lanterne, tenant son falot bien haut, éclairait la rue devant un couple de bourgeois qui revenait d'un souper sur les boulevards. Il traversa le Pont-Neuf, sur lequel se dressaient une quantité d'échoppes serrées les unes contre les autres. Là, dans la journée, se rencontraient une foule de promeneurs, de crieurs, de funambules, de recruteurs pour les armées, qui brandissaient à bout de bras des bourses remplies d'argent et incitaient les jeunes provinciaux naïfs à signer au bas de la feuille pour que cet argent soit à eux. Kéroué aperçut un ivrogne qui glissait sur les marches usées du pont. Ce genre d'accident était courant, et un bon nombre de passants s'étaient rompu un membre à cet endroit. Kéroué descendit les marches avec précaution. Il tourna sur le quai de Conti, prit la rue Guénégaud, coupa par le passage du Pont-Neuf, véritable coupe-gorge à cette heure. Vers le milieu du passage une silhouette affreuse se dressa devant lui : un monstrueux barbu, le visage marqué par la vérole, qui brandissait un poignard aiguisé et reconnut Kéroué.

— Bonsoir, mon prince, gouailla-t-il.

Et il s'inclina respectueusement devant son maître, qui n'avait pas ralenti le pas. Il entra dans un cabaret de la rue des Marais. Deux filles grasses étaient allongées sur une table et dévoilaient leurs seins lourds et luisants que convoitaient les habitués du lieu. Pour une poignée de sous, elles s'isolaient pendant quelques minutes derrière un rideau en loques, et de cet infect réduit s'échappaient des gémissements indécents.

Kéroué s'assit à une table.

— Réveillez-vous, hurla-t-il en frappant sur la table.

Les deux hommes affalés sursautèrent.

— J'ai du travail pour vous. Je veux que vous me retrouviez une enfant de six ou sept ans, rousse, qui vit avec des bohémiens. Elle arrive de Bretagne. Elle s'appelle Alice.

— Qu'est-ce qu'on en fait si on la trouve ? demanda l'un des deux hommes d'une voix pâteuse.

— Vous n'y touchez pas, vous n'en parlez à personne et vous venez me prévenir.

Il leur lança un louis.

Les douze coups de minuit sonnèrent à cet instant au clocher de Saint-Germain. Marion, revêtue d'une cape sombre, s'approcha du pont des Arts. Une lanterne éclairait d'une flamme tremblante le pont et l'eau sinistre qui miroitait et dégageait une odeur nauséabonde. C'était l'heure où l'on voyait passer sur la Seine les cadavres des animaux crevés, les corps mutilés dont se servaient les carabins pour les travaux d'anatomie. Il n'était pas rare de voir flotter un crâne, une main, ou quelque autre relief sanglant plus indéfinissable. Cela n'impressionnait personne et faisait le régal des chiens perdus qui se léchaient les babines en se jetant dans l'eau noirâtre.

Olivier et Lafleur tenaient leur poignard à la main. Marion avait glissé un pistolet dans sa ceinture. Soudain, une silhouette apparut. C'était le gitan rencontré à Saint-Germain-des-Prés. Il parut ennuyé de voir Marion accompagnée de deux hommes.

— Je dois vous emmener chez un prêtre. Il connaît celle qui garde votre Alice. Elle n'a pas voulu la laisser sortir : dame, à cette heure, ça se comprend et elle prend bien soin d'elle. Cela vous coûtera un bon prix. Vous avez l'argent ? demanda-t-il à Marion, qui fit un signe de la tête. Très bien... J'ai un cabriolet qui attend. Venez.

— Marion, nous venons avec toi, dit Olivier d'une voix ferme.

— Bien sûr, mon bon monsieur, mais ce cabriolet n'a que deux places, répondit le gitan, vous nous suivrez dans une autre voiture. Voici l'adresse : c'est au 2, rue de la Vieille-Estrapade... Le cocher saura vous conduire. Un fiacre apparut providentiellement sur le quai. Le gitan fit un signe et s'adressa au cocher.

— Nous allons rue de la Vieille-Estrapade, au n° 2. Suis-nous...

Il fit monter Marion dans la première voiture qui partit aussitôt. Les sabots des chevaux glissaient sur le pavé gras. La voiture était secouée dans tous les sens.

Tapi dans l'ombre, le gitan fixait Marion. Elle sentait son regard brûlant posé sur elle.

— C'est loin, cette rue où nous allons ? demanda-t-elle durement. Très loin, ma petite, très très loin...

Au bout d'un moment, alors que la voiture prenait des rues sombres, tournait sur une avenue, tournait encore, Marion regarda par la lunette arrière. Le cabriolet où Olivier et Lafleur avaient pris place ne suivait plus.

— Il faut attendre mes amis, commanda-t-elle.

— Ne vous inquiétez pas, nous les retrouverons sur place. D'ailleurs nous sommes arrivés.

Elle descendit. Le gitan ouvrit la porte d'une maison et la laissa entrer. Derrière elle la porte fut refermée à double tour.

Marion se retrouvait dans l'obscurité.

— Où êtes-vous ? demanda-t-elle au gitan.

Personne ne lui répondit.

CHAPITRE XX

N'a-qu'un-œil mendiait sur le pont au Change. Affligé d'une bosse qui déformait son dos, déhanché, boiteux, il se traînait par terre en gémissant. Des plaies infectées couvraient son corps vêtu de haillons. Pour apitoyer le passant, il tendait une main et, de l'autre, faisait bâiller sa paupière vide, rose et boursouflée. Les femmes reculaient, horrifiées, les hommes qui les accompagnaient jetaient quelques pièces dans la sébille du malheureux avant de s'éloigner hâtivement. Les mendiants étaient innombrables autour du Palais de Justice : c'était dans ce quartier que les affaires étaient les meilleures. Là, plus que partout ailleurs, affluaient les bourgeois ou les nobles qui venaient plaider. Des femmes élégantes descendaient des carrosses et récompensaient les gueux qui se jetaient dans la boue pour leur servir de marchepied, les hommes d'affaires en habit, hautains et soucieux, préparaient toujours dans une poche une quantité de pièces pour faire la charité. Les mendiants faisaient partie du peuple, et il était rare qu'un bourgeois ne donne pas son obole aux estropiés aveugles et manchots qui s'agglutinaient aux portes des églises et des monuments. N'a-qu'un-œil glissa ses pièces dans une poche et se traîna vers la rue de la Vieille-Draperie. Un carrosse lancé à toute vitesse manqua de le renverser. Il n'eut que le temps de se jeter sous un porche en jurant, et reprit sa marche pénible vers la rue Saint-Eloy. Devant les couloirs des maisons obscures attendaient des femmes grossièrement fardées, aux cheveux rougis par le henné, aux robes provocantes et sales. Les châles effrangés laissaient entrevoir leurs tristes appas. Elles invitaient les passants furtifs d'une œillade ou d'un geste obscène. N'a-qu'un-œil entra dans l'impasse Saint-Martial, recouverte d'immondices, de chats crevés que dévoraient les rats affamés, de légumes pourris. Dans cette impasse malodorante se tenaient quelques échoppes de regrattiers : c'était là le commerce le plus scandaleux. Les regrattiers achetaient aux marchands de primeurs, aux boucheries, chez les traiteurs, toutes les marchandises que les bourgeois nantis n'avaient pas achetées : ce n'était que viandes de second choix, bas morceaux, légumes gâtés, auxquels les commerçants mêlaient évidemment toutes les denrées avancées, viandes pourries, reliefs des tables des restaurants, carcasses de volailles... Les regrattiers achetaient ces résidus fort cher et les revendaient en prenant un bénéfice disproportionné. Le résultat honteux était que les indigents, les miséreux, les vieillards, achetaient ces pourritures deux ou trois fois plus cher que les bourgeois n'avaient payé la bonne marchandise. Mais les pauvres n'avaient pas le choix : s'ils pouvaient payer quelques sous pour un morceau de viande noire, ils ne possédaient pas une livre pour en acheter dix fois plus au moindre prix. On ne pouvait se procurer au détail que les mauvais produits qu'on ne pouvait vendre en quantité aux maisons bourgeoises.

N'a-qu'un-œil traversa l'impasse en chassant les chats affamés qui miaulaient dans ses jambes. Par un couloir sombre aux murs couverts de suie, il gagna la rue aux Fèves, et passa devant le cabaret du Lapin-Blanc. Devant la porte, une fille édentée montrait ses cuisses grasses à un homme en habit. Elle adressa un clin d'œil complice au mendiant qui descendit jusqu'à la rue de la Calandre. Il poussa la porte du cabaret des Trois Pendus. Une fumée épaisse prenait à la gorge dès l'entrée. Sous les voûtes basses et suintantes s'offrait un spectacle digne de l'enfer : il y avait là, assis aux tables, étendus sur le sol, debout contre les murs, tout ce que Paris comptait de monstres, d'infirmes et de mutilés. L'aveugle trinquait avec l'unijambiste, le manchot jouait aux tarots avec le muet. Ces êtres horribles, difformes, crasseux, buvaient joyeusement. On y traitait des affaires honteuses, des marchés criminels. Mais à la fin de la nuit, le spectacle devenait plus extraordinaire : l'aveugle retirait son emplâtre et recouvrait la vue, le boiteux rangeait sa béquille, le manchot libérait son bras du corset qui le comprimait, l'unijambiste se contorsionnait et retrouvait sa jambe. Les mendiants quittaient leurs haillons et, proprement vêtus, s'en allaient vers le centre de la ville retrouver leur maison, leurs amis, un bon repas. Le cabaret des Trois Pendus était le repaire de ce qu'on appelait alors les « mendiants valides », les flibustiers de la charité.

N'a-qu'un-œil se débarrassa d'un geste de la poche de peau qui recouvrait sa paupière. Il se redressa. Il était transformé. On devinait maintenant que sa bosse n'était qu'une boule de tissus, que les plaies répugnantes avaient été peintes avec quelque baume poisseux. L'infirme difforme et sans âge était devenu un grand et fort garçon d'une trentaine d'années, au regard droit, aux épaules larges. Il s'approcha d'une table et fit un signe à un homme qui parlait à voix basse à un barbu enrubanné. L'homme leva la tête : c'était Manolo, le gitan du Faouët.

— Viens, j'ai à te parler, lui dit N'a-qu'un-œil.

Manolo le suivit jusqu'à une table retirée où le mendiant se fit servir un pichet de vin et une assiettée de lard. Il se mit à dévorer la nourriture odorante en buvant de longues rasades.

— J'ai vu les hommes de Kéroué. Ils recherchent une petite fille rousse. J'ai pensé à toi.

Manolo demeura immobile. Il connaissait la réputation de Kéroué. Il travaillait pour les gens de la Cour, pour les riches bourgeois. On avait recours à ses services pour se débarrasser d'un rival gênant, d'un parent dont on attendait depuis trop longtemps l'héritage. Les hommes de

Kéroué composaient une petite armée, discrète mais terriblement efficace, partout infiltrée, qui était informée des petits et des grands événements. Ce réseau d'espions était grassement payé. Il se montrait entièrement dévoué à son maître, qu'on voyait peu mais que l'on craignait beaucoup.

— Merci, lui dit simplement Manolo.

Il glissa dans sa main deux louis et se leva.

— Je vais quitter Paris, poursuivit-il, j'irai peut-être en Suisse ou en Espagne. On se reverra un jour...

Manolo posa sur ses cheveux blancs un feutre à larges bords recouvert de médailles pieuses. Il s'enroula dans un manteau à poils longs et disparut dans la nuit. Une pluie fine tombait sur le pavé gras. Les passants attardés couraient chercher l'abri d'un porche. Les carrosses lancés à vive allure glissaient dans les rues tortueuses. Le gitan s'enfonça dans les ruelles désertes qui formaient, au-delà de l'Hôtel de Ville, un dédale inextricable où il était facile de se perdre et de se faire égorger. Par la rue Bar-du-Bec, il rejoignit la rue du Temple et continua à marcher sous la pluie. Les chaussées étaient transformées en marécages boueux où l'on enfonçait quelquefois jusqu'aux chevilles. A l'angle d'une rue, Manolo aperçut un corps étendu, les bras en croix. Il passa son chemin. Il était fréquent de rencontrer des cadavres, la nuit, dans les rues désertes. Qu'il s'agisse d'une victime de voleurs, d'un malade frappé par une crise, on ne s'arrêtait pas pour porter secours. Manolo atteignit la porte du Temple. Un groupe d'officiers de police discutaient devant le poste de garde. Leurs épées étincelaient à la lueur d'un flambeau. Ils regardèrent passer le gitan sans lui demander son passeport. Les officiers attendaient des filles pour terminer cette longue veillée en galante compagnie.

Manolo pénétra sous un porche de la rue de la Folie-Méricourt. Un vaste terrain vague s'étendait de part et d'autre d'une maison basse à colombages, à moitié détruite par un incendie. Des volets pendaient encore aux fenêtres béantes, le dernier étage montrait des chambres à ciel ouvert. La maison brûlée servait de refuge à des ouvriers qui ne pouvaient payer leur terme. Ce lieu était le plus pauvre du plus pauvre quartier de Paris, le faubourg de la Courtille, zone de terre marécageuse, de taudis et de cabanes de bois qui s'étendait au milieu des jardins et des potagers. Manolo alla jusqu'au bout du terrain vague qui donnait sur les champs. Rangées en demi-cercle, les charrettes de sa caravane étaient protégées par l'auvent d'une grange détruite. Manolo se faufila sous une tente. Allongé dans le noir, Juano l'attendait.

— Il nous faut partir, dit Manolo à voix basse.

— Que se passe-t-il ? demanda Juano avec inquiétude.

— Kéroué recherche Alice. Il faut s'en aller.

Juano se redressa et alluma une chandelle.

— Où irons-nous ?

— N'importe où, comme toujours. Je ne veux pas qu'il arrive quelque chose à la petite. J'ai juré que je la rendrai à sa mère saine et sauve.

— Quand partons-nous ?

— A l'aube.

Alors que le jour pâlissait le ciel, les charrettes s'ébranlèrent et prirent la route de la province. Alice et Margotte dormaient encore, et lorsqu'elles s'éveillèrent, elles aperçurent les arbres et les champs à perte de vue. Alice applaudit de joie.

— On est à la campagne... Je n'aime pas la ville, c'est triste et ça sent mauvais...

Margotte se couvrit d'un châle et passa sa tête hors de la charrette. Alice posa affectueusement son visage contre son épaule.

— Moi aussi, j'aime la campagne, ça me rappelle mon pays...

— Dis, tu crois qu'on retournera en Bretagne ? demanda Alice d'une voix grave. Manolo m'a expliqué que maman était partie en voyage avec mamie Hélène et oncle Guillaume... Je voudrais tant être avec eux...

— Moi, tu vois, je ne souhaite pas rentrer. Je suis

heureuse ici. Manolo et Juano sont si gentils. Et les filles aussi. On s'entend bien et elles m'ont appris leurs secrets : je danse aussi bien qu'elles, maintenant.

— Dis, tu crois qu'elles m'apprendront à moi aussi ?

— Tu es encore bien petite...

— Oh ! Margotte, je voudrais tant apprendre..

— Je vais arranger cela, promit Margotte en embrassant affectueusement Alice qu'elle aimait comme une petite sœur.

Les charrettes s'arrêtèrent sous un bois à l'heure du repas. Les vieilles sortirent les marmites et préparèrent un plat relevé, pendant que les hommes arrangeaient le bois pour le feu. Sous la tente, Manolo racontait une histoire aux filles émerveillées. C'était la belle histoire de l'ours blanc que Manolo avait chassé et poursuivi dans la montagne, puis qu'il avait apprivoisé. Un jour l'ours blanc s'était échappé de sa cage ; des soldats l'avaient blessé. Il était revenu mourir dans les bras de Manolo.

— Il me regardait, racontait Manolo, et j'ai compris ce qu'il voulait me dire : « Je ne voulais pas partir, je voulais juste un peu de liberté... » Il est mort dans mes bras et on l'a enterré sous un arbre. Et chaque année, on passe devant cet arbre au printemps et depuis, tous les ans, il pousse de belles fleurs blanches.

Alice pleurait en suçant son pouce. Margotte voulait cacher son émotion, mais ses yeux étaient tout brillants.

— Je ne partirai jamais, dit-elle.

Manolo l'attira contre lui et prit son visage dans ses mains.

— Tu vois, dit-il doucement, je te l'avais promis, tes blessures disparaissent. Un jour, on ne verra plus rien. Tu seras belle comme avant. Ce jour-là, tu pourras partir...

— Non, Manolo, répondit Margotte. Je ne pourrai jamais oublier ce que tu as fait pour moi... Je ne te quitterai jamais...

Manolo, qui n'aimait pas montrer sa tendresse, lui caressa furtivement l'épaule.

— Tu es gentille, mais dans la vie, on s'en va toujours... Je suis vieux, tu sais, et toi tu as tellement de choses à découvrir...

Margotte serra la main du vieux gitan.

— Je ne veux rien connaître. J'ai le temps. Je ne peux pas oublier cette nuit, ce prêtre dégoûtant qui s'est jeté sur moi et qui m'a fait si mal... Jamais, Manolo, je n'oublierai cette minute où je me suis évanouie et où je croyais mourir. Je sentais mes yeux se fermer, et je croyais que c'était ça la mort, et je disais c'est injuste, je ne lui ai rien fait de mal...

Cette fois elle ne put retenir ses larmes.

— Calme-toi, murmura le gitan. Tout cela est fini. Tout a changé ; toi et Alice, vous m'avez fait comprendre beaucoup de choses, maintenant, j'ai un but... La rendre à sa mère et te venger du mal qu'on a voulu te faire...

Manolo serra le poing.

— Ah, si seulement tu te souvenais du nom de ce prêtre...

— Que ferais-tu ? demanda Margotte en retenant son souffle.

— J'attendrai le temps qu'il faudra, mais un jour il payera son crime. Je le jure sur la croix.

Margotte réfléchit un instant.

— Manolo, je me suis souvenue de son nom.

Manolo la regarda gravement.

— Dis-le-moi !

— J'ai peur...

— Dis-le-moi, Margotte, il le faut.

— J'ai peur que ça gâche notre bonheur. On est si bien tous ensemble, on est libres, personne ne nous attend...

— Ce prêtre est un assassin. Pense qu'il recommencera un jour et que, peut-être, une autre fille aura moins de chance que toi. La Vierge te protégeait. Mais une autre ?

Margotte regardait loin derrière les arbres de la forêt. Elle revoyait la face congestionnée du recteur, ses mains brutales qui déchiraient sa robe, la douleur qu'elle avait ressentie au ventre, et puis les mains qui serraient son cou, et ses yeux qui se fermaient...

— Il s'appelait... Blanchard...

Manolo serra la main qui tremblait dans la sienne.

— Ce sera notre secret...

Mais dans ses yeux brillait une lueur sauvage. Il murmura un mot dans une langue étrangère. Margotte le regarda craintivement.

Manolo venait de prononcer le serment de mort.

CHAPITRE XXI

La flamme d'une chandelle tremblait dans l'obscurité, éclairant un visage effrayant. Un homme s'avançait vers Marion qui saisit instinctivement le pistolet qu'elle avait glissé sous sa ceinture.

— Suivez-moi, ordonna-t-il en s'enfonçant dans les ténèbres.

Après avoir descendu quelques marches, il ouvrit une porte. Marion se sentit soulagée : elle se trouvait à présent dans une belle et calme chapelle. Des vitraux délavés par le temps laissaient filtrer une lumière grise. Un cierge brûlait sur l'autel. Quelques chaises étaient disposées derrière un rang de fauteuils recouverts d'un velours rouge élimé. Marion regarda celui qui l'avait accueillie : c'était un homme sans âge, au visage émacié, au cheveu rare et terne. Il était habillé de noir.

— Je vais chercher le père Ambrot. Asseyez-vous.

Marion fit un signe de croix et s'étonna du sourire fugitif qui éclaira le visage de son hôte. Elle s'assit et contempla plus attentivement le lieu où elle se trouvait. Ce qui la frappa alors furent les tentures et les objets du culte : tout était noir, ainsi que les cierges et le drap qui recouvrait l'autel. Marion imagina qu'elle se trouvait dans une chapelle où devait se dérouler un office mortuaire. Brusquement, elle sentit une présence derrière elle.

— Que Dieu vous bénisse, ma fille, dit alors une voix grave.

Un prêtre la regardait avec bienveillance. C'était un vieillard aux cheveux blancs, de forte corpulence et de taille moyenne. Il tenait ses mains jointes et souriait avec douceur.

— Merci, mon père, répondit Marion qui se sentit rassurée.

Le prêtre prit place à côté d'elle.

— Vous avez beaucoup de chance, ma chère enfant, d'être tombée sur des gens honnêtes... Avez-vous pris conscience de votre imprudence ?

— Mon imprudence ? répéta Marion avec étonnement.

— Ma chère enfant, Paris n'est pas sûr. La ville est infestée de brigands de toutes sortes. Vous vous adressez au premier venu, vous vous confiez à lui, vous le suivez en pleine nuit... Ce n'est guère prudent, avouez-le...

Le prêtre hocha la tête.

— Heureusement que Dieu veille sur ses fidèles... Et puis, ajouta-t-il, je pense que vous avez à Paris quelque ami, quelque protecteur, qui aurait pu vous sortir d'embarras ? Sans doute, vous a-t-on suivie pour vous protéger...

Marion ne put s'empêcher de sourire.

— J'avoue, mon père, que je me suis laissée aller à la confiance. Je ne crains rien, ni personne. Je sais me défendre, me battre. Non, je ne connais pas de protecteur, et personne ne peut se douter que je suis ici, dans cette chapelle, à part mes deux compagnons qui m'ont suivie.

— Oui, je sais, murmura le prêtre en souriant. Remerciez donc le ciel d'avoir frappé à la bonne porte. Dieu est avec vous. Maintenant, parlez-moi de votre fille. Qu'est-il arrivé au juste ?

— Elle a été recueillie par une troupe de bohémiens qui sillonne la France. J'ai su que ces gens étaient arrivés à Paris...

— Chère âme courageuse ! Vous apprenez que votre

enfant est à Paris et vous accourez aussitôt ! De quelle province êtes-vous donc venue ?

— De Bretagne, mon père...

Le prêtre semblait attentif.

— Eh bien ma fille, l'heure est venue de retrouver votre enfant. Une personne charitable a assisté à une bien pénible scène. Votre petite fille... Quel est son prénom, déjà ?

— Alice, mon père...

— Oui, c'est bien cela. Votre petite Alice allait être la victime d'un odieux marchandage. Les bohémiens la vendaient avec d'autres enfants trouvées à la tenancière d'un bouge qui éduque ces pauvres fillettes pour en faire des... des catins !

Marion frémit d'horreur.

— On ne... lui a rien fait de mal au moins ?

Le prêtre la rassura d'un geste large.

— Non, cette personne généreuse a été émue par l'effroi qu'elle lisait dans le regard de votre fille, et s'est offerte à la racheter.

— Que Dieu la bénisse ! Comment pourrais-je remercier cette personne ?

Le prêtre posa sa main sur la sienne.

— Cette personne est d'une grande famille, et elle tient à préserver son anonymat... Elle s'est rendue dans ces mauvais lieux pour y rechercher elle-même une enfant qu'on lui a enlevée voici plusieurs années, et depuis, inlassablement, cette femme la recherche...

— Mais comment lui témoigner ma reconnaissance ?

Le prêtre se leva.

— Votre bonheur lui suffit... La générosité de cette personne n'a pas de limites !

— Mais au moins pourrais-je la voir ?

— Non, mon enfant...

— Mais, Alice, où est-elle ?

Le prêtre parut surpris.

— Mais, dans la pièce à côté, avec cette personne...

Marion se leva.

— Mon père, par pitié, ne me faites pas souffrir davantage. Laissez-moi voir ma fille...

— Dans un instant, vous la serrerez dans vos bras... Mais, cependant, il me paraît indiqué de rembourser à cette chère amie l'argent qu'elle a donné pour avoir votre fille... Je crois qu'on vous avait demandé d'apporter avec vous...

Marion sortit de son manteau la bourse pleine de louis d'or. Le prêtre demeura un instant silencieux.

— De quelle somme disposez-vous, ma chère fille ?

— J'ai là cinq cents louis, répondit fièrement Marion.

Le prêtre prit un air embarrassé.

— C'est que, voyez-vous, ces bohémiens vendent fort cher les beaux enfants. Surtout votre fille, qui promet d'être belle et qui aurait rapporté beaucoup d'argent à une maison de plaisirs...

Marion sortit son pistolet de sa ceinture.

— Ah, mon père, donnez-moi le nom de ces monstres et je jure d'aller leur faire payer cher leur infamie...

Le prêtre parut contrarié.

— Ne vous laissez pas aller à la haine ou à la colère, dit-il en saisissant le pistolet, et ne proférez pas de menaces dans ce lieu saint. Je vous rendrai cette arme tantôt. Elle n'a pas sa place dans cette chapelle...

Marion regretta de s'être emportée.

— Cette personne a payé près de mille louis pour votre fille. Il faudrait la dédommager. N'avez-vous pas sur vous quelques bijoux ?

Marion regarda le prêtre et, en hésitant, sortit une seconde bourse.

— Il y a là encore deux cents louis. C'est tout ce que je possède avec cette bague en or, ajouta-t-elle, en montrant un très beau bijou qu'elle avait jadis dérobé à un évêque.

Le prêtre prit la bourse, la soupesa machinalement et retira la bague avec douceur du doigt de Marion.

— Nous sommes bien loin du compte, dit-il avec ennui,

mais je vais essayer de convaincre cette personne de votre bonne foi. Peut-être pourrez-vous lui faire parvenir le complément plus tard ?

— Je m'y engage, promit Marion que cette proposition rassurait un peu.

Au cours de cette conversation, elle n'avait pu s'empêcher d'éprouver des doutes sur cette rencontre providentielle. Mais la sainteté du lieu, la personnalité du prêtre, et cette dernière phrase qui laissait présager une future rencontre l'avaient rassurée. Et puis, en vérité, elle ne pensait qu'à sa fille, qui l'attendait dans la sacristie, ou dans une pièce attenante, et peu lui importait, au fond, que ce prêtre profitât de la situation. Sa fille n'avait pas de prix, et l'argent n'avait jamais compté pour elle. Elle se sentait suffisamment forte pour obliger le prêtre à lui rendre son bien si Alice n'était pas au rendez-vous.

Le père Ambrot se dirigea vers la porte.

— Je reviens dans un instant, dit-il avec un bon sourire. Avec Alice... Soyez très tendre avec elle, elle a été bouleversée par son aventure...

Marion se dressa.

— Mon père...

Le prêtre, indécis, se retourna.

— Quoi donc, mon enfant ?

— Sans vous... Sans... Comment pourrais-je vous remercier ?

— Nous aurons le temps de prier le Seigneur ensemble. Les remerciements ne peuvent s'adresser qu'à lui.

Marion se retrouva seule. Elle s'abîma dans une fervente prière. Dans le silence de ce lieu elle revoyait les événements qui avaient marqué sa vie. Maintenant elle avait hâte d'emmener sa fille loin de Paris, de retourner dans son pays, de retrouver sa maison. A cet instant, elle aurait abandonné combat et vengeance, tant elle ressentait le besoin de vivre pour les siens, de voir grandir ses enfants, de connaître la sérénité d'une vie monotone...

Comme le père Ambrot tardait à revenir, Marion fit le

tour de la petite chapelle, examinant les statues et les tableaux qui ornaient les murs. Elle tenta de surprendre un murmure, un bruit quelconque venant de la pièce voisine, mais le silence le plus absolu régnait autour d'elle. Elle voulut ouvrir la porte, mais le battant résista. L'autre porte, par laquelle elle était entrée, était aussi verrouillée. Elle se mit à frapper furieusement à coups de poing. Déchaînée, elle saisit un vase et le projeta contre les vitraux qui volèrent en éclats. Elle prit alors un lourd chandelier d'argent et le serra dans sa main. La porte s'ouvrit brusquement derrière elle. Elle fit volte-face et vit deux hommes surgir dont elle devina facilement l'intention. Ils s'avancèrent lentement, en ricanant.

— Alors, la belle, tu t'ennuyais toute seule ?

Celui qui avait parlé était gigantesque, tant par la taille que par le poids. Une barbe frisée couvrait ses joues. Des mains aussi fortes que des battoirs se balançaient au bout des bras musclés et tatoués comme ceux des marins. Son compagnon, maigre et simiesque, était d'autant plus effrayant qu'il tenait un poignard ouvert à la main.

— On va te donner du bon temps, ma jolie.

L'homme au poignard se planta devant Marion qui, découvrant brusquement le chandelier qu'elle cachait derrière son dos, le frappa de toutes ses forces et l'atteignit à l'épaule. Il s'écroula en hurlant. Déséquilibrée par le coup, Marion trébucha et le géant la saisit par la taille. Il la souleva sans effort et la projeta au sol. Marion tomba sur un fauteuil qu'elle brisa. Des échardes déchirèrent son dos. Assommée par le choc, elle vacilla, le géant se pencha sur elle, la souleva ; elle se débattait sans parvenir à échapper à l'étreinte de fer qui la serrait contre le torse moite de son agresseur. Il la contempla avec amusement et, d'un geste brusque, déchira sa robe de haut en bas. Ses seins jaillirent et l'homme les caressa brutalement.

— Tu vas voir ce qu'on va te faire, maintenant, ça te fera des souvenirs pour tes vieux jours...

Marion, affolée, vit celui qu'elle avait frappé se relever

avec difficulté. Du sang coulait sur son épaule blessée. Les yeux aveuglés par la colère, il ramassa son arme et se rua sur Marion.

— Je vais lui ouvrir le ventre, hurla-t-il.

Le géant l'arrêta de sa grosse main.

— Ne fais pas l'imbécile. On va d'abord bien s'amuser avec elle. Après, tu lui feras ce que tu voudras...

Avec calme il acheva de déchirer la robe et les jupons. Marion se retrouva nue dans ses bras. Elle ferma les yeux et se mordit les lèvres. Elle sentait les mains de ses agresseurs caresser son corps, pétrir ses seins, disjoindre ses cuisses qu'elle serrait avec toute sa volonté. Des doigts brutaux lui arrachèrent des grimaces de douleur. Son cœur battait à rompre. Affolée de sentir ces mains répugnantes la violer, elle se sentait gagnée par un malaise qui la troublait et lui faisait honte. Elle réunit toutes ses forces pour se dégager de ce contact insoutenable, mais le géant la serra davantage contre lui et se mit à rire d'une façon menaçante.

— Ça ne fait que commencer, ma toute belle.

Marion poussa un hurlement de dépit. Elle sentait l'homme lui ouvrir les cuisses.

— Prends-la, maintenant, ordonna le géant.

Marion ferma les yeux. Elle s'apprêtait à subir le viol inévitable, tendue, cambrée, révulsée de haine, lorsqu'une voix se fit entendre près d'elle.

— Laissez-la.

Ses agresseurs se figèrent. Elle regarda celui qui venait de parler. C'était Kéroué ! Elle eut du mal à se persuader que l'homme élégant qui se dressait devant elle était le même qui, quelques mois auparavant, croupissait dans les cachots fangeux des prisons de Rennes. Elle réalisa combien la posture à laquelle on l'avait contrainte pouvait être impudique. Les bras ramenés en arrière dans la main du géant, les cuisses remontées contre sa poitrine, maintenues par l'autre agresseur, elle dévoilait les secrets de son corps au regard ironique de Kéroué.

Le géant relâchait son étreinte. L'autre, penaud, massait son épaule ensanglantée.

— Toujours aussi séduisante, ricana Kéroué.

Marion, honteuse, confuse, mais animée de cette reconnaissance instinctive que l'on éprouve pour ceux qui vous arrachent à l'horreur, ne trouva rien à répondre. Kéroué fit un signe et les deux hommes, furieux et mal remis de leurs émotions, sortirent de la chapelle.

— Que me donnes-tu pour ta liberté ? demanda le chef des truands.

— Je n'ai rien. Tu m'as tout pris.

Kéroué éclata de rire.

— Je ne savais pas qu'il s'agissait de toi... Et puis, l'or qu'on t'a pris ne payait pas ta liberté. Que te reste-t-il ?

— Rien.

Kéroué s'approcha et jeta un manteau sur son corps nu. Elle s'enroula dedans et toisa son adversaire avec plus d'assurance.

— Je t'accorde la vie, la liberté et pas mal d'autres choses contre toi.

— Contre moi ?

— Je veux te faire l'amour. C'est peut-être cher payer que t'offrir la vie contre une nuit d'amour, mais je sais me montrer généreux.

— Et si je refuse ?

— Question idiote que posent toutes les femmes avant d'accepter... Si tu refuses, je les rappelle et je m'en vais. Ton corps flottera sur la Seine demain matin et on n'entendra plus jamais parler de toi.

Marion se drapa dans son manteau et sourit avec ironie :

— Puisque je n'ai le choix qu'entre la peste et la lèpre, je choisis le moindre mal...

Kéroué la prit dans ses bras et écrasa ses lèvres sur sa bouche.

CHAPITRE XXII

Le cabriolet où avaient pris place Olivier Guilherm et Lafleur s'arrêta devant un terrain vague. Des maisons abandonnées s'enfonçaient dans le brouillard.

— C'est ici, dit le cocher d'une voix rude. Vous me devez deux livres et 30 sols...

Olivier paya et descendit. Lafleur, inquiet, jetait des regards autour de lui.

— Il n'y a pas âme qui vive, s'étonna Olivier. Où est le n° 2 ?

— C'est ce terrain vague, répondit le cocher en faisant claquer son fouet. La maison a été détruite l'an dernier...

Le cabriolet dévala la ruelle et se fondit dans la nuit.

Olivier et Lafleur se regardèrent.

— On a enlevé Marion !...

Les deux hommes marchèrent un moment dans la nuit.

— Que pouvons-nous faire ?

Les enlèvements, à Paris, à cette époque, étaient si nombreux que la police ne s'en préoccupait plus guère. Il fallait être riche et bien né pour bénéficier d'un passe-droit et avoir une chance d'intéresser l'officier de police. On enlevait par vengeance, pour raison politique, pour la sécurité du roi, pour vaincre une belle, pour supprimer un témoin gênant. L'exemple venait d'en haut : Louis XV, en multipliant les lettres de cachet, avait, en quelque sorte, officialisé les arrestations arbitraires. Instituées à l'origine pour faire taire les perturbateurs ou démanteler les complots, les lettres de cachet, par l'extraordinaire facilité de leur emploi, avaient été vite utilisées pour régler les rivalités personnelles. Louis XV, usant et abusant de ce droit royal, ne pouvait le refuser à tel ministre d'Etat ou tel membre de la famille royale. Et ainsi de suite, les bourgeois eux-mêmes allaient requérir auprès d'un haut protecteur que gendre, fille, rival dans le commerce, voisin malfaisant soit traité selon cette loi. Onze heures du soir ou cinq heures du matin, il n'y a pas d'heure pour les exécuteurs, ni pour leurs victimes. Un carrosse s'arrête devant une porte. On frappe au heurtoir. Un valet ouvre et une escouade d'individus plus ou moins patibulaires envahissent la demeure. L'exempt saisit les armes qui traînent et l'individu est emmené, de force s'il résiste. Les voisins qui entendent le vacarme que ne manque pas de faire l'expédition se gardent bien de bouger : il est fortement déconseillé d'entraver le cours de la justice. Qu'on ait commis un crime ou publié un simple pamphlet cela revient au même : on ne sait jamais la cause réelle d'un tel enlèvement. Sans que l'exempt daigne lui montrer le mandat qui lui donne le droit d'agir, le malheureux se voit jeté dans une voiture fermée qui l'emporte vers la Bastille, Charenton, Saumur ou Lourdes, selon le bon plaisir de celui qui agit pour le roi. La victime de la lettre de cachet restera un mois, un an ou beaucoup plus dans le secret d'un cachot où nul ne pourra communiquer avec elle, livrée aux remords si elle a commis un crime, ou à l'angoisse des opprimés si elle est la victime innocente d'une vengeance.

La vogue des enlèvements était telle, qu'on mettait sur le compte de la police des rapts organisés par des scélérats de tout genre. Il n'y avait aucun recours. C'est ce que leur expliqua l'aubergiste à qui, bien naïvement, Olivier et Lafleur étaient allés conter leur malheur. L'homme les regarda s'éloigner avec suspicion : quiconque est mêlé à un enlèvement est susceptible de vous créer des ennuis. C'est pourquoi il décida de chasser ces deux indésirables.

Le soir, en revenant d'une interminable et épuisante recherche dans les rues de Paris, Olivier et Lafleur apprirent que leur appartement avait été reloué. Olivier prit l'hôtelier par le col de la veste.

— Rends-nous notre argent, misérable, sinon je t'ouvre le ventre.

L'aubergiste se mit à hurler, la foule s'attroupa devant la porte. Le soldat du guet passant au loin aperçut cet attroupement et vint se rendre compte. Olivier et Lafleur, présentés comme de dangereux agitateurs, furent emmenés par la police après que l'officier, très discrètement, eut partagé avec l'aubergiste l'argent et les bagages des perturbateurs.

Les deux Bretons furent conduits au Châtelet où on les jeta dans un cachot sans autre forme de procès. Le garde leur annonça qu'ils seraient jugés dès que le juge aurait le temps. Effondrés par cette nouvelle mésaventure, les prisonniers se retrouvèrent au milieu d'une foule de voleurs et autres malandrins. On n'entendait que jurons, cris, menaces et récits d'atrocités. Olivier rassura Lafleur qui tremblait de tous ses membres. Décidément, les brigands bretons étaient loin de ressembler aux scélérats de Paris.

Vers minuit, les gardes apportèrent des bouteilles d'eau-de-vie qu'ils vendirent au prix exorbitant d'une livre la bouteille. Lorsqu'ils furent ivres, les prisonniers se mirent à chanter des chansons obscènes. Lafleur, épuisé par toutes les émotions qu'il avait connues depuis son arrivée dans la capitale, s'endormit sur l'épaule d'Olivier.

Une heure sonna au clocher de Notre-Dame. Dans le luxueux salon de son hôtel, Mme La Ferrière attendait un visiteur de marque. Elle avait apprêté son maquillage, fait coiffer ses cheveux par une chambrière, revêtu une robe de soie qui ne cachait rien de son corps admirable. Des coups discrets furent frappés à la porte. Mme La Ferrière fit un signe. La chambrière fit entrer un homme corpulent, aux cheveux noirs tirés en arrière selon la nouvelle mode. Il salua la maquerelle. Après quelques phrases courtoises et sans intérêt, l'homme exposa le but de sa visite :

— Qu'avez-vous de nouveau, ici ?

— J'ai reçu de jolies colombes italiennes. Elles sont à peine pubères et vierges, je vous le garantis...

L'homme fit un geste de refus.

— Non, non, vous savez bien que nous n'aimons pas les Italiennes... Nous avons trop peur de la maladie... Et puis les vierges, nous n'en raffolons pas spécialement... Ce que nous cherchons, voyez-vous, c'est une réelle beauté, une jeune grâce... Quelque chose qui fasse oublier les dames de la Cour...

Mme La Ferrière adressa à son hôte son plus irrésistible sourire. Cet homme que toutes les maquerelles de Paris connaissaient et craignaient était le célèbre Lebel, le premier valet de chambre du roi. Outre ses fonctions officielles qui faisaient de lui l'un des personnages les plus courtisés de Versailles, Lebel avait des responsabilités qui lui donnaient une influence considérable sur le roi : c'était lui qui régissait, avec l'aide complice de la terrible Mme Bertrand, la maison du Parc aux Cerfs. Cette maison de plaisirs, ce pavillon de chasse, comme l'appelait malicieusement le roi, recelait bien des secrets. En ce règne de libertinage, les femmes de la Cour n'avaient qu'un désir, qu'elles fussent princesses ou servantes : se faire remarquer par le roi et mériter l'insigne honneur de dormir dans son lit. Le Bien-Aimé vivait donc une existence épuisante, environné de luronnes effrontées qui, par des œillades assassines, des poses obscènes, des exhibitions scandaleuses, attendaient leur heure de gloire : avoir, ne serait-ce qu'une nuit ou qu'une heure seulement, les faveurs amoureuses du roi. Certaines savaient en tirer profit le reste de leur vie : ayant été maîtresses royales, elles se flattaient de cette distinction qui mettait à leurs pieds de vaniteux bourgeois sottement fiers de courir les théâtres au bras d'une courtisane ayant partagé la couche royale. Le Parc aux Cerfs fut, à ce titre, l'antichambre de bien des fortunes. Lebel était dans cette affaire le véritable ambassadeur d'Eros, un agent tout-puissant entre le roi et les belles. Il nouait les intrigues, organisait les rencontres, arbitrait les rivalités et, plus prosaïquement, fournissait le Parc aux Cerfs en marquises et prostituées de tout genre. Pour l'instant, il lissait sa perruque avec des mines ennuyées. Il offrit un sourire condescendant à Mme La Ferrière.

— Ma chère, il me faut trouver une créature absolument extraordinaire, exceptionnelle. Le roi vous le savez est sensible à tout ce qui est nouveau, et dans l'immédiat, nous devons lui ôter de la tête certaine personne qui l'accapare trop...

Mme La Ferrière souriait avec complicité.

— Je vois à qui vous faites allusion...

— Vous croyez? demanda hypocritement Lebel. Cette Louise O'Murphy est décidément trop audacieuse! Elle provoque le roi, lui crée des soucis et gâche son plaisir en réclamant sans cesse faveurs et passe-droits...

— Et puis, je crois, dit Mme La Ferrière, qu'elle n'est guère prudente...

Lebel leva les yeux au ciel.

— Il est vrai qu'elle pratique un jeu dangereux contre Mme la marquise de Pompadour. Connaissez-vous sa dernière insolence? Elle a osé interpeller le roi, en public, lors d'un dîner, en lui demandant des nouvelles de « sa vieille femme... ».

— Mon Dieu, s'exclama Mme La Ferrière qui connaissait déjà cette histoire...

— Cette pauvre Morphise, comme on l'appelle dans les couloirs, aura subi quelque mauvaise influence... Toujours est-il qu'il faut songer au bien du roi... Trouvez-moi donc une personne bien faite, une personnalité forte et rusée...

— Je vois, monsieur Lebel, dit pensivement Mme La Ferrière. Je vais m'en inquiéter dès ce soir...

Lebel prit congé en recommandant, comme à chacune de ses visites, la totale discrétion à son entremetteuse. Dès qu'il fut parti, Mme La Ferrière écrivit un message qu'elle fit porter par un valet.

— Porte ceci immédiatement au juge Féral. Prends la voiture et ramène-le.

La maquerelle passa dans un boudoir confortable où elle appliqua une nouvelle couche de fard sur son visage. Une cicatrice était l'objet de tous ses soins. Patiemment, la plus célèbre de toutes les maquerelles de Paris, la plus discrète aussi, celle à qui s'adressaient les plus grands noms du royaume pour trouver les actrices, danseuses ou autres compagnes des nuits de débauche, recouvrait la cicatrice de crèmes et de fards, obsédée par cette marque affreuse qui amoindrissait sa beauté : elle aurait offert la moitié de sa fortune pour que disparût cette balafre qui boursouflait sa gorge et son cou, horrible souvenir d'une époque lointaine où l'élégante Mme La Ferrière n'était encore qu'une prostituée comme les autres, fréquentant les bouges des bas-quartiers et exposée aux pires caprices des détraqués de toute espèce. C'est ainsi qu'un soir, un ivrogne l'avait défigurée avec un tesson de bouteille. Mme La Ferrière chassa l'affreux souvenir en frémissant. On annonçait le juge Féral. La maquerelle l'accueillit en souriant. Féral était un grand homme sombre et maigre, au profil d'aigle et aux sourcils extraordinairement épais recouvrant des yeux vifs et malicieux. La tête coiffée d'une perruque grise qu'il poudrait lorsqu'il en avait le temps, Féral se distinguait par des oreilles d'une taille inaccoutumée. A part ce caprice de la nature, rien en lui n'était remarquable, si ce n'était son inlassable cupidité qui avait fini par déteindre sur son visage et lui donner cette mine redoutable que l'on reconnaît aux usuriers et autres harpagons. Quant à son titre de juge, Féral en usait abondamment. Cela lui ouvrait bien des portes et facilitait son commerce lucratif. De temps à autre, Féral siégeait à quelque procès, mais uniquement si cela lui rapportait une grosse somme. Rien d'autre ne l'intéressait que l'argent.

— Mon ami, dit Mme La Ferrière avec son élégance inimitable, il n'y a que vous pour me sortir d'embarras...

— Soyez certaine, madame, croassa l'avare, que je me montrerai digne de la confiance que vous me témoignez et que j'accomplirai la mission que vous allez me confier au péril de ma vie, s'il le faut et si... vous savez évaluer le juste prix de ce service.

Mme La Ferrière balaya d'un geste ce détail.

— Ne parlons pas d'argent. Je paierai ce qu'il faudra, quelle que soit la somme... Je vous fais confiance...

Appâté, ému et réjoui, Féral frotta ses mains en se rapprochant de la maquerelle.

— Dites-moi, madame, dites-moi vite ce qui vous préoccupe... Je brûle de vous rassurer...

— Il vous faut trouver une fille d'une grande beauté et d'une grande docilité... Il faut qu'elle ait une personnalité susceptible de plaire au plus difficile, mais aussi au plus connaisseur de mes clients... Voyez-vous à qui je fais allusion ?

Féral hocha la tête. Son œil illuminé évaluait les montagnes d'or que cette affaire pouvait lui rapporter.

— Madame, je vais partir en quête dès cette nuit, je ne vais plus dormir, plus manger, je vais hanter les palais et les bouges...

Mme La Ferrière fit servir à son hôte un verre d'eau-de-vie :

— Goûtez-moi cela, mon ami, c'est une liqueur rare qui devient à la mode. Cela vient d'un pays qui s'appelle Cognac... Aimez-vous ?

Féral but son verre d'un trait.

— Un nectar, madame...

La maquerelle bavarda longuement avec son hôte. Elle lui parla tant et si bien de la créature recherchée, qu'en quittant la maison le juge Féral croyait déjà la connaître.

Il s'enfonça dans les rues les plus sombres de la capitale, frappant à des portes où nul n'osait frapper, pénétrant dans les enfers les plus secrets de la luxure. Il visita ses habituels fournisseurs qui recrutaient les filles dans les pauvres familles des provinces éloignées. Il se fit introduire dans les orphelinats où, avec la complicité de quelques religieuses vénales, il trouvait souvent des vierges sans défense pour calmer les appétits d'un vieux barbon généreux. Mais rien ne lui paraissait digne de l'aventure extraordinaire qui attendait l'heureuse élue. Les matrones, attirées par l'odeur de l'argent, faisaient défiler tout leur cheptel. Les vieilles prostituées qui hantaient les trottoirs faisaient mille grâces au juge pour obtenir ses faveurs, mais il continuait son chemin avec indifférence, à la recherche de la future maîtresse du roi.

CHAPITRE XXIII

Kéroué habitait une maison sombre et vétuste, nichée au milieu des jardins maraîchers, des buissons et des terrains en friche, qui s'étendaient depuis les Tuileries jusqu'à la barrière de Chaillot, entre le cours de La Reine et le cours des Champs-Elysées. C'était l'un des lieux les plus obscurs et les plus dangereux de Paris. Nul ne s'y aventurait, la nuit venue. Un escadron de Suisses y patrouillait le sabre au clair, et il n'était pas rare qu'on y trouvât le cadavre de quelque imprudent qui avait voulu suivre une grisette et qui était tombé sur l'une des bandes d'égorgeurs foisonnant sur ces terres inhospitalières, touffues et empuanties par les effluves du grand égout tout proche.

La maison de Kéroué se dressait au détour d'un sentier, à la hauteur de l'allée des Veuves, de sinistre réputation, chemin du crime descendant lentement vers les rives de la Seine. Une pièce carrée, éclairée par une étroite lucarne ouverte sur le sentier, occupait le rez-de-chaussée. Un mauvais escalier se tordait jusqu'à l'étage où se trouvaient une chambre et un réduit servant à la fois d'antichambre, de cuisine et de cabinet de toilette. La chambre était envahie de toutes sortes de marchandises, de coffres qui débordaient d'étoffes et de bijoux de pacotille, d'armes et d'habits. C'était là le produit des vols et des assassinats que Kéroué accomplissait pour le compte de ses riches et anonymes clients. Trois spadassins, armés jusqu'aux dents, défendaient l'entrée à quiconque n'était pas ami du bandit. Kéroué leur avait ordonné d'égorger celui qui forcerait sa porte.

Il poussa Marion dans son repaire et referma la porte derrière lui. Sans la quitter des yeux, il enleva sa veste, commença à se dévêtir.

— Qu'est-ce que tu attends ? grogna-t-il. Tu veux peut-être que je t'aide ?

Marion, blême et résignée, laissa tomber le manteau qui cachait sa nudité. Kéroué se servit un verre d'eau-de-vie et la contempla en s'attardant.

— Tourne-toi, ordonna-t-il.

Marion, les lèvres serrées, s'exécuta docilement.

— T'es vraiment belle, dit-il d'une voix plus douce.

Il s'approcha, caressa d'une main légère la peau hérissée, suivit la courbe du dos, frôla les épaules.

— Quel dommage d'avoir abîmé une aussi belle épaule, murmura-t-il.

Il approcha une chandelle : la marque du fer rouge avait boursouflé la chair pâle et tracé le V des voleurs voués à l'infamie.

— J'ai un remède pour ça, dit-il en embrassant la nuque de Marion. Veux-tu que je te fasse soigner ?

Marion s'écarta de lui.

— Tu pourrais m'enlever cette marque ?

Kéroué la narguait.

— Tu ne veux pas me faire confiance ? Pourtant, entre voleurs...

Il donna un ordre. L'un des spadassins monta les escaliers.

— Va me chercher Antoine Guérin et dis-lui de venir immédiatement avec son coffret de baumes... J'attends.

L'homme s'en alla. Kéroué fouillait dans l'un des coffres épars. Il sortit une robe de dentelle d'un bleu pâle.

— Tiens, mets-toi cette merveille. Cela appartenait à une jeune marquise de santé trop délicate. Elle a pris un bain fatal dans la Seine. La pauvre n'a pas survécu. Il faut dire que je lui avais attaché une pierre de dix livres au cou...

Marion, toujours nue, immobile, indifférente, le toisait effrontément. Elle revêtit lentement la robe de dentelles.

— Mon histoire ne te plaît pas ? Elle te choque peut-être... Je suis désolé, je n'imaginais pas qu'une flibustière pût avoir l'âme aussi sensible.

Il versa un verre d'eau-de-vie et le tendit à Marion.

— Est-ce que tu sais boire ?

Elle prit le verre et avala l'eau-de-vie en une seule gorgée.

— Sers-moi encore, dit-elle.

Kéroué remplit à nouveau le verre.

— Je bois à celui qui te pendra un jour, Kéroué.

Le truand perdit son sourire. Il prit Marion par les épaules.

— Ne plaisante pas avec ces choses. Es-tu sûre que la corde qui te pendra n'est pas déjà tressée ? Qui mourra le premier de nous deux ? Toi peut-être. Et comment ? Tomberas-tu sous la lame d'un traître ? Accrochée à un gibet ? Emportée par une épidémie ? La mort est sur nous, quoi qu'on fasse...

Impressionnée, Marion s'approcha du truand.

— Pardonne-moi, murmura-t-elle, je ne pensais pas ce que j'ai dit. Buvons à la vie !

Kéroué hocha la tête. Il but à la bouteille.

— Oui, s'écria-t-il joyeusement, je préfère cela. La vie, l'amour, l'argent...

Il jeta la bouteille vide et prit Marion dans ses bras. Elle le regardait fixement, et, intimidé par ce regard, il baissa les yeux.

— J'ai envie de toi, murmura-t-il.

— Profites-en, puisque je suis prisonnière... Mais je t'avertis, je m'enfuirai à la première occasion...

— Ne fais pas cela. J'aurai vite fait de te rattraper. Ta seule chance est de rester ici, avec moi. Si tu t'en vas je te livre à tes ennemis.

— Mes ennemis ? Tu les connais donc ?

— Ils n'ont pas changé, ma belle. Je les ai vus hier. Ils me donneraient une fortune pour que je t'amène à eux. Ils s'intéressent aussi beaucoup à ta fille...

Marion bondit.

— Misérable... Tu sais où elle est ?

Kéroué admirait le corps recouvert de dentelle bleue.

— Tu as vraiment l'air d'une courtisane !

— Réponds-moi, sais-tu où se trouve Alice ?

Kéroué la prit par la nuque et approcha son visage du sien.

— Que me donnerais-tu ?

— Tout, si tu me dis où elle se trouve.

— Donne-moi d'abord. Je n'ai pas confiance en toi...

Marion ferma les yeux et s'offrit aux caresses du truand. Il froissa les dentelles, puis les déchira. Avec une douceur étonnante, il faisait naître sur le corps tendu des frissons qu'elle ne pouvait contrôler. Il la caressait lentement pour atteindre les refuges qu'elle défendait avec ses mains. Puis il la prit brutalement, sur le sol, au milieu des étoffes précieuses et des parfums orientaux qui s'échappaient des coffres entrouverts. Elle ne put feindre l'indifférence jusqu'au bout de cette possession brutale.

Ils reposaient l'un à côté de l'autre.

— Ne t'imagine pas..., commença Marion d'une voix haletante.

— Tais-toi, répondit Kéroué. Tu vas dire quelque bêtise ou quelque mensonge. Pourquoi faut-il que les femmes parlent toujours après l'amour ?

Il se leva. Marion contempla son corps puissant, agressif, les cicatrices qui le marquaient.

— Maintenant, dis-moi où se trouve ma fille.

Kéroué se rhabilla. Il ne s'intéressait plus à elle. Il but une rasade d'eau-de-vie.

— Elle est sur les routes, avec une troupe de bohémiens.

Il y a seulement quelques jours, je t'aurais menée jusqu'à elle. On la cachait dans une masure du quartier de la Courtille. Quand je suis arrivé là-bas, les gitans s'étaient envolés... Si tu le peux, retrouve-la vite. Parce que si je la retrouve le premier, je la donnerai à Kergroaz. Il paie cher.

— Je te paierai davantage, ignoble porc, se mit à hurler Marion.

— Tu n'as plus rien. Tu ne m'intéresses plus.

Kéroué la regarda.

— J'ai eu ce que je voulais. J'avais envie d'entendre tes cris de plaisir... Maintenant, tu peux partir si tu veux, je n'ai plus besoin de toi...

Piquée au vif par le mépris qu'elle sentait dans la voix de Kéroué, Marion se redressa. Elle fouilla fébrilement dans un coffre, en tira une robe sombre, la revêtit et s'apprêtait à partir, lorsqu'on frappa à la porte. Kéroué alla ouvrir.

— Ah, maître Antoine Guérin... Venez donc par ici... Voyez cette jeune femme et soignez-la.

Marion dut dégrafer sa robe pour mettre à nu son épaule. L'homme palpait la peau.

— Tu as devant toi maître Antoine Guérin, de la confrérie magique de la Perdrix, chimiste et inventeur de drogues. Il connaît tous les remèdes pour guérir les plaies...

Le grand maître de la Perdrix fouilla dans un coffret de bois noir qu'il portait sous son bras.

— Il faudra appliquer ce baume tous les soirs jusqu'à ce que la cicatrice s'efface, dit-il simplement.

Kéroué lui parla à voix basse et le chimiste s'inclina respectueusement devant Marion avant de s'en aller.

— Voilà, bientôt, tu pourras montrer tes épaules. C'est un beau cadeau d'adieu, n'est-ce pas ?

Marion acheva de s'habiller. Kéroué lui tendit un châle qu'elle mit autour de ses épaules. Il la retint un instant.

— Car c'est bien un adieu ? poursuivit Kéroué.

Marion le regarda et sortit sans répondre. Elle descendit les escaliers, traversa la salle où les hommes de garde buvaient en discutant. Quand ils l'aperçurent, ils s'arrêtè-

rent de parler et la suivirent du regard. Marion sortit et
s'enfonça dans le sentier qui rejoignait le cours de La
Reine. Elle ne put faire que quelques pas : une troupe
d'uniformes l'entouraient. Des armes la menaçaient. Un
homme s'approcha d'elle :

— Je suis officier de police. Au nom du roi, je vous
arrête.

— Mais je n'ai rien fait, protesta Marion.

— Tu sors de chez Kéroué, le bandit qu'on va pendre.
Tu es sa complice !... Gardes, emmenez-la...

Marion fut bousculée et poussée dans une charrette
fermée. Avec des plaisanteries obscènes, les gardes l'aidè-
rent à monter en la prenant aux hanches. Des mains
s'égarèrent sur ses cuisses et la pincèrent brutalement. Les
deux hommes qui gardaient la maison furent jetés sans plus
de ménagement près d'elle. Puis au bout d'un moment,
Kéroué apparut, les mains entravées par des chaînes. Une
balafre sanglante barrait son front. Il tomba lourdement
sur le sol et demeura silencieux. La charrette s'ébranla et
prit le chemin du Châtelet.

— Décidément, murmura Kéroué, tu me porteras toujours malheur...

Il se souvenait du jour où il avait été arrêté, près de Porz-
en-Haie, alors qu'il était venu chercher sa maîtresse. On
n'échappe pas facilement à son destin, songeait-il.

Marion était découragée. Les obstacles se multipliaient
sur son chemin. Elle avait cru retrouver sa fille ; elle se
retrouvait prisonnière et allait être enfermée au Châtelet,
d'où l'on ne savait jamais si on ressortirait un jour. Olivier
Guilherm et Lafleur devaient la rechercher dans la grande
ville. Elle n'avait aucun moyen de communiquer avec la
Bretagne, pas même celui d'écrire une lettre à sa mère pour
la rassurer. Elle était isolée, perdue dans cette cité hostile,
accusée de crimes, mêlée aux pires assassins.

Le Grand Châtelet était une haute forteresse encadrée
de deux tours rondes aux toits pointus, et d'un imposant
donjon crénelé. Sur le balcon de la tour droite se tenait le

veilleur de nuit. De la tour gauche partait un mur large, terminé par une troisième tour, énorme celle-là, d'où le mur d'enceinte descendait jusqu'à la Seine... C'était là que siégeait la prévôté de Paris. Le prévôt, peut-être le plus important personnage de la capitale après le roi, avait sous ses ordres le lieutenant civil, le lieutenant général de police, le lieutenant criminel, deux lieutenants particuliers et quarante-huit conseillers. C'était au Châtelet que l'on enfermait les prévenus de droit commun en instance de jugement. C'était là aussi que se trouvait la morgue, un réduit sale et obscur où étaient entassés les cadavres mutilés ou noyés, ramassés dans les rues ou dans la Seine.

Dans la cour, Marion, Kéroué et ses sbires furent présentés à des agents qui les dévisagèrent attentivement : leur tâche était de pouvoir reconnaître les prévenus, si besoin était, à l'occasion d'un prochain méfait.

Kéroué fut emmené au secret. Marion l'aperçut, titubant sous les chaînes, alors qu'il se retournait et lui adressait un dernier regard où elle crut déceler, pour la première fois, du désarroi ou de la tendresse, elle ne savait au juste. C'était le regard de tous les hommes privés de liberté, le regard d'Hanviguen avant qu'il entre dans son cachot, le regard de milliers d'autres qui regardent le ciel pour la dernière fois.

Marion, elle, fut jetée dans un bas-fond immonde, envahi de prisonniers. Dans la nuit, une femme vêtue de haillons crasseux fut prise de convulsions. En hurlant, elle se déchirait le visage avec ses ongles aigus, mettait son corps en sang. Dans le bas-fond personne ne bougea. La femme se redressa, poussa un râle affreux et retomba en vomissant un flot de sang. Marion terrifiée se pendit aux grilles et appela un gardien. Un homme en uniforme apparut, en tenant un falot au-dessus de sa tête.

Il regarda la morte et poussa un juron.

— C'est la peste, hurla-t-il avec effroi.

Et il partit, abandonnant Marion dans la nuit grouillante de frôlements mystérieux.

CHAPITRE XXIV

Marion s'était réfugiée au fond du cachot, sur un tas de paille pourrie. Des rats affamés grouillaient sur le cadavre de la malheureuse. Les autres prisonniers, hébétés et inconscients du danger qui les menaçait, dormaient ou parlaient à voix basse. La mort qu'ils côtoyaient tous les jours les laissait indifférents. Au petit matin, un détachement d'agents de police vint chercher le corps. Ils nettoyèrent hâtivement les souillures qui encombraient la litière de la morte et emportèrent le cadavre sur un brancard. Plus tard, un médecin apparut escorté de gardes armés. Il examina les prisonniers, avec dégoût, plus soucieux d'éviter le moindre contact avec ceux qui pouvaient avoir été contaminés que d'exercer son noble art. Lorsque vint le tour de Marion, le médecin ne put s'empêcher de la plaindre.

— Ma pauvre fille, qu'as-tu fait pour être enfermée dans cet enfer ? demanda-t-il d'une voix basse.

Marion lui adressa un regard désespéré. Le médecin, occupé à griffonner sur une écritoire, était un homme âgé, aux traits marqués par la fatigue.

— Je vous en prie, souffla-t-elle, délivrez-moi de ce cauchemar. Je suis innocente. J'ai été arrêtée par erreur, et je ne veux pas mourir ici, comme les autres...

Le médecin s'arrêta d'écrire. Il la regarda avec bonté.

— Je ne peux rien faire pour toi... Je ne connais que des

enfers pires que celui-ci, les prisons, les hospices, la mort :
telle est ma destinée.

Marion joignit les mains avec ferveur.

— Faites-moi sortir d'ici, je vous en supplie. N'importe
où vous pourrez m'envoyer, j'arriverai à sortir. Mais ici, en
prison, je dois attendre un jugement, un procès... je ne
résisterai pas...

Le médecin hocha gravement la tête.

— Je vais voir ce que je peux faire...

Il se leva. L'un des gardes prit son écritoire et le médecin
sortit du cachot en repoussant avec brusquerie les pauvres
hères qui s'accrochaient à ses pieds en le suppliant. Marion
attendit. Quelques heures plus tard, un gardien ouvrit la
grille. Précédé par une lanterne, un officier entra dans le
cachot. Il tenait une feuille de papier à la main.

— Ricalet, Fanette, Lefébure, Tromel... Debout,
suivez-moi.

Des formes livides se dressèrent.

— Où allons-nous ? gémit une femme.

— A Bicêtre...

La femme recula avec horreur.

— Non, pas ça, hurla-t-elle. Je préfère rester ici et y
mourir... Je ne veux pas retourner à Bicêtre... Je connais...
Ici, c'est le paradis... Laissez-moi mourir en paix, par
pitié...

L'officier fit un signe aux gardes.

— Emmenez-la avec les autres...

Les gardes la saisirent et la traînèrent dans le long
couloir. Marion s'avança avec les autres appelés.

— Pourquoi nous et pas les autres ? demanda un ivrogne
en passant devant l'officier.

— Vous devez avoir la peste, ou quelque chose de pis
encore... On vous empêche de pourrir la prison et de
contaminer les autres.

Marion sortit dans la cour grise. Un froid vif la saisit.
Elle tremblait. Soudain, elle crut entendre une voix l'appeler. Elle se retourna, chercha désespérément à reconnaître

un visage, à apercevoir une main tendue. A nouveau on l'appela :

— Marion, Marion... C'est nous, Olivier et Lafleur...

Atterrée, Marion fit un pas vers les étroites fentes qui aéraient les cachots.

— Où êtes-vous ?

Elle n'entendit pas la réponse. Un garde la poussait vers les autres malades qui montaient dans une charrette. Elle se pencha pour tenter d'apercevoir ses compagnons, mais la charrette s'éloignait et elle entendit encore une fois son nom crié faiblement...

Le trajet dura une bonne heure. La charrette, escortée par des agents à cheval, traversa Paris par le pont au Change, la rue Saint-Séverin et la rue du faubourg Saint-Jacques. Les gardes criaient pour dégager les encombrements. La charrette s'embourbait parfois jusqu'aux roues dans la boue grasse. Enfin, on passa la barrière Saint-Jacques et l'on arriva aux portes de Gentilly. Sur une colline se dressaient les bâtiments sombres et vétustes de l'hospice. En s'approchant, le convoi sembla pénétrer dans un nuage épais et fétide. L'odeur était si forte que les voyageurs détournaient leur chemin pour ne pas sentir le parfum de la mort. Les prisonniers furent conduits dans une salle étroite où un homme en blouse grise leur attribua une salle. Marion, incommodée par les odeurs, était sur le point de défaillir. Une religieuse guida les nouveaux pensionnaires jusqu'à un lieu qui dépassait en horreur tout ce que l'on pouvait imaginer. La salle Saint-François était plongée dans une atmosphère insoutenable : près de cinq cents malades s'y entassaient, à raison de six par lit, gémissant, râlant, secoués de spasmes ou de convulsions. Les lits étaient recouverts de vermine, d'humeurs viciées et d'excréments. Quelques cadavres déjà raidis atttendaient, au milieu des agonisants, qu'on les enlève. Des enfants étaient entassés par dix, des vieilles femmes reposaient sur des grabats installés à même le sol : c'était le traitement réservé aux pensionnaires les plus pauvres et pour qui la mort était une délivrance.

Bicêtre accueillait sous ses voûtes putrides les malades, les pauvres, les blessés, les agonisants de toutes sortes, les prisonniers affaiblis par le régime des cachots, les porteurs de germes ou de maladies contagieuses. Plus de quatre mille malheureux connaissaient entre les murs de cet hospice le fin fond de l'horreur. Les prisonniers de droit commun croupissaient dans des cabanons entassés les uns au-dessus des autres. Les gardes leur vendaient à un prix exorbitant quelques vivres et des morceaux de miroir dont ils se servaient pour communiquer entre eux. En dirigeant le miroir d'une façon ou d'une autre, ils se renvoyaient l'image de leur détresse. Ils guettaient sans cesse le moindre événement qui égayait leur solitude : l'arrivée d'une femme à la robe colorée, le départ d'un malade miraculeusement guéri, le transfert d'un corps... Les mutineries ne se comptaient plus. Les condamnés, n'ayant rien à perdre, témoignaient d'un courage qui, sur un champ de bataille, eût été jugé héroïque. Une poignée de misérables forçait un cachot, entrait dans le corps de garde, se saisissait des armes. Un veilleur donnait l'alerte. Les archers ripostaient. On s'entre-tuait férocement, certains parvenaient même à s'évader, mais leur habit de drap facilement reconnaissable les trahissait aussitôt et ils étaient repris. Le mécontentement le plus vif naissait à l'heure des repas : le morceau de pain dur trempé dans un bouillon innommable était-il moins gros qu'à l'ordinaire ? cela suffisait à déclencher la révolte. Plusieurs détenus avaient ainsi payé de leur vie une ration peu abondante. Les malheureux qui n'avaient pas la chance de périr dans l'assaut étaient rapidement jugés : certains étaient pendus, et c'en était fini de leurs souffrances ; d'autres étaient fouettés et soumis à un régime encore plus dur.

Le lendemain de son arrivée, Marion fut examinée par un médecin qui parut étonné de son état de santé :

— Vous êtes sur la liste des contagieux. Vous ne

présentez aucun des signes de cette maladie... Comment a-t-on pu se tromper à ce point ?

— J'ai eu un malaise, et l'on a cru que la maladie m'avait atteinte, expliqua prudemment Marion.

— Je vois, répondit le médecin, en inscrivant quelques mots sur un registre...

Marion fut reconduite à son cabanon. Couverte de gale et de poux, elle se grattait jusqu'au sang. Son corps semblait être imprégné de l'insupportable odeur de moisi qui émanait des murs. Le matin suivant, elle fut à nouveau examinée par un homme en habit noir.

— Déshabillez-vous, ordonna-t-il.

Marion se débarrassa de ses loques et exhiba avec honte son corps sale et souillé. L'homme la contempla longuement et la palpa.

— Vous pouvez vous rhabiller.

Confuse et anéantie de tristesse, elle fut reconduite dans le cachot immonde. Deux jours passèrent. Elle fut à nouveau présentée à l'homme en noir.

— Je m'appelle Féral, dit-il, et je peux vous faire sortir d'ici, mais à certaines conditions...

Marion était prête à accepter n'importe quel marché pour retrouver sa liberté, et plus encore, pour laver son corps couvert d'insectes et de plaques hideuses.

— Je viendrai vous attendre à la sortie de l'hospice. Vous me suivrez. Pendant quelques semaines, vous serez accueillie dans une maison de plaisirs. On cherche de belles filles pour y attirer le client... Quand vous aurez payé votre dette, vous pourrez repartir. Si, toutefois, vous en éprouvez l'envie. Beaucoup de celles que nous recueillons préfèrent rester : elles sont nourries et logées, en échange de quelques... peines...

Marion baissa la tête. Elle ne voulait pas montrer sa honte, mais elle n'avait pas le courage de repousser cette chance unique de sortir de cet enfer. Confuse et bouleversée, elle se composa un visage impassible.

— J'accepte, dit-elle simplement.

Lorsqu'elle fut seule, elle se laissa aller à son désespoir.

Le lendemain étant un dimanche, les condamnés furent autorisés à assister à la messe. Comme elle descendait l'étroit boyau qui conduisait à la chapelle, Marion vit passer devant elle un groupe de femmes élégantes, qui portaient des paniers.

— Qui sont-elles ? osa-t-elle demander à un gardien.

— Ce sont les dames charitables qui viennent aider les accouchées... Elles apportent des vivres et des potions. Si c'est pas malheureux de voir de si nobles personnes perdre leur temps pour de la racaille !

Marion regarda passer le cortège superbe des toilettes luxueuses. Il y avait là Mme de Crozon, la duchesse de Bellechasse, et quelques dames de province qui visitaient Paris.

Marion s'agenouilla dans la chapelle et se mit à prier. Les visiteuses s'approchèrent d'un balcon de pierre aménagé au premier étage de la chapelle. De là on avait une vue plongeante sur les malheureux qui mettaient toute leur foi dans leurs prières.

— Regardez, comme c'est amusant, murmura Mme de Bellechasse, toutes ces filles perdues qui prient le Seigneur.

— Il n'y aurait pas l'odeur, répondit Mme de Crozon, je trouverais le spectacle plutôt passionnant. Une telle misère, une telle saleté, cela doit être vu au moins une fois. Qu'en pensez-vous, ma chère ?

La marquise de Crozon, qui séjournait à Paris pendant quelques semaines avant de retourner sur ses terres bretonnes, s'adressait à une jeune et belle femme brune qui dissimulait son visage derrière un mouchoir brodé. Bretonne elle aussi, elle accompagnait ses amies dans leurs visites de charité.

— Pourquoi vous cachez-vous ainsi ? s'exclama la marquise en riant.

— L'odeur m'incommode, répondit Henriette de Saint-Fiacre en découvrant son visage.

Elle se pencha et regarda la nef de la petite chapelle.

Soudain, elle pâlit. Elle croyait reconnaître la femme agenouillée, qui priait les mains jointes... Elle ne pouvait se tromper : elle aurait reconnu cette chevelure rousse à une lieue de distance. Un flot de haine la submergea. Mais en même temps elle éprouva une joie cruelle à découvrir sa rivale enfermée dans ce lieu infernal.

— Vous êtes vraiment très pâle, ma chère, s'inquiéta la marquise. Voulez-vous sortir ?

— Non, non, protesta Henriette. C'est le spectacle de ces pauvres filles qui m'émeut...

— Cœur généreux, murmura la marquise avec douceur. Mais ne les plaignez pas trop. Les plus saines sont achetées par des matrones qui les emmènent dans les tapis-francs et les maisons de plaisirs. Il est rare qu'on laisse se gâter une belle fille. Il ne reste ici que les vieilles et les laiderons. Autant qu'elles meurent, ne pensez-vous pas, puisque de surcroît elles n'ont pas de quoi s'acheter un morceau de pain ?

Henriette essuyait son front baigné de sueur. Une sorte de vertige la prenait. Elle éprouvait le désir violent de se ruer sur Marion et de lui enfoncer ses ongles dans les yeux. Elle craignait à présent que sa rivale ne réussisse à sortir de l'hospice. Elle ne pouvait laisser cela au hasard.

— Je vais rentrer, dit-elle à ses compagnes, je ne me sens vraiment pas bien. Je reviendrai plus tard apporter à ces malheureuses quelque réconfort...

Aussi vite qu'elle put, Henriette de Saint-Fiacre regagna la sortie et monta dans son carrosse.

— Vite, à l'hôtel de Saumur, ordonna-t-elle au cocher.

Le carrosse dévala la colline de Gentilly. On ne voyait à l'horizon que prairies et bocages. Des terres marécageuses s'étendaient jusqu'aux rives de la Bièvre qui coulait ses eaux troubles et croupies.

Le carrosse s'arrêta devant l'hôtel de Saumur. Henriette attendit qu'on lui ouvrît la portière pour descendre. Elle se rendit aussitôt dans sa chambre et appela une servante.

— Allez me chercher M. de Kergroaz.

En proie à une vive émotion, elle s'allongea sur un canapé. Elle ferma les yeux et parvint à retrouver son calme.

Kergroaz, l'œil maussade, s'approcha d'elle.

— Que se passe-t-il ?

Henriette lui lança un regard de triomphe.

— J'ai retrouvé Marion.

CHAPITRE XXV

La compagnie Finefont s'était réfugiée dans une ferme isolée, du côté de Penvern. Guillaume et Jeannot partaient chasser dans les bois avoisinants. A la tombée de la nuit, ils rapportaient toujours de quoi nourrir la famille : quelques lièvres, des faisans, un coq de bruyère, des merles ou des cailles : les bois regorgeaient de gibier. Hélène Kerneau préparait de bonnes soupes pour les enfants. Madeleine s'en allait aux marchés acheter les provisions nécessaires : un peu de sel, de l'huile, de la farine quelquefois. Guillaume organisait des expéditions le plus loin possible du Faouët. C'est ainsi que la compagnie attaqua un convoi de sauniers qui s'enrichissaient en vendant du sel de contrebande aux autres provinces. Ce trafic n'était possible qu'avec la complicité des sénéchaux et des intendants, qui percevaient une dîme sur le sel de contrebande et délivraient passe-droits et sauf-conduits aux sauniers malhonnêtes. L'attaque eut lieu dans les bois de Conveau, près de Trégoan. Les sauniers s'étaient préparés à une éventuelle attaque. Ils ouvrirent le feu dès qu'ils furent encerclés. Jean Mével roula à terre, une épaule transpercée, Louis Tariot poussa un cri : une décharge lui avait broyé la jambe. Un instant surpris par cette résistance inattendue, Guillaume et Jeannot chargèrent l'épée en avant. Les sauniers n'eurent pas le temps de recharger leurs armes. Guillaume plongeait son épée dans la poitrine de l'homme qui avait touché Mével, Jeannot désarmait le second et l'assommait d'un violent coup de crosse. Les autres se rendirent. On emporta aussitôt les sacs de sel, les armes et les vivres dans la charrette qui attendait en contrebas. Les convoyeurs atterrés voyaient disparaître la fortune qu'ils avaient accumulée au détriment des Bretons. Le trafic du sel était l'un des plus prospères en ce temps-là. Avant de partir, Guillaume brisa à coups de hache les roues du convoi, pour éviter que les sauniers ne se lancent à leur poursuite.

Sur le chemin du retour, la troupe joyeuse rencontra un carrosse qui filait au galop sur la route de Gourin. Guillaume reconnut la voiture du chevalier de Robien. En se voyant entouré de cavaliers armés, le cocher crut à une attaque et arrêta le carrosse en cachant sa tête dans ses mains. Il fut surpris d'entendre les bandits s'adresser à son maître, et encore plus de voir celui-ci descendre et leur serrer la main.

Guillaume donna au chevalier les dernières nouvelles. Il raconta le départ de Marion à Paris et le silence inquiétant qui s'éternisait. Le chevalier semblait accablé par ces révélations. Il connaissait trop bien les pièges de la capitale, les pièges que l'on tendait aux femmes seules et jolies, pour espérer que Marion puisse éviter les dangers qui la menaçaient là-bas.

— Nous ne pouvons pas la laisser seule, s'écria de Robien. Il faut lui venir en aide...

— Marion est de taille à se défendre, répondit Guillaume avec espoir...

— Vous ne connaissez pas Paris. La ville est infestée d'assassins. On y tue plus en une nuit que pendant toute une année en Bretagne...

Le chevalier suivit Guillaume et Jeannot au repaire de Penvern. Ils chevauchaient en silence, et chacun imaginait quel pouvait être le sort de Marion à Paris.

Dans la maison silencieuse, Hélène Kerneau berçait doucement le bébé endormi. Un feu crépitait dans l'âtre. De Robien, plus ému qu'il ne voulait paraître, découvrait les objets abandonnés par Marion. Un châle sur une chaise, la ceinture où elle glissait son épée, son assiette et sa coupe qu'on tenait toujours prêtes. Jeannot n'était pas dupe de l'intérêt que le chevalier portait à Marion, et il savait ce qui les unissait. Pourtant, il aurait volontiers sacrifié son amour pour qu'elle revienne, la cape au vent, les cheveux décoiffés, et que s'apaise enfin cette mortelle inquiétude.

— Il va neiger cette nuit, dit de Robien qui regardait par la fenêtre, avec l'espoir insensé de voir apparaître une jument alezane au détour du chemin.

Il ne pouvait oublier les longues soirées au manoir de Kerbihan, les galops sur la plage, le corps tiède qui se serrait contre lui. Depuis le départ de Marion, il errait comme une ombre, blessé dans son orgueil, affligé par la perte de son amour. Il passait ses journées à courir à cheval, hantait les lieux de son bonheur, rentrait à la nuit, fourbu et désespéré, épiant le moindre bruit, imaginant sans cesse le retour de celle qu'il aimait, sans cesse déçu par son absence. Il ne retournait plus guère au château du Poul, ne supportait plus la présence de quiconque, pas même celle de ses compagnons de combat. Il fuyait son épouse, Anne-Françoise Geslin, qui s'ennuyait au château et ne comprenait pas l'amertume qui assombrissait son mari. Cette femme patiente et résignée se sentait tiraillée par une jalousie qu'elle n'avait encore jamais ressentie et découvrait qu'elle ne supporterait pas que son mari eût pris une maîtresse officielle. Elle connaissait depuis longtemps les élans sensuels de son époux, ses aventures discrètes et nombreuses avec les filles du pays, mais jamais encore il ne s'était attaché à l'une d'elles, et Anne comprenait qu'elle s'isolait chaque jour davantage dans une solitude d'autant plus aigre qu'elle n'avait plus aucun rapport avec son mari. Elle se sentait à la fois coupable et humiliée ; la rancœur s'installait dans son âme.

Autour de la table, adossé au feu, de Robien écoutait Guillaume lui raconter les événements des dernières semaines. Il regardait distraitement la neige tomber derrière le carreau de la petite lucarne, les gros flocons tourbillonner dans la nuit. Le chevalier entendit un enfant pleurer, des bruits de vaisselle, le murmure des voix, une douce torpeur s'emparait de lui qui continuait ses rêves insensés. Il aurait voulu abandonner son titre, ses charges et ses terres pour vivre une existence simple. Il aurait échangé sa fortune contre l'exaltante richesse que lui aurait donnée Marion, si elle l'avait aimé, si elle avait été là, près de lui, contre la cheminée qui ronronnait doucement tandis que la neige ensevelissait lentement la campagne.

— Nous n'avons plus aucune nouvelle, disait Guillaume. Nous voulions partir pour Paris, Jeannot et moi, mais je ne veux pas laisser les femmes et les enfants seuls... Je ne sais plus que faire, regardez cela...

Guillaume se leva et alla chercher une missive dans un coffre. Il tendit le papier froissé à de Robien qui le lut à haute voix.

« Nous avons quitté Paris pour échapper à ceux qui nous poursuivent. Votre fille vous embrasse tendrement. Nous partons pour la Touraine, pour perdre nos ennemis, puis nous reviendrons en Bretagne vous rendre Alice. Que Dieu veille sur vous comme il veille sur nous. »

La signature était illisible, de Robien crut déchiffrer un nom comme Marco ou Mauclo.

— Comment cette lettre vous est-elle parvenue ?

— Par un colporteur, répondit Jeannot. C'est moi qui l'ai vu. Il arrivait de Chartres où il avait rencontré les bohémiens. Ils étaient installés devant la cathédrale et donnaient leur spectacle devant les fidèles... Le colporteur s'appelle Gikel, il est de Vannes et il a reconnu ces bohémiens qu'il avait rencontrés par chez nous, il y a quelques années...

De Robien se leva.

— Restez ici. Si Marion a besoin de vous, elle vous enverra un message. Moi, je vais aller chercher Alice. Je dois pouvoir la retrouver, entre Chartres et Tours, il n'y a pas tellement de villes où des gitans peuvent donner leur spectacle et établir leur campement. Je partirai demain.

De Robien enfila son manteau, prit ses gants et salua l'assistance silencieuse. Guillaume l'accompagna. La neige avait recouvert la cour. Le cheval, que l'on avait abrité sous une grange, dressa ses oreilles.

— Le chemin doit être glissant, murmura Guillaume.

— Ne vous inquiétez pas pour moi, répondit de Robien sombrement.

Guillaume le saisit par le bras.

— Pourquoi faites-vous cela ?

— Vous le savez très bien.

— Vous risquez gros.

— Peu m'importe. Je l'aime depuis que je l'ai vue. Je ne peux pas me passer d'elle...

Guillaume baissa la tête.

— Je ne sais pas si elle peut rendre un homme heureux. Sa vie ne lui appartient pas...

— Un jour elle sera à moi, répondit de Robien gravement.

Il serra longuement la main de Guillaume et s'enfonça dans la nuit. Il conduisait son cheval au pas, aveuglé par les rafales de vent qui rabattaient sur lui des paquets de neige fondue. Les sabots glissaient sur le sol gelé et la bête apeurée hennissait plaintivement. De Robien mit pied à terre et tira le cheval par la bride. Au débouché d'un bois, il se trouva pris dans une véritable tornade. Le vent glacé hurlait à ses oreilles, la neige floconneuse l'aveuglait. Il tâtonnait dans la nuit, trempé par la neige glacée infiltrée dans ses vêtements. De longues minutes s'écoulèrent, puis il crut apercevoir la masse sombre d'une grange. Il s'en approcha et constata avec soulagement que la porte était ouverte. C'était une cabane de berger, à moitié remplie de fourrage. Il s'écroula sur le foin séché et resta longtemps immobile, à bout de souffle et de forces. Quand il eut repris des forces, il réunit quelques branches sèches et alluma un feu qui crépita vivement dans l'âtre. Une douce chaleur se répandit. Il se débarrassa de ses vêtements et les mit à sécher sur une fourche plantée en terre, puis s'endormit.

Le lendemain matin, il fut réveillé par le froid. Le feu s'était éteint au cours de la nuit. Il partit inspecter les environs. Une épaisseur considérable de neige gelée recouvrait la campagne. Il ne pouvait reprendre la route. Il passa la moitié de la journée auprès du maigre feu qu'il avait relancé. Puis, un pâle soleil réussit à percer les nuages, et la neige commença à fondre. De Robien reprit aussitôt son chemin, marchant aux côtés du cheval jusqu'à la grand-route qui conduisait à Quimper. Des charrois avaient déblayé la route et il put à nouveau monter sa bête qui parvint à Kerbihan à la tombée du jour, épuisée de fatigue.

La neige ne fondit qu'au bout de trois longues journées. Revigoré par les festins somptueux que lui préparèrent Fareau et Villette, de Robien reprenait des forces mais il se morfondait. Enfin, un matin, il quitta les vieux serviteurs qui l'accompagnèrent jusqu'à la grille du manoir. Il coucha le premier soir dans une auberge proche de Rennes et atteignit le lendemain la ville de La Flèche. Il soupa et coucha au relais des Trois Sangliers, sur la route de Tours. Il y avait là une foule de maquignons qui se rendaient à la grande foire de la ville, et il put questionner plusieurs d'entre eux qui lui expliquèrent comment trouver les saltimbanques.

Il arriva à Tours à l'heure du dîner : midi sonnait au clocher de la cathédrale lorsqu'il attacha son cheval à une barrière. Des groupes de paysans déambulaient au milieu des étalages. On vendait des pommes et des raves, des choux bien verts. Les artichauts étaient entassés en hautes pyramides, à côté des choux-fleurs. Plus loin, les poules donnaient un concert effroyable de cris et de caquètements. Attachées par une patte, les volailles attendaient les acheteurs en ouvrant un œil rond et inquiet. De Robien aperçut devant le parvis de la cathédrale un attroupement. Il s'approcha. Des bateleurs jouaient le théâtre de Molière. Les paysans riaient aux éclats en suivant les malheurs d'Harpagon. On applaudissait les cabrioles dont les comédiens agrémentaient le texte. La troupe saluait tandis qu'un arlequin à la bosse proéminente tendait sa sébille aux spectateurs dont certains se détournaient hâtivement. De Robien prit un louis d'or et le donna au comédien qui se confondit en remerciements.

— Dis-moi, je cherche une troupe de bohémiens qui jouait à Chartres, il y a quelques jours. Sais-tu où ils sont ?

L'arlequin le regarda avec méfiance.

— Nous ne connaissons pas de bohémiens... Qu'est-ce que vous leur voulez ?

— J'ai un message pour eux...

Il tendit la pièce d'or.

— Je ne leur veux pas de mal...

L'arlequin louchait sur la pièce.

— Il y en a beaucoup des gitans...

— Celui que je cherche s'appelle Mauclo ou Marco...

— Manolo ! Ils ont un ours et des danseuses...

De Robien lui donna la pièce d'or.

— Où sont-ils ?

— Ils ont quitté Chartres avec nous. Ils s'en allaient sur Nogent.

De Robien alla chercher son cheval et quitta aussitôt la ville. Il demanda la route de Nogent et galopa toute la journée. A la tombée de la nuit, il aperçut les lumières tremblantes des maisons. Il pria le ciel pour que les gitans ne soient pas repartis.

CHAPITRE XXVI

La nuit tombait lentement sur Bicêtre. Un gardien à moitié ivre vint chercher Marion dans son cabanon et la conduisit jusqu'à la salle Saint-François. Une fille de salle, vêtue d'une blouse crasseuse maculée de sang, indiqua un lit :

— Installez-vous là-bas, vous serez six cette nuit, mais la vieille mourra avant demain, ça vous fera de la place...

Hérissée de dégoût, Marion se glissa entre une vieille femme inconsciente et une grosse créature rousse et hideuse. Des pustules brunâtres couvraient son corps et son visage. Elle adressa une grimace à Marion :

— Bonjour, la nouvelle, c'est-y que l'une de nous va crever pour qu'on t'ajoute... Moi, je tiendrai bien encore quelques jours, mais la vieille agonise. Demain, elle sera froide...

Elle éclata de rire, exhibant une bouche édentée. Marion détourna la tête.

— Quitte tes grands airs, princesse, se mit à hurler la femme avec haine, tu verras dans quel état tu seras dans une semaine ou deux... Tu sentiras ton corps pourrir lentement, et tu ne pourras rien faire. Si tu n'as pas d'argent, tu vendras tes dents, comme moi, pour rester, parce que vois-tu, je préfère encore crever dans ce lit que dehors...

La vieille remua faiblement en poussant un gémissement de douleur.

— Je vous en prie, murmura Marion, taisez-vous...

— De quoi, tu voudrais que je me taise... Pour qui que tu te prends, ma belle ?

Une jeune femme très pâle, les yeux cernés, souleva faiblement la tête.

— Faites-la taire...

Une autre, le visage recouvert de charpie sanglante, riait convulsivement.

— J'attraperai la corde et je la serrerai autour de ton cou, s'écria-t-elle. Couic, ça fera et tu seras toute raide.

Affolée, Marion ne savait plus vers qui se tourner. A l'autre bout du vaste lit, une femme fut prise de convulsions. Son corps était agité de tremblements affreux. Marion poussa un cri et se leva. La fille de salle l'aperçut.

— Qu'est-ce qui se passe ? grommela-t-elle en approchant.

— Aidez-la, dit Marion en désignant la femme qui se débattait.

— Occupe-toi de tes affaires, la nouvelle, tu en verras bien d'autres.

L'édentée se dressa sur le lit souillé.

— Je vais l'étrangler si elle continue...

Elle avançait des doigts crochus en direction de la gorge de Marion. La fille de salle, sans s'émouvoir, saisit une badine qui pendait à son tablier et en frappa violemment l'édentée qui se mit à glapir.

— Si tu ne te tais pas, je te fais sortir cette nuit, en plein froid, comme ça tu crèveras avec les rats, dans la rue...

L'édentée se calma et feignit de dormir. Mais elle fixait haineusement Marion.

— Toi, tu es trop belle, je vais t'arracher les yeux quand tu dormiras, siffla-t-elle entre ses lèvres.

La vieille femme agrippa fébrilement le bras de Marion.

— Empêchez-les, empêchez-les...

Puis elle retomba, l'écume aux lèvres. Marion essayait de

se dégager de l'étreinte de la morte qui serrait son bras. A bout de nerfs, elle se mit à pleurer, en se débattant pour se débarrasser du poids du cadavre. Elle luttait pour ne pas céder à la panique, se répétant sans cesse que la liberté se trouvait au bout de cet infernal cauchemar. Elle ne voulait pas se laisser vaincre par la peur, elle qui ne l'avait jamais connue, il ne fallait pas que ce soit une morte et une folle qui triomphent de sa raison.

A l'hôtel de Saumur, Henriette de Saint-Fiacre suivait, fascinée, les préparations de Piccini. Sommairement installé dans une chambre, l'Italien regrettait son officine de Kergroaz. Penché sur une fiole, il versait précieusement un liquide verdâtre dans une minuscule bouteille. Lorsqu'il eut terminé, il adressa à sa maîtresse un sourire radieux.

— Quelques gouttes de ce breuvage dans une tasse de bouillon ou un verre de vin suffiront...

— Tu es sûr de ce que tu dis, au moins ? demanda Henriette, en saisissant la bouteille avec précaution.

— J'ai expérimenté cette drogue sur un chat, dit Piccini en attrapant un sac étendu à ses pieds. Voici le résultat.

Il tira du sac le corps raidi d'un chat blanc. La bête avait les yeux injectés de sang, les babines retroussées découvrant les dents. Des plaques sanglantes boursouflaient le corps. Henriette saisit l'animal par une patte et le regarda avec un sourire cruel.

— Quelle merveille ! s'exclama-t-elle. Et combien de temps cela a-t-il duré ?

— Quelques minutes, maîtresse, répondit Piccini, mais des minutes très douloureuses, ajouta-t-il aussitôt, pour rassurer Henriette qui lui lançait un méchant regard.

— C'est bien, tu peux t'en aller... Et emporte ça, dit-elle, en lançant le corps du chat sur le chimiste qui le fit disparaître aussitôt dans le sac.

Quelques heures plus tard, une carmélite prenait place dans un fiacre qui quittait bientôt Paris par la rue du faubourg Saint-Jacques. La religieuse serrait contre elle un coffret de velours bleu qu'elle ouvrait fréquemment, comme pour s'assurer qu'il contenait les objets du culte qu'elle y avait déposés : quelques images pieuses, des chapelets, un livre de prières et la statuette en bois grossier représentant la Vierge Marie. Il fallut peu de temps à l'habile cocher pour parvenir à Bicêtre. Cet homme connaissait les raccourcis, savait couper par des ruelles sombres, conduisait à un train d'enfer ses rosses efflanquées. Devant la porte de l'hospice, la carmélite descendit de voiture et ordonna au cocher de l'attendre.

— Je vais porter quelques douceurs à de pauvres femmes... Je n'en ai que pour quelques instants... Vous me ramènerez à Paris, aux vêpres de Notre-Dame...

La carmélite pénétra dans l'enceinte de l'hospice, le voile rabattu sur les yeux, un mouchoir sur la bouche pour étouffer les odeurs horribles qui lui soulevaient le cœur. Elle s'adressa à un gardien qui surveillait les cachots.

— Je viens porter les secours de Dieu à une infortunée, mon fils, elle se nomme Tromel...

Le gardien ricana.

— Tu ferais mieux de garder tes forces pour les honnêtes gens, dit-il en crachant par terre. Tromel ? Eh bien, elle se passera de toi, elle est sortie ce matin.

La carmélite ne put cacher sa déception.

— Quel dommage, moi qui ai fait une si longue route pour la secourir...

Le gardien se leva et désigna les cabanons entassés les uns sur les autres.

— Il en reste pas mal, si tu veux gaspiller tes bonnes paroles... mais tu risquerais bien de te faire violer. Ici on ne respecte ni Dieu ni le diable. Ni l'un ni l'autre n'ont jamais osé s'aventurer si loin...

Le gardien se versa un verre de vin.

— Si tu tiens tellement à la voir, ta malheureuse, va

donc à la salle Saint-François. C'est là qu'on l'a transportée ce matin...

— Souffre-t-elle d'une maladie ? demanda la **carmé**lite avec curiosité.

— Quand on se retrouve dans la salle Saint-François, c'est jamais pour bien longtemps... On y meurt plus vite qu'une mouche en hiver...

La carmélite remercia le gardien et s'en alla par les couloirs sombres en demandant son chemin. Elle prenait garde en marchant de ne pas écraser les rats occupés à dévorer les pansements abandonnés dans les couloirs. Elle buta à une ou deux reprises sur des corps étendus, dont elle ne voulut pas savoir s'ils appartenaient encore à des vivants. Elle arriva enfin dans la salle Saint-François, une infirmière difforme lui indiqua un lit. Le spectacle qui s'offrait à ses yeux la laissa un moment incrédule, puis elle s'avança et passa entre les lits, caressant au passage une main qui se tendait vers elle, adressant aux plus valides quelques paroles de réconfort.

— Que Dieu vous protège... Que Dieu vous bénisse... Priez le Seigneur... Que Jésus soit avec vous...

Elle s'arrêta au pied du lit où Marion, épuisée de fatigue, s'était endormie, la tête rejetée en arrière, la main reposant sur le cadavre de la vieille femme qu'on n'avait pas encore enlevé. La carmélite s'approcha silencieusement. Elle se pencha sur Marion et traça sur elle le signe de la croix.

— Pauvre enfant, murmura-t-elle avec compassion.

Elle se mit à prier avec ferveur. A la fin de sa prière, elle ne put s'empêcher de caresser le front de Marion. Celle-ci se réveilla en criant.

— N'aie pas peur, mon enfant. Je suis venue prier pour toi...

Marion la dévisagea avec méfiance.

— Qui êtes-vous ?

— Sœur Catherine de la Croix, du couvent des carmélites de Vaugirard...

— Et vous venez prier pour moi ?

— Oui, mon enfant, sur la recommandation d'une très généreuse âme, la marquise de Saint-Albret...

Marion se redressa et s'assit sur le lit.

— Je ne connais personne de ce nom. Vous devez vous tromper...

— Non, ma fille. Tu es bien Marion Tromel?

— Oui, répondit Marion stupéfaite.

— Eh bien, cette femme généreuse m'a demandé de t'apporter le réconfort du Seigneur. Elle m'a donné ceci pour toi...

La religieuse sortit de son coffret bleu une image de la Vierge Marie et une bouteille cachetée de cire.

— Ceci est une liqueur de fleur d'oranger, qui chasse la fièvre et apaise la soif. La marquise y a versé quelques gouttes d'eau-de-vie, pour te donner des forces... Tiens...

Marion saisit la bouteille et l'ouvrit.

L'agréable parfum de la fleur d'oranger chassa de ses narines les odeurs insupportables qu'elle respirait depuis qu'elle était enfermée à Bicêtre.

— Mais je ne connais pas la marquise de Saint-Albret, répéta Marion avec méfiance.

— Elle te connaît bien, pourtant. Elle m'a vanté ta beauté, la couleur de tes cheveux, le vert de tes yeux... Remercie-la dans tes prières... La marquise m'a remis cent louis pour les œuvres de mon couvent... C'est une sainte femme...

— Mais pourquoi n'est-elle pas venue avec vous?

— La pauvre souffre d'une mauvaise grippe. Mais elle m'a promis de te visiter dès qu'elle sera rétablie. Elle m'a dit qu'elle te devait beaucoup et qu'elle n'oublierait jamais sa dette...

La religieuse dénoua son voile. Son visage apparut. Ses traits étaient doux et gracieux comme ceux d'une madone et son teint avait la pâleur des âmes ferventes. Elle sourit affectueusement à Marion.

— Il va falloir que je m'en aille, d'autres m'attendent, et je dois assister aux vêpres de Notre-Dame... Ta bienfaitrice m'a fait commettre un péché : elle m'a payé un fiacre pour la visite. Je crois, ajouta la religieuse, avoir connu l'orgueil, en me sentant bien au chaud dans cette voiture confortable...

Marion baisa la main que la religieuse lui tendait. Elle posa la bouteille sur la couverture.

— Merci, ma sœur, priez pour moi, j'en ai bien besoin...

La sœur l'assura de ses prières et s'en alla.

Lorsque Marion voulut saisir la bouteille de liqueur, celle-ci avait disparu. Comme elle la cherchait, elle rencontra le regard goguenard de l'édentée.

— Qu'est-ce que tu cherches ? ricana la rousse. Toi qui connais les marquises et le beau monde, tu ne manques de rien... Tu peux bien offrir un peu d'eau-de-vie à une pauvresse comme moi...

L'horrible mégère avança ses doigts crochus en direction du visage de Marion qui restait impassible.

— Si tu fais un mouvement pour me la reprendre, je t'arrache les yeux...

Avec un rire affreux, l'édentée brandit la bouteille et la porta à ses lèvres. Elle but goulûment, à pleines gorgées, le liquide parfumé.

— A ta santé, marquise, s'écria-t-elle, en faisant claquer sa langue.

Elle rangea la bouteille sous son corps.

— Comme ça tu ne me la prendras pas...

Soudain, la mégère pâlit. Son regard se troubla. Elle porta ses mains à sa gorge et se mit à haleter. Ses yeux exprimèrent l'horreur. Marion, épouvantée, la regarda chanceler, tomber sur le lit. Un flot de bave sanglante jaillit de ses lèvres. Un râle affreux monta de sa gorge. La femme se mourait, arrachait ses vêtements, découvrant un corps crasseux qui se couvrait lentement de pustules répugnantes. Elle eut encore la force de se redresser et d'envoyer sa main en direction de Marion, glacée d'horreur, qui vit le visage devenir noir, enflé, les yeux s'injecter de sang, la bouche exhaler un râle horrible.

La femme se tordit dans une dernière convulsion et retomba morte. Accablée, Marion ne faisait pas un mouvement. Ses yeux allaient de la bouteille qui avait roulé sur le drap maculé jusqu'au visage déformé de la mégère. Un tremblement nerveux la gagna. Elle resta prostrée jusqu'à ce qu'elle entendît un groupe s'approcher d'elle. Alors, instinctivement, elle saisit la bouteille qu'elle reboucha et cacha sous sa robe.

— On vient enlever les morts, y en a-t-y ici ? demanda une sorte de brute hirsute.

Marion fit un geste. L'abruti saisit les deux cadavres et les jeta sans ménagement dans une sorte de charrette d'où dépassaient des membres raidis.

Après une nuit de cauchemars, Marion fut appelée devant le médecin.

— On ne peut te garder davantage. Voici ton ordre de sortie. Et voilà tes affaires.

On jeta à Marion son châle, le manteau que lui avait donné Kéroué, le flacon de baume pour effacer les cicatrices. Elle glissa dans sa poche la bouteille de poison et sortit dans la cour sombre.

Féral l'attendait et lui fit signe de monter à ses côtés. Puis, sans lui adresser une parole, il ordonna au cocher de filer sur Paris.

CHAPITRE XXVII

Marion hésita un long moment devant la porte de l'hôtel où l'avait laissée le carrosse. La tentation lui vint de fuir l'épreuve qui l'attendait dans ce lieu retiré. Elle tournait déjà le dos à la maison silencieuse, lorsqu'elle aperçut, au bout de l'allée plantée d'arbres la silhouette sombre de Féral. Il la regardait fixement et cette forme noire noyée dans le brouillard lui fit prendre conscience de sa propre peur. Elle ne pouvait trahir la parole qu'elle avait donnée à cet homme qui l'avait sortie du malheur. Elle lança à Féral un dernier regard de défi et alla frapper au heurtoir de bronze. La porte s'ouvrit lentement. Une servante austère, coiffée d'un bonnet blanc, lui fit signe d'avancer. Marion entra dans une chambre étroite où brûlaient des bougies. La pièce n'était meublée que d'un lit confortable, recouvert d'édredons et de coussins et d'une chaise sur laquelle étaient étendues des robes. La servante lui désigna une porte.

— Voici le cabinet de toilette. On vous servira à dîner dans la chambre.

Lorsque la servante fut sortie et eut fermé la porte à clef, Marion se précipita dans le cabinet de toilette. Dans une grande baignoire de bois, une eau tiède fumait agréablement en dégageant un parfum épicé. Des linges étaient préparés sur une table basse, des fards étaient alignés sur une étagère. Marion se plongea dans le bain avec délice.

Un bien-être indéfinissable s'empara d'elle, la noyant dans une mollesse cotonneuse où elle oublia ses angoisses. Beaucoup plus tard, elle se coucha avec volupté dans le lit moelleux et s'endormit profondément. Lorsqu'elle se réveilla, elle trouva près d'elle un plateau chargé de victuailles appétissantes. Elle dévora avec gourmandise les mets délicats, but un vin léger et soupira d'aise. Elle se sentait prête à affronter le monde, à se battre contre une armée. Elle revêtit une robe de coton vert qui semblait avoir été taillée à ses mesures, trouva des bas de coton blanc et des escarpins de cuir et s'admira dans le petit miroir accroché au mur.

— Vous êtes très belle, ma chère.

Surprise, elle se retourna et aperçut une jeune femme blonde, élégante et souriante, qui était entrée silencieusement dans la chambre.

— Venez, nous allons bavarder...

La jeune femme la conduisit dans un salon feutré, tendu de velours grenat et lui offrit un fauteuil profond.

— Je suis Mme La Ferrière, ma chère enfant. Je suis la maîtresse de cette maison... Je suppose que Féral vous a expliqué où vous vous trouvez ?

Marion toisait la maquerelle avec espièglerie.

— Je suis dans un bordel, n'est-il pas vrai ?

Mme La Ferrière ne put s'empêcher de rire.

— Quelle franchise, ma chère ! Non, à vrai dire, cette maison est tout autre chose qu'un vulgaire... bordel, comme vous dites. Ici, nous sommes plutôt dans un palais du plaisir, un temple de l'amour... Tout est raffinement, beauté et douceur... Mes pensionnaires vivent ici de leur plein gré et bénissent le ciel d'avoir été choisies entre des milliers... Nous ne recevons que d'illustres clients : les bourgeois les plus riches, les ecclésiastiques de haut rang et la noblesse de la Cour qui, seuls, peuvent s'offrir les luxueux délassements que je suis seule à proposer à Paris... Mais, si vous le voulez bien, parlons de vous... A ce qu'il paraît, vous venez de la province... Je brûle de connaître ce qui vous a conduite ici...

— Je suis ici pour tenir ma parole. Une suite de malheurs et d'événements tragiques fait que j'ai une dette à payer. Mais ne vous y trompez pas : je méprise le commerce auquel vous livrez les pauvres femmes que vous appelez vos pensionnaires. Et aussi grand puisse être leur bonheur d'avoir été choisies par vous, elles n'en demeurent pas moins des prostituées sur qui vous construisez une belle fortune. Quand on doit se vendre à un homme, qu'importe qu'il soit prince, curé ou boutiquier, l'honneur ne connaît pas ce genre de nuances... Ne tentez pas de me convaincre et ne me demandez pas de jouer votre jeu. Je paierai ma dette et m'en irai.

— Diable, quelle assurance, quelle résolution... Où avez-vous pris ce courage, chère petite provinciale ?

— Je suis bretonne. Cela explique beaucoup de choses. Chez moi, on n'a guère l'habitude de se soumettre...

Mme La Ferrière semblait vivement intéressée par Marion. Elle lui demanda de conter ses aventures. Marion raconta donc son voyage à Paris, taisant par prudence son identité et ses activités bretonnes. La maquerelle parut impressionnée par la volonté farouche qui animait sa nouvelle pensionnaire. Pour la mettre en confiance, elle évoqua sa propre destinée : les débuts infamants, la dramatique soirée où l'ivrogne l'avait défigurée, les circonstances extraordinaires qui avaient fait d'elle l'une des femmes les plus riches de Paris.

— Vous le voyez, ajouta-t-elle, il ne faut jamais désespérer. Nous avons en nous la force nécessaire pour surmonter toutes les épreuves...

Mme La Ferrière fit visiter sa maison. Dans un vaste salon, ouvrant sur des jardins, attendaient les pensionnaires. Il y avait là un assortiment merveilleux de tous les types de beauté féminine : une blonde diaphane au corps mince et souple était assise auprès d'une très jeune brunette aux formes rebondies, des filles à peine nubiles chuchotaient dans un coin, des créatures aux traits marqués par l'abus des plaisirs étaient paresseusement étendues sur de profonds canapés. Plus loin, une grande et belle femme à la peau mate comme celle des Espagnoles brodait une tapisserie. Elles adressèrent des compliments à leur maîtresse qui les questionna sur leur vie. Elles avaient sans doute l'habitude de ce genre d'auditions qui devaient influencer les postulantes.

— Vous le voyez, ces filles sont heureuses. J'espère que vous serez bien avec nous...

Puis ce fut la visite de la maison : des chambres vastes, luxueusement aménagées, équipées de cabinets de toilette, où de subtils jeux de miroirs multipliaient à l'infini les poses lascives et les situations libertines. Marion dissimula son étonnement. Elle n'avait jamais imaginé une telle profusion de meubles et de bibelots érotiques. Mais elle feignit l'indifférence, attendant avec une certaine appréhension que son hôtesse lui fît connaître son marché.

— Voici votre... « salon », dit-elle en insistant légèrement sur le mot. Personne ne l'a encore occupé, je ne crois pas qu'on puisse trouver un lieu plus exquis dans tout Paris...

L'endroit était en vérité fabuleux. Des boiseries dorées à l'or fin couvraient les murs, des tapis orientaux, les uns sur les autres, rendaient le sol moelleux. Des tentures de velours sombre entouraient un lit à baldaquin monté sur une estrade. De lourds candélabres en argent dispensaient, de part et d'autre du lit, une lumière douce presque bleutée. Là encore, un mur de miroirs savamment disposés renvoyait à l'infini l'image de Marion qui contemplait les lieux sans pouvoir cacher complètement son trouble.

— Et maintenant, dit Mme La Ferrière en s'asseyant sur une bergère, je vais vous expliquer ce que j'attends de vous.

A peu près au même moment, dans le bureau qu'il

occupait en l'hôtel de Saumur, Kergroaz, pâle et défait, apprenait de la bouche d'Henriette de Saint-Fiacre le plan démoniaque que sa cruelle maîtresse avait imaginé :

— A l'heure qu'il est, disait-elle, cette misérable chienne doit pourrir dans le charnier de l'hospice. Elle n'a survécu que quelques minutes au poison, mais la douleur est paraît-il insupportable...

Un mauvais pressentiment envahit Kergroaz.

— Il faut s'assurer qu'elle est bien morte. Cette fille est rusée comme le diable...

Henriette ne partageait pas son inquiétude.

— J'ai envoyé vers elle la plus douce, la plus sainte des carmélites de Paris. Impossible de douter d'elle. Marion a dû boire cette liqueur d'eau de fleur d'oranger... Nous sommes débarrassés d'elle à jamais !

Kergroaz examina silencieusement sa main droite, où manquait le petit doigt. Il caressa nerveusement la plaie à peine cicatrisée, souvenir de l'abominable nuit passée dans la forêt bretonne.

— Il faut que tu retournes à Bicêtre pour t'assurer de sa mort. Nous ne pouvons pas prendre le moindre risque...

Henriette de Saint-Fiacre se laissa aller à la mauvaise humeur.

— Tu doutes toujours de tout, tu finiras par craindre ta propre voix, tu vieillis, mon pauvre ami...

La nuit épaisse était brumeuse et noyait les faubourgs de Nogent. De Robien qui avait laissé son cheval près de la vieille église s'approcha, silencieux, d'un campement. Il examina les charrettes, les chevaux attachés sous un arbre, les cendres encore rougeoyantes d'un foyer. Il espérait surprendre des bruits, une conversation, un signe quelconque qui l'assurerait d'avoir retrouvé Alice. Soudain il devina une présence derrière lui. Un couteau s'appuya contre son flanc.

— Ne bouge pas, murmura une voix rauque.

De Robien se raidit.

— Que cherchez-vous ?

— Je suis le chevalier de Robien, de Ponlo. J'arrive du Faouët. Je cherche une petite fille rousse qu'on appelle Alice. Elle est la fille de Marion Tromel.

— Qui vous envoie ?

— Je suis un ami de Marion. Beaucoup plus qu'un ami, murmura de Robien. Je sais qu'Alice est ici. Vous n'avez rien à craindre de moi.

— Nous ne craignons personne.

— Je sais pourquoi vous êtes partis. Je vous donne ma parole que vous ne serez pas inquiétés pour cet enlèvement. Donnez-moi votre prix, rendez-moi l'enfant et vous pourrez repartir.

De Robien se retourna. Manolo le fixait durement.

— J'ai juré que je rendrai cette enfant à sa mère. C'est cela mon seul prix.

Les deux hommes s'affrontèrent du regard.

— Vous êtes envoyé par le seigneur de Kergroaz ? demanda Manolo.

— Qu'êtes-vous pour lui ? demanda de Robien.

Le gitan ne savait que répondre. S'il disait la vérité, il pouvait compromettre sa mission. S'il mentait et que cet étranger soit sincère, il passait pour un complice de l'assassin.

— Je vais vous tuer, murmura-t-il. C'est Kergroaz qui vous envoie.

De Robien regarda le gitan au fond des yeux.

— Tuez-moi, et ruinez vos espoirs. Marion est perdue.

Juano apparut, une lanterne à la main.

— Que se passe-t-il ?

— Cet homme vient chercher Alice.

— Comment nous avez-vous retrouvés ?

— Un colporteur a apporté un message de vous à Penvern...

— Vous mentez, Alice vivait au Véhut !

— Marion a dû s'enfuir. Sa famille s'est réfugiée à

Penvern. De grâce ne perdons pas de temps. Me croyez-vous, oui ou non ?

Au moment où Manolo allait répondre, Alice pencha une tête ensommeillée à travers la toile de la charrette.

— C'est déjà l'heure de partir ? demanda-t-elle d'une petite voix.

Les trois hommes se turent. Alice les regarda, étonnée par leur silence. Elle aperçut de Robien. Un sourire illumina son visage.

— Bonjour, monsieur le chevalier...

Elle sauta de la charrette et vint admirer le voyageur.

— Maman m'a dit que vous étiez courageux et brave et qu'elle vous aimait beaucoup...

Soulagé par ce témoignage inattendu, de Robien prit Alice dans ses bras et la souleva au-dessus de sa tête.

— Je te jure bien que jamais compliment ne m'a fait plus plaisir...

On recoucha la petite fille dans la voiture, malgré ses protestations et ses pleurs. Elle aurait voulu veiller avec les hommes et écouter leurs aventures fabuleuses où il était question de sa maman.

Réunis autour du feu que Juano avait ravivé, les trois hommes burent à leur amitié nouvelle.

— Marion est à Paris. Kergroaz va tenter de lui nuire par tous les moyens. S'il n'est pas trop tard, nous pouvons la sauver en demandant l'arbitrage du roi. Et pour cela, j'ai besoin de vous...

— Vous croyez que le roi tiendra compte du témoignage d'une troupe de gitans ?

— Faites-moi confiance, dit le chevalier. Je connais le roi. Il est juste, et rien ne peut empêcher la vérité de triompher.

Penché sur les flammes, de Robien expliqua son plan aux gitans. Manolo écoutait parler le chevalier, et des lueurs joyeuses dansaient dans ses yeux.

A l'aube, les habitants de Nogent éprouvèrent une vive déception : les gitans avaient levé le camp pendant la nuit.

CHAPITRE XXVIII

Le Parc aux Cerfs était une maison de modeste apparence, simple, longue et blanche, haute seulement d'un étage. En vérité, le nom du Parc aux Cerfs venait des temps lointains où Louis XIII avait découvert le charmant et tranquille village de Versailles. Autour du palais s'étendaient des bois devenus réserve de chasse royale. Les Versaillais appelèrent cette réserve le Parc aux Cerfs, nom qui resta attribué à l'un des quartiers de la ville agrandie. Et c'est là, à proximité du château, que Louis XV avait acquis, du sieur Jean-Michel Denis Crémer, la petite maison qui devint célèbre dans tout le royaume et que l'on imaginait tantôt comme un palais fabuleusement décoré, tantôt comme le sinistre théâtre des passions honteuses d'un roi débauché. Le Parc aux Cerfs n'était ni l'un ni l'autre, et pourtant, un peu des deux à la fois. Si, du palais, la maison n'avait ni l'apparence, ni l'importance, ni même le luxe fastueux, il y régnait du moins un confort élégant, un luxe discret. Et si cette maison n'était pas le repaire infâme des orgies scandaleuses que romanciers et pamphlétaires se plaisaient à raconter, il ne s'y déroulait pas moins de fins soupers propices au libertinage le plus audacieux.

Ce soir-là, Lebel et Mme Bertrand mettaient une dernière main à la soirée qu'ils avaient organisée pour le roi : Louis XV y avait invité deux personnages illustres : le maréchal-duc de Richelieu et un jeune aventurier en grâce à la Cour, un certain Pierre Caron. Lebel avait fait disposer

des chandeliers dans les quatre pièces en enfilade qui
composaient le rez-de-chaussée. Une lumière douce et
chaude éclairait toute la maison. Au premier étage, dans
les quatre chambres et alcôves, étaient composés des
bouquets de fleurs, des paniers de fruits rares, des carafes
de vin et des coupes dorées. Dans chaque cheminée
pétillait un feu vif de sarments et de branches. Les grosses
bûches seraient placées plus tard, à la fin du souper. Lebel
et Mme Bertrand prenaient le plus grand soin de la salle de
bains installée au bout de l'escalier, près des chambres : le
roi se montrait très soucieux de la propreté de ses
conquêtes et faisait procéder à de nombreuses et abondan-
tes ablutions. Le maréchal de Richelieu arriva le premier.
Il monta directement au grand salon du premier étage,
dont les deux fenêtres donnaient sur le jardin. A droite se
trouvait un cabinet de toilette, à gauche une lingerie. Le
maréchal s'approcha d'un miroir, replaça soigneusement sa
perruque. Il observa d'un œil critique l'image que lui
renvoyait la glace : une silhouette svelte, haute, sèche, un
nez long, des lèvres minces et pâles, le sourcil sombre, l'œil
profond, un pli amer près de la bouche. Le maréchal était
bel homme, et les femmes de tout rang rendaient hommage
à sa virilité. En habit brodé d'or, bas blancs, gilet de soie, il
avait une allure princière. Assis près de la cheminée, Louis
François Armand de Richelieu revoyait les soirées mémo-
rables qu'il avait passées à cette place, auprès du roi. Il
était passé dans ses bras tant de belles, novices rougissantes
ou luronnes effrontées, noblesse de haut rang ou valetaille,
que chaque chambre, chaque lit, chaque encoignure lui
rappelaient une bonne chance, une galante rencontre. Des
pas se firent entendre, qui le tirèrent de sa rêverie
mélancolique. C'était le jeune Caron.

— Monsieur le maréchal, s'écria le jeune homme en
apercevant le duc, souffrez que je vous apprenne le cruel
entêtement du sort qui s'acharne contre moi...

Caron était un être vif, essoufflé, coloré, en révolte
perpétuelle. Le regard malicieux et pétillant, le nez plus

long qu'il n'aurait dû, donnaient au visage une allure franche et décidée. Ce jeune homme de vingt-deux ans s'était rendu célèbre par son incroyable audace : le bouillant garçon, apprenti chez son père, André Charles Caron, horloger à Paris, rue Saint-Denis, ne trouve pas mieux que d'inventer un nouveau mouvement pour les montres, procédé depuis repris universellement, et appelé l'« échappement ». L'ingénieux apprenti s'en va présenter son invention à l'horloger du roi, Jean André Lepaute, qui accapare cette découverte et ose se l'attribuer. Tout autre que Caron aurait baissé l'échine, mais le bouillant jeune homme s'indigne et contre-attaque : il publie une première lettre dans *le Mercure* et dévoile la scandaleuse vérité. Il lui faudra attendre plus de deux ans pour que l'Académie royale des sciences lui reconnaisse enfin la paternité de son invention. Le malin personnage n'a pas perdu de temps : mettant à profit les relations suscitées par cette affaire, il avait obtenu la charge de musicien professeur de harpe auprès des sœurs du roi. Amusé par ce jeune homme de dix-huit ans, remuant, génial et malicieux, le roi lui avait accordé audience, et Mme de Pompadour lui avait commandé une montre : pour Pierre Caron c'était la gloire et la consécration. Tout cela expliquait sa présence, en cette belle soirée, dans le discret pavillon du Parc aux Cerfs.

— Que se passe-t-il encore, monsieur Caron ? s'exclama le maréchal en riant. Que vous a-t-on encore pris ?

— Je devais remettre ce soir une montre amoureusement réparée à sa propriétaire, une belle et troublante femme, et je ne sais quel adversaire vil et lâche me l'a dérobée... Cette dame, qui est non seulement belle mais encore la plus douce des créatures, m'avait fait promettre de la lui porter demain matin, chez elle, à son domicile, rue des Bourdonnais... J'y perdrai mon honneur...

Le maréchal de Richelieu l'interrompit.

— Mon ami, tempérez votre ardeur, conseilla posément le vieux séducteur. Vous venez de dire deux ou trois choses fort passionnantes. Tout d'abord vous parlez d'une femme belle, troublante, douce... Autant de qualités chez une seule femme ne peut qu'aiguiser mon intérêt. De qui s'agit-il ?

Pierre Augustin Caron prit un air mystérieux.

— Elle est mariée, monsieur le maréchal, avec un contrôleur de la bouche du roi...

Le maréchal réfléchit un instant.

— Je crois deviner à qui vous avez affaire. Il s'agit de la magnifique Madeleine Francquet, qui a épousé ce vieux forban de contrôleur de bouche... Que peut-il faire à son âge et dans son état de santé avec une femme aussi vive et sensuelle que Madeleine ? Mon ami, allez demain chez elle, et à défaut de lui présenter sa montre, présentez-lui vos hommages : elle y attachera plus d'importance qu'au bijou.

— Vous croyez, monsieur le maréchal, que je peux avoir cette audace ?

— De l'audace, toujours de l'audace... On me citera un jour... Soyez audacieux, Caron. J'ai le pressentiment que cette femme comptera dans votre vie. Elle possède du bien, de la fortune et un mari qui se meurt. Mettez-vous bien avec elle, elle doit avoir du vague à l'âme et soupirer d'ennui. Distrayez-la. Elle vous obtiendra quelque faveur, en plus des privautés. Son mari vient d'acquérir une vaste terre : cela s'appelle Beaumarchais... c'est une belle ferme, dans le beau pays de Brie... Peut-être pourrait-elle vous en confier la gérance ?

Pierre Augustin Caron paraissait soudain rêveur.

— Comment avez-vous dit, monsieur le maréchal ? Le nom de cette ferme ?

— Beaumarchais, mon ami. Un joli nom, n'est-il pas vrai ?

Pierre Augustin Caron souriait aux anges.

— Beau...mar...chais... Je l'entends déjà...

— Et moi, j'entends le roi, coupa le maréchal.

Lebel s'activait. Mme Bertrand, la coiffe de travers,

s'assurait d'un dernier regard que tout était en ordre. Le roi poussa la porte de l'écurie qui faisait communiquer directement l'hôtel des Gardes et la maison. Il traversa une remise, la grande cuisine où deux rôtisseurs tournaient les broches sous un feu d'enfer. Il répondit au salut de Lebel qui se tenait à l'entrée de la maison, passa devant la salle de bains, à laquelle il donna à son habitude un coup d'œil critique, et monta l'étroit escalier de bois, en se tenant à la rampe faite d'une main courante de velours rouge scellée au mur par de gros anneaux. Lorsqu'il arriva dans le salon brillamment éclairé par les innombrables chandelles, le maréchal de Richelieu et Pierre Augustin Caron se tenaient inclinés, l'un avec la raideur que l'on pouvait attribuer à son âge ou à son rang, l'autre avec l'excessive ferveur des jeunes ambitieux.

— Relevez-vous, messieurs, dit le roi.

Le maréchal s'appuya sur sa canne.

— Sire, j'ai croisé ce matin l'architecte Gabriel. Il m'a fait admirer les plans de la future place Louis-XV : ce sera l'un des plus beaux endroits de Paris, à l'orée des terres marécageuses des Champs-Elysées, devant les jardins des Tuileries...

Louis XV hocha la tête.

— Ce projet me plaît beaucoup... Cette place sera l'une des plus vastes du monde...

— A votre image, Sire, à votre image, commenta Richelieu, sur le ton habituel des compliments dont on parsemait les conversations à la Cour...

— Mes amis, je vais vous confier un secret d'Etat...

Le maréchal dressa l'oreille. Pierre Caron écouta, ébahi.

— Eh bien voici : nous avons faim !

Le roi partit d'un grand éclat de rire. Le maréchal secoua affectueusement la tête comme s'il avait entendu la farce d'un bambin. Pierre Caron ne savait plus quelle attitude adopter.

— Eh bien, monsieur Caron, mes bons mots ne vous font plus rire ?

Le jeune homme leva un doigt au ciel.

— Pardon, Sire, mais l'appétit de mon roi est une chose grave... Madame Bertrand... appela-t-il furieusement.

La coiffe blanche et affolée de Mme Bertrand apparut au bout de l'escalier. Laide et revêche, dure et cruelle, sournoise quelquefois, Mme Bertrand n'en était pas moins touchante par l'affection aussi respectueuse que profonde qu'elle vouait au roi.

— Madame Bertrand, s'emporta Pierre Caron, le roi se meurt de faim. Il n'a plus même la force de vous appeler... Qu'y a-t-il au souper ?

Mme Bertrand, rouge de confusion, c'est-à-dire à peine moins pâle que d'habitude, s'inclina humblement.

— Des bécasses rôtissent sur la broche, un pâté dore sur la braise, les potages mijotent dans les marmites... Tout est prêt, Sire. Quand Sa Majesté voudra...

— C'est bien, dit Louis XV. Nous allons souper dès que nos gracieuses compagnes seront parmi nous. Allez les quérir...

Mme Bertrand s'éclipsa. Un instant plus tard, apparaissait celle que l'on pouvait appeler la maîtresse des lieux : la capiteuse Marie Louise O'Murphy. Couverte de perles et de colliers, Marie Louise était d'une beauté à vrai dire extraordinaire. Cette modeste enfant, fille d'un cordonnier irlandais installé à Paris, travaillait comme petite main chez une couturière à la mode, Mlle Fleuret, rue Coquillière. Les séducteurs de la Cour eurent vent de son charme et lui rendirent visite. Le célèbre Casanova l'avait citée dans ses *Mémoires.* Le peintre Boucher la prit comme modèle et la dessina, nue sur un lit. Le dessin, acheté par un amateur éclairé, circula de main en main dans tout Versailles, jusqu'au jour où Lebel le vit : il porta immédiatement l'œuvre du célèbre peintre à Louis XV. Le roi voulut connaître le modèle. Et c'est ainsi que Marie Louise O'Murphy devint la pensionnaire privilégiée du Parc aux Cerfs, avec, c'était indispensable, la bénédiction de Mme de Pompadour qui, diminuée par la tuberculose, surveillait scrupuleusement les qualités morales et physiques des maîtresses du roi. La Cour se régalait de cette passion passagère du Bien-Aimé : les pamphlétaires baptisèrent Marie Louise O'Murphy « la Morphise » et s'en servirent pour égratigner le roi, Mme de Pompadour et les apôtres de la corruption qui soulevaient, sans résultat, la colère du peuple et des justes.

Le roi salua froidement sa maîtresse. Une brouille les séparait depuis quelques jours. La beauté, la jeunesse et cette réussite un peu particulière qui avait couronné sa vie avaient fait perdre à « la Morphise » le sens élémentaire de la prudence. Elle se laissait aller à l'audace, voire à l'irrespect pour les proches du roi, ce que Louis XV prenait très mal. Marie Louise O'Murphy dédia son plus beau sourire à son amant. Le roi était troublé par cette chair jeune et fraîche, qui s'offrait à lui sans retenue. Les seins généreux, présentés dans la corbeille impudique du décolleté, les bras dodus, tout était si beau chez la Morphise... Lebel, qui venait d'arriver silencieusement, se pencha discrètement à l'oreille du roi et chuchota quelques mots. Le regard de Louis XV devint rêveur. Au bout d'un instant, Lebel s'étant éloigné de la plus sournoise manière, il donna sa main à baiser à la Morphise.

— Merci, madame, d'être si belle. Vous pouvez vous retirer. Ce soir nous avons à parler... Allez dormir en votre hôtel...

En se retournant, le roi la congédia.

Marie Louise, pâle de honte, tremblante d'émotion et de dépit, était sur le point de défaillir. La coiffe blanche de Mme Bertrand apparut : l'Irlandaise fut conduite d'une main douce mais ferme vers son exil momentané.

Quand ils furent seuls, le roi s'exclama joyeusement...

— Il paraît que nous avons ce soir une invitée nouvelle. Sa beauté, m'a-t-on dit, est inégalée... Messieurs, allons souper...

Le roi se dirigea vers une table somptueusement dressée. Sur la vaisselle d'or étaient disposés les mets les plus délicats. Des coupes en cristal s'alignaient autour des bouteilles de vin de Champagne. Lebel, silencieusement, aida les convives à s'asseoir. Puis il servit le roi. Louis XV semblait agacé :

— Eh bien, Lebel, et cette merveille ? Est-elle en train de dormir ?

— Non, Sire, répondit le premier valet de chambre. La voici.

Une cantonnière s'ouvrit et Marion apparut. On l'avait habillée d'une robe de soie blanche, si légère et si transparente que les formes douces de son corps étaient indiscrètement révélées. Une double rangée de diamants cascadait sur les épaules légèrement hâlées par le grand air, donnant une matité superbe et inhabituelle à la peau. Une savante coiffe de chaînes d'or et de perles était disposée dans la chevelure rousse, soigneusement bouclée. Enfin, une rangée de rubis coulait comme une goutte de sang sur la poitrine mise en valeur par le décolleté qui cachait à peine la pointe des seins.

Saisi par cette beauté, Pierre Caron ouvrit la bouche sur un silence admiratif. Le maréchal sentit le sang affluer à son visage. Le roi, émerveillé, se leva. Il prit courtoisement la main de Marion et la conduisit à la table.

Pâle, presque blanche, ses grands yeux verts cernés de mauve, Marion baissa la tête.

CHAPITRE XXIX

La Cour de Versailles était en émoi. Depuis le matin, le texte d'une chanson se passait sous les manteaux. Les courtisans, ravis, lisaient les vers à mi-voix et jouaient à imaginer qui pouvait en être l'auteur.

> Autrefois de Versailles
> nous venait le bon goût
> aujourd'hui la canaille
> règne et tient le bon bout.
>
> Si la Cour se ravale
> de quoi s'étonne-t-on ?
> N'est-ce pas de la halle
> que nous vient le poisson ?

La marquise de Pompadour, née Jeanne Antoinette Poisson, maîtresse officielle du roi, grande confidente, était la cible préférée des pamphlétaires et des chansonniers. Ses origines modestes lui avaient valu la jalousie et le mépris de la noblesse de Cour : la fille de l'écuyer du duc d'Orléans ne possédait certes pas le raffinement et l'éducation des princesses de haut rang, mais elle avait l'intelligence, le charme, la présence d'esprit, autant de qualités que les autres dames de la Cour n'auraient jamais. Une affection sincère et profonde attachait le roi à sa maîtresse. Au-delà des rapports amoureux dont tout homme se lasse, il restait entre les amants une confiance et une affection que le temps n'altérerait pas. Le roi n'admettait pas que l'on manquât de respect à la marquise et lorsqu'il prenait connaissance des calomnies que l'on écrivait sur Mme de Pompadour, il exprimait un vif mécontentement. Depuis quelques mois, l'état de santé de la marquise s'était dégradé. Depuis son enfance, elle souffrait de rhumes, de maux de gorge. Très tôt elle avait craché du sang. Pour rétablir sa santé défaillante, elle suivait les régimes prescrits par son médecin, qui était aussi le second médecin du roi, Quesnay. Elle buvait du lait d'ânesse, prenait des cures de repos et de grand air à Meudon. Mais la marquise ne supportait pas d'être éloignée trop longtemps du roi et quittait son château de Bellevue pour revenir à Versailles. Amaigrie, sans forces, Mme de Pompadour sentait que le roi se détachait d'elle charnellement. Courageusement, elle accepta cette épreuve mais surveilla attentivement les maîtresses que le roi courtisait au palais, ou rencontrait au Parc aux Cerfs. Elle s'était assuré la complicité de la sévère Mme Bertrand : chaque fois qu'une nouvelle pensionnaire était accueillie dans la discrète maison de la rue Saint-Médéric, celle qu'on appelait à Versailles « l'abbesse » venait en rendre compte à la marquise.

Ce soir-là, Mme de Pompadour était étendue sur un canapé. Elle haletait, le teint pâle, les narines pincées. Une quinte de toux la secoua. Elle essuya sur sa bouche une salive sanglante.

— Ce rhume n'en finit pas et me donne la fièvre, dit-elle pour donner le change. Ce salon est diabolique pour les rhumes. Il y fait un chaud énorme, et froid en sortant...

« L'abbesse », qui connaissait l'étendue du mal de la marquise, baissa la tête.

— Allons, ma bonne madame Bertrand, quelles nouvelles m'apportez-vous ?

— Madame la marquise, un souper est organisé en ce moment même au Parc aux Cerfs. Le roi dîne avec monseigneur le duc et le jeune Pierre Caron, votre horloger...

— Le bouillant jeune homme, s'exclama la marquise en souriant, en voilà un qui ira loin... Il se montre partout et se fait maintenant inviter par le roi à ses soupers intimes...

— Le roi ne verra pas la Morphise, ce soir. Il l'a congédiée.

— Voici qui est plaisant à imaginer, ne put s'empêcher de murmurer la marquise que la passion du roi pour la jeune Irlandaise inquiétait au plus haut point.

Cette liaison paraissait si sérieuse que le nonce du pape avait écrit à Rome une lettre alarmante, dont la marquise, par ses espions, avait connu la teneur : « Selon toutes les apparences, le règne de la Pompadour touche à sa fin. La sultane favorite perd de son crédit. La froideur augmente pour elle à mesure que la nouvelle flamme pour la jeune Irlandaise Murphy prend de la force... »

L'abbesse joignit les mains.

— Madame, une autre est au rendez-vous. Lebel l'a fait venir de Paris hier soir.

La marquise leva les yeux au ciel et soupira avec résignation.

— Contez-moi, je vous prie, comment elle est faite...

L'abbesse restait silencieuse. Elle n'osait pas être sincère de crainte de causer de mauvaises émotions à la malade.

— Parlez, madame Bertrand, vous me devez la vérité...

— Hélas, madame la marquise, celle-ci risque d'être plus dangereuse que toutes les autres réunies. Elle est d'une beauté stupéfiante et semble épargnée par le vice et la vulgarité. Elle est douce, silencieuse... Attendrissante, je dois l'avouer...

— Attendrissante ? Allons bon, comme si nous avions besoin de ça ! Dites-moi son visage, sa chevelure, ses yeux, demanda la marquise avec curiosité.

— Elle est grande et bien proportionnée. Quand je l'ai déshabillée pour la préparer, j'ai admiré son corps. Les jambes sont longues, les cuisses musclées comme celles d'un petit enfant, ses seins sont superbes...

La marquise ne put dissimuler son dépit. Elle souffrait d'une grande honte : sa poitrine était menue, et la maladie l'avait encore atténuée. Elle connaissait les goûts du roi pour les poitrines fermes et généreuses.

— Sa chevelure est remarquable, rousse comme les flammes, soyeuse et vive. Quant à ses yeux, je ne crois pas en avoir admiré d'aussi expressifs : gris et verts à la fois, ils changent de couleur au gré des pensées qui l'animent... Pour tout vous dire, madame, la Morphise paraît laide à ses côtés...

Cette dernière phrase rassura la marquise.

— Madame Bertrand, je veux connaître cette fille. Il vous faut m'organiser une rencontre. Dans le parc, par exemple, afin que cela paraisse dû au hasard. Et savez-vous d'où vient cette merveille ?

— Je l'ignore, madame.

— C'est bien, dit Mme de Pompadour. Laissez-moi reprendre des forces. J'en aurai besoin pour affronter cette nouvelle rivale...

Mme Bertrand se retira. La marquise ferma les yeux. Loin de contrarier les passions amoureuses du roi, Mme de Pompadour y veillait. Elle avait avancé vers la couche royale bon nombre de ses amies : Mme d'Esparbès, à qui elle fit verser une rente pour la remercier d'avoir cédé au roi sans chercher à devenir une rivale ; Mme d'Amblimont, qui feignit de ne pas céder au roi mais lui céda sans doute ; Mme de Choiseul-Romanet qui aurait pu vaincre la marquise si les mauvais conseils distillés par Mme d'Estrades, perfide amie et infatigable rivale de la Pompadour, ne lui avaient fait commettre de fatales erreurs : proclamer si haut et si sottement son aventure royale, harceler Louis XV de demandes de faveurs, critiquer la marquise... Elle était vite devenue gênante pour le roi qui l'avait chassée. Ainsi jusqu'à présent, Mme de Pompadour, par son intelligence, l'affection réelle qu'elle portait au roi, sa tolérance aussi, était-elle venue à bout de toutes les intrigantes qui envahissaient la Cour. La Morphise était son premier échec. Dans son esprit tourmenté un plan avait été échafaudé : elle allait dresser la nouvelle pensionnaire contre l'Irlandaise. Les rivales chercheraient à se détruire et se nuiraient mutuellement. La marquise se sentit rassurée et prit un peu de repos ; puis elle fit appeler sa femme de chambre, Mme du Hausset :

— Faites-moi servir mon déjeuner habituel, dit-elle d'une voix lasse.

Mme du Hausset s'exécuta et rapporta des cuisines les mets étranges que la marquise commandait depuis quelques jours : du chocolat à la vanille, un potage au céleri, des truffes...

— Je vais éloigner la Morphise du roi, dit-elle avec une gaieté forcée.

La duchesse de Brancas, une des plus proches amies de la marquise, vint, un peu plus tard, lui proposer de faire quelques pas en sa compagnie. Docilement, Mme de Pompadour accepta le bras de la duchesse et, en marchant lentement, les deux femmes descendirent dans le parc du château. Une foule nombreuse de courtisans et de courtisanes déambulaient dans les allées. Les gens de la Cour, quel que fût leur rang, saluaient la marquise de Pompadour comme la reine : ils s'inclinaient cérémonieusement jusqu'à terre et les femmes faisaient la révérence. Ces témoignages de respect ne trompèrent pas la marquise qui connaissait la haine et la jalousie dont elle était l'objet. Mais avec élégance, elle feignit de croire et répondit à chacun par un sourire. La duchesse de Brancas aperçut un groupe arrêté près d'une statue.

— Ma très chère amie, venez, je vais vous présenter une dame dont on m'a dit le plus grand bien et qui est chaudement recommandée par la maison de Rohan. Cette personne brûle de vous être présentée.

— Allons-y, murmura la marquise avec résignation.

Une jeune femme brune, superbement habillée d'une robe à parements d'or, s'inclina devant la maîtresse du roi.

— Madame la marquise, dit la duchesse en respectant la tradition, je vous présente Henriette de Saint-Fiacre. Elle est l'héritière d'une noble famille bretonne.

Henriette de Saint-Fiacre retourna son compliment. La marquise l'écoutait avec sympathie. Elle trouvait cette femme séduisante et aimable.

— Aimez-vous Versailles, madame? demanda-t-elle.

— Je suis émerveillée devant tant de luxe et de splendeurs. Nous autres, petits nobles de province, vivons une existence bien ennuyeuse au fond de nos châteaux. Ici, le soleil brille toute l'année puisque vous éclairez ce palais de votre grâce...

Henriette de Saint-Fiacre baissa timidement ses paupières. Elle était sûre de son effet.

— La charmante enfant, murmura la marquise, flattée par cet hommage qu'elle croyait venir d'une âme sincère. La recommandation de Mme de Brancas m'autorisera à vous inviter à un grand souper, un soir prochain, en présence du roi.

— Oh, madame la marquise, c'est trop d'honneur! protesta Henriette de Saint-Fiacre, en faisant une nouvelle révérence.

La marquise de Pompadour s'éloigna vers les allées bordées de massifs que l'hiver avait dégarnis. Henriette s'approcha d'un homme qui avait assisté à la scène avec un intérêt qu'il n'avait pas dissimulé. C'était Kergroaz.

— Vois-tu, mon ami, rien n'est impossible à qui le veut... Je ferai mon affaire du roi. Il aime les catins et les femmes faciles. Il va être servi. Je vais follement le distraire, le « Bien-Aimé ». Il n'aura jamais connu pareille aventure. Après, tout sera facile. Une maîtresse du roi touche pensions, possède bijoux et domaines, et dispose des plus hautes protections. Nous atteindrons notre but, monsieur de Kergroaz, lança Henriette avec ironie.

Celui-ci lançait des regards lugubres à la foule des

courtisans. Il prenait conscience de ce que pouvait être une véritable fortune, et partant, la véritable ambition. Chaque journée passée au palais, à Paris, à la Cour ou chez quelque familier du roi, augmentait son amertume. Il découvrait combien sa condition était misérable en comparaison des phénoménales richesses que l'on affichait à Versailles. On dépensait pour un bal plus qu'il ne pouvait disposer pour une année de plaisirs. Là où il servait une bouteille de vin, on en gaspillait quarante, là où il dépensait un louis, on en distribuait cent. Mais loin de susciter une résignation sage, cette abondance de luxe décuplait son envie. Kergroaz avait l'orgueil sot : il ne savait pas reconnaître ses limites et imaginait pouvoir accéder à une position hors de sa portée. Henriette de Saint-Fiacre le tira de ses moroses pensées :

— J'ai entendu dire qu'on jette dans les bras du roi une belle intrigante que personne ne connaît. Une étrangère sans doute, qu'on aura fait venir d'une cour lointaine, rompue à toutes les galanteries... J'aimerais la connaître et m'inspirer de ses manières... Mon ami, je me découvre une âme de favorite.

Kergroaz adressa un pâle sourire à sa compagne.

— Tous les espoirs vous sont permis.

CHAPITRE XXX

Dans l'alcôve pourpre où fumaient des cassolettes de cuivre répandant des senteurs musquées, le roi de France, la tête appuyéé contre le dossier d'un fauteuil, écoutait les paroles de Marion. Plus exactement, il écoutait son murmure d'une oreille distraite et la contemplait avec un vif intérêt. Il ne se lassait pas d'admirer la finesse des traits, la hardiesse du regard, la perfection de la silhouette penchée vers lui. Pris sous le charme, le roi souriait. Marion, troublée par ce sourire, s'interrompit, et Louis XV mit un moment à s'en apercevoir.

— Vous ne m'écoutez pas, Sire, dit Marion sur un ton de reproche.

— Ma chère, je n'ai jamais été adroit à entreprendre deux tâches en même temps. Je vous regarde donc, et y prends tel plaisir que vos paroles ne parviennent pas jusqu'à moi. Ne m'en veuillez pas et ne vous en prenez qu'à vous-même. Vous êtes trop belle pour parler. Les statues parlent-elles ? Les madones italiennes parlent-elles ? Laissez-moi vous admirer.

— Sire, je ne suis ni une statue ni une madone, mais une femme, je vous l'assure, qui n'est point muette. Vous êtes entouré de créatures somptueuses et sottes. Admirez-les et faites-les taire. J'aimerais être autre chose pour vous.

— Quelle insolence, s'exclama le roi en riant. Oseriez-vous prétendre me donner des leçons ?

— Je n'ose rien prétendre. Mais je sais que les princes sont faits comme les autres hommes et qu'ils aiment entendre la vérité. Je ne suis qu'une modeste paysanne bretonne, Sire, mais je sais plus de choses que beaucoup de vos sujets.

Le roi, qui avait peut-être bu trop de vin de Champagne, saisit la main de Marion.

— Vous me plaisez, mademoiselle la paysanne, j'ai envie de goûter aux charmes rustiques et sains de la campagne française. M'accorderez-vous ce plaisir ?

Marion regarda le roi.

— Sire, je suis à vous. Mais auparavant, j'ai de bien lourds secrets à vous dire.

— Des secrets ? répéta le roi qui ne parvenait décidément pas à prendre une jolie femme au sérieux.

Marion se mit à parler, avec douceur et émotion. Le visage de Louis XV perdit son sourire. Il parut subitement dégrisé. Un pli soucieux barra son front.

Pendant ce temps, une timide jeune femme se frayait à grand-peine un chemin dans la foule qui encombrait le faubourg. Vêtue d'une robe toute simple, coiffée d'un bonnet de coton blanc, Bertine, la servante de l'hôtel du Coeur-Volant, tentait désespérément de rejoindre Olivier et Lafleur qui marchaient d'un.pas vif en direction de la Seine. A peine libérés du Châtelet, ils avaient loué une chambre meublée proche des Tuileries et s'étaient lancés à la recherche de Marion en même temps que sur les traces des bohémiens.

Enfin, Bertine put s'approcher d'eux.

— Monsieur, monsieur, cria-t-elle, ne sachant comment appeler les voyageurs...

Olivier se retourna et reconnut la jeune servante. Bertine, toute rose d'avoir couru et de sentir sur elle le regard de ce fort et beau garçon, les salua timidement.

— Je sais que ce n'est guère convenable pour une fille

d'appeler des hommes dans la rue, dit-elle en bafouillant, mais j'étais là quand le guet vous a emmenés. J'ai des choses à vous dire...

Olivier et Lafleur se regardèrent.

— Venez avec nous, dit Olivier, nous avons loué une chambre, nous y serons tranquilles.

Bertine leur lança un regard polisson et les suivit.

— Je sais où se trouve votre amie, dit-elle, lorsqu'ils furent installés dans le galetas qu'ils avaient loué à prix d'or.

Bertine, mise en confiance par l'intérêt des deux garçons, et toute fière de son importance, leur raconta comment Marion avait été recueillie par Mme La Ferrière : son frère servait comme valet chez la maquerelle et c'est en lui rendant visite que Bertine avait rencontré Marion.

— Elle m'a donné un message pour vous, dit-elle, en sortant de son corsage un billet froissé qu'elle tendit à Lafleur. Celui-ci, qui ne savait pas lire, prit le billet en rougissant et le donna à Olivier. Olivier déchiffra le message et parut soulagé.

— Voici ce que nous allons faire, dit-il, après avoir réfléchi.

Au cours de ce jour singulier et de la nuit qui suivit, une foule d'événements se précipitèrent. Ainsi, un convoi se présenta à la barrière d'Auteuil. Gabriel de Robien, accompagné de la petite Alice, avait utilisé une voiture de louage pour gagner Paris au plus vite. Manolo et sa troupe suivaient derrière, au rythme plus tranquille des charrettes. Le chevalier se fit conduire au faubourg Saint-Honoré, à l'auberge de l'Arbalète. Au moment où il descendait de la voiture, Lafleur, qui déambulait dans la rue déserte, l'aperçut de loin. Il courut à sa rencontre. Alice se jeta dans ses bras : Lafleur était, au Faouët, l'un de ses compagnons de jeux favoris.

— Mais que faites-vous donc dans la rue, tout seul et à cette heure tardive ? s'étonna de Robien.

Lafleur prit un air pincé.

— C'est que voyez-vous nous avons loué une chambre dans la rue Basse-du-Rempart, juste derrière... C'est une petite chambre, où l'on tient à peine à deux... mais pas à trois...

— Trois ? répéta de Robien. Mais qui est le troisième ?

— La troisième, devriez-vous dire. Olivier a recueilli la petite servante de l'hôtel du Cœur-Volant. Ils dorment ensemble dans le lit, et moi j'attends que le jour se lève... J'irai me coucher lorsqu'ils seront partis...

De Robien, à l'air offensé de Lafleur, ne put s'empêcher de sourire.

— Venez avec moi. Je vais vous trouver une chambre à l'auberge...

A Versailles, Henriette de Saint-Fiacre se pavanait au bras d'un vieux marquis, poudré comme une coquette, qui se targuait de lui obtenir une entrevue avec le roi.

— Il ne peut rien me refuser, disait-il avec condescendance.

Henriette adressait au vieil homme d'incendiaires œillades lorsqu'elle aperçut Kergroaz, dissimulé derrière une tenture et plus pâle qu'un mort, qui lui faisait des signes.

— Cher marquis, m'attendrez-vous ici, le temps nécessaire à réparer ma beauté ? minauda Henriette.

Le marquis, galant homme, s'inclina, et en s'appuyant sur sa canne, s'éloigna dans une galerie. Il fit un signe à un valet, qui s'approcha avec un grand pot de cuivre dans lequel il entreprit très dignement d'uriner, en plein milieu de la galerie, parmi les courtisans qui allaient et venaient en échangeant les derniers ragots.

— Nous sommes perdus, gémit Kergroaz.

— Que se passe-t-il encore ? s'écria Henriette avec impatience.

— Marion est à Versailles.

Henriette recula, comme frappée par la foudre. Elle croyait sa rivale morte, et elle la trouvait au palais !

— Elle est ici ? balbutia-t-elle.

— Pis encore. Elle se trouve en ce moment même avec le roi.

Henriette chancela. Un vertige la saisit.

— Avec le roi ?

— Oui, répondit lugubrement Kergroaz, au Parc aux Cerfs !

— Tu veux dire que cette extraordinaire courtisane dont tout le monde parle ici, cette beauté fatale... n'est autre que cette paysanne maudite ?

— Marion passe la nuit en tête à tête avec le roi, se lamentait Kergroaz, en tripotant nerveusement sa main mutilée, signe trahissant la contrariété la plus vive.

— Arrête de gémir. Pourquoi avoir peur ? Cet événement va nous servir. Au lieu de nous perdre, nous allons triompher.

— Que veux-tu dire ? soupira Kergroaz.

— Je veux dire que Marion intrigue auprès du roi. Elle ne va pas se vanter d'être une voleuse de grands chemins. Nous nous servirons de son mensonge pour la perdre. Le roi ne pourra souffrir d'avoir été bafoué publiquement. Il ne l'écoutera plus, et avec une bonne lettre de cachet que je me fais fort d'obtenir de la marquise de Pompadour, elle ira croupir dans un cachot de la Bastille jusqu'à la fin de sa vie...

Kergroaz la regarda avec inquiétude.

— Tu crois réellement...

— Cesse de douter ! Mon pauvre ami, le Desrochers sauvage et courageux que j'ai connu jadis est bien mort... Tu deviens un vieillard fragile et craintif.

Kergroaz reprit son calme.

— J'espère que tu ne te trompes pas, sinon, la Bastille c'est toi qui la connaîtras...

Henriette de Saint-Fiacre haussa les épaules et partit à la recherche de son vieux marquis.

Minuit sonna à une pendule de vermeil qui trônait sur une cheminée de marbre. Le roi contemplait pensivement le feu. Il était allongé sur un canapé et caressait rêveusement les cheveux de Marion qui avait appuyé sa tête sur son épaule.

— Voulez-vous boire du café ? proposa le roi.

— Sire, je n'en ai jamais bu...

Louis XV se leva et alla dans l'antichambre. Il fit chauffer le breuvage noir dans une casserole.

— J'aime cette odeur exotique, dit-il, et chaque soir, je prépare moi-même un bon café. Au palais, chacun guette qui aura la faveur d'en boire avec moi. Ici, c'est différent...

— Sire, la marquise souffre beaucoup de votre désaffection...

Le roi lui jeta un regard agacé.

— Ma chère, n'abordons pas ce sujet. Mon affection est tout acquise à Mme de Pompadour. Rien ne me la fera moins aimer.

— Sire, je ne dis pas que vous l'aimez moins. Je dis qu'on le lui fait croire, et qu'elle en souffre beaucoup...

— Ah ça, mademoiselle, mais qui êtes-vous donc pour savoir tous ces secrets ? Et d'abord, qui ose prétendre pareille chose ?

— Mlle O'Murphy, Sire. Elle se répand dans tout le palais et prétend vous faire agir à sa guise. Aucune maîtresse ne peut prétendre à un tel honneur.

— De quel honneur voulez-vous parler ?

— De l'honneur d'être aimée de Votre Majesté...

Louis XV servit le café avec précaution.

Il tendit une tasse à Marion qui but avec curiosité.

— Mlle O'Murphy est une bien jeune personne. Il faut lui pardonner ses maladresses...

— Mlle O'Murphy est une méchante personne. Elle rêve

de chasser Mme de Pompadour et ne cache pas ses prétentions. Sire, en voulant trop pardonner, vous allez beaucoup perdre...

Le roi buvait son café lentement.

— Aimez-vous le café, petite paysanne insolente ?

— J'aime votre café, Sire.

Le roi de France hocha la tête, contempla son image que lui renvoyait un miroir serti d'or.

— Que voyez-vous dans ce miroir, petite paysanne ?

— Je vois le roi de France. L'autorité suprême de la nation.

— Vous voyez un être seul et vieillissant, encerclé de complaisants et d'hypocrites, lassé par les basses manœuvres d'une noblesse désœuvrée. Je m'ennuie, voyez-vous, et chaque fois que je puis me distraire, je suis prêt à perdre beaucoup...

— Sire, votre peuple attend autre chose de vous. Ne vous abritez pas derrière l'écran de vos ministres. Chassez les ambassadeurs de la flagornerie. Allez voir votre peuple, il a faim, il se meurt de trop enrichir les quelques privilégiés que le rang ou l'intrigue couvrent de profits. La révolte gronde, et la haine s'installe dans les cœurs...

— Ne dit-on pas que je suis le « Bien-Aimé » ?

— Il faudrait peu de chose pour que vous le soyez encore, mais loin de Versailles, on ne sait rien de vous que ce que disent les arrêts, les lettres de cachet et les impôts nouveaux. Sire, qu'est-ce qu'un roi ?

Louis XV la regarda gravement.

— Souffre-t-on à ce point qu'on aille au blasphème ? Le roi est inspiré de Dieu pour guider le pays. Le roi ! Je n'oublierai jamais mon aïeul sur son lit de mort, usé, détruit par son règne, abandonné de tous, qui me disait : « Tâchez de soulager vos peuples, je suis assez malheureux de n'avoir pu le faire... » Si j'avais pu choisir, je n'aurais pas choisi de devenir roi... Je vais vous dire ce que sont les rois : ce sont les cocus de l'Histoire, ils passent leur vie à être trompés...

Louis XV se leva.

— Maintenant, ma flibustière, exécutez la volonté de votre roi...

Marion s'inclina.

— Qu'il soit fait selon votre volonté, Sire, mais si le roi a ma parole, j'ai la parole du roi...

— Un roi ne revient jamais sur ses promesses. C'est peut-être cela qui fait la différence avec les autres hommes.

— Que Dieu vous entende, Sire, murmura Marion au roi qui prenait sa main.

Quelques jours plus tard, un carrosse s'arrêtait dans la forêt de Versailles, près de la clairière du Chesnay. Marion courut sous les arbres et s'approcha d'un calvaire. Un homme et une petite fille l'attendaient.

— Alice! s'écria Marion.

Alice se retourna, ses yeux s'emplirent de larmes, elle courut vers sa mère en trébuchant, gênée par la robe neuve et trop longue que lui avait fait faire le chevalier. Les effusions s'éternisaient entre l'enfant et sa mère. Alice, volubile, racontait ses voyages, qu'elle avait appris à danser, et lorsqu'elle parlait de Manolo elle l'appelait grand-père.

— Ne raconte à personne qu'on s'est vues, recommanda Marion à la petite fille. Bientôt, nous retournerons chez nous et nous ne nous quitterons plus... C'est promis...

Alice retourna dans le carrosse du chevalier qui attendait plus loin sur la route. Marion se retrouva seule avec de Robien. Elle le regarda longuement et un sourire lumineux éclaira son visage.

— Enfin, tu es là, murmura-t-elle en se jetant dans ses bras.

Les amants retrouvés échangèrent un baiser tendre et passionné, un baiser de ferveur, déchirant, parce qu'ils avaient craint l'un et l'autre de ne jamais se revoir. Puis, dans le secret de la forêt déserte, Marion raconta son odyssée, de Robien exposa son plan. Ils éprouvaient l'un pour l'autre une égale admiration. Sans lui, que serait-elle ? Et sans elle, il n'était rien.

Plus tard, Marion remonta dans la voiture qui reprit la route de Versailles. Elle agita longtemps sa main à la portière pour dire à bientôt.

CHAPITRE XXXI

Il y avait bal masqué à Versailles. Une fête merveilleuse avait été organisée en l'honneur de monseigneur le dauphin, et depuis le matin, une foule nombreuse avait envahi les alentours du château. Les courtisans, venus de Paris, de province et des lointaines cours d'Europe attendaient aux portes des salons d'Hercule et de l'Œil-de-Bœuf qu'on les fît entrer dans la galerie des glaces. M. de Bonneval, grand maître des cérémonies, ne savait plus où donner de la tête. Une armée de valets en perruque achevaient de garnir les immenses tables avec les vins et les mets les plus délicats. Au moment où les premiers invités pénétrèrent dans la galerie, on apportait encore des saumons frais, des truites au bleu, des filets de sole et des pâtés d'anguilles. Des orchestres jouaient déjà des airs entraînants, aux extrémités de la galerie. D'autres leur répondaient sous les frondaisons du parc. Les masques s'agglutinaient autour des buffets, dans un vacarme effroyable de cris, de tintements de vaisselle et de conversations houleuses. Les femmes, que les masques rendaient plus audacieuses, se montraient coquettes et provoquaient les hommes qui admiraient les décolletés indécents. Les yeux brillaient déjà sous les loups de satin blanc. Des sarabandes joyeuses se formaient dans les salons et dévalaient les couloirs en bousculant les conspirateurs effarouchés qui murmuraient à voix basse. La reine parut peu après minuit, seule et sans masque. Un murmure d'admiration courut dans l'assistance. Marie Leszczynska portait une somptueuse robe constellée de perles et de rubis. Dans sa chevelure soigneusement bouclée étincelaient les deux plus précieux diamants de la couronne, le Régent et le Sancy. La reine s'avança lentement jusqu'à l'estrade surmontée du dais royal, répondant par des sourires aux révérences et aux saluts. La marquise de Pompadour s'inclina cérémonieusement devant sa reine. Pendant un bref instant les regards des deux rivales se croisèrent : il y avait dans les yeux de la reine la même détresse que celle qui brillait dans ceux de la favorite. Les deux femmes avaient en commun la perpétuelle angoisse de savoir l'homme qu'elles aimaient séduit par une autre, et la même jalousie étreignait leurs cœurs dès que le roi tardait à apparaître.

Dans la galerie des glaces, la cohue devenait épouvantable : des femmes évanouies étaient emmenées par les valets débordés, des bousculades mettaient en danger les tables du buffet, des disputes éclataient à propos d'une maladresse ou d'un geste trop vif. Le duc de Richelieu, que la foule empêchait d'entrer dans la galerie, jugea que le désordre pouvait d'un instant à l'autre tourner au drame et donna les instructions pour que le feu d'artifice fût tiré plus tôt que prévu. Quelques minutes plus tard, les ifs et les buissons du parc s'embrasaient de couleurs vives, des fontaines lumineuses ruisselaient dans les jardins. Avec des cris d'admiration les courtisans se ruèrent vers les fenêtres et en brisèrent plusieurs pour être les premiers à sortir. Des éventails, des lorgnons cassés et même quelques escarpins furent retrouvés sur le parquet de la galerie, abandonnés là par les invités avides d'assister au fastueux spectacle. La reine mélancolique échangeait des banalités avec ses dames de compagnie, le dauphin s'éloignait au bras de sa jeune épouse, la marquise de Pompadour, entourée de ses confidentes, de Mme de Brancas et Mme du Hausset, ne cachait plus son anxiété. Le roi tardait à venir et le duc de Richelieu responsable des Menus Plaisirs avait bousculé le protocole en tirant le feu d'artifice sans attendre l'ordre royal. Affairé, il passait devant le trône, lorsque la reine l'interpella.

— Monsieur le duc, s'écria-t-elle, qu'est-ce que cela signifie ? C'est au roi seul à décider de l'heure du feu d'artifice...

Le duc de Richelieu s'inclina devant la reine.

— Mais, que Votre Majesté me pardonne, c'est le roi qui l'a ordonné...

La marquise de Pompadour ne put s'empêcher de pâlir.

— Le roi, s'écria-t-elle, mais nous ne l'avons point vu...

Le duc de Richelieu, qu'une sotte histoire de prérogatives avait brouillé avec la marquise, ne fut pas fâché de lui causer quelque tracas. Quelques années auparavant, il avait refusé à la dame Poisson de prêter les décors et les costumes que la charge des Menus Plaisirs mettait à sa disposition. A cette époque la toute fraîche marquise de Pompadour aimait jouer la comédie dans les salons de Versailles et empruntait les accessoires de la Maison du roi sans demander son autorisation au trop susceptible duc-maréchal. Le roi, ne voulant pas trancher entre sa favorite et son plus fidèle conseiller, usa de diplomatie. Au cours d'une partie de chasse, il se trouva seul avec Richelieu et le regardant au fond des yeux, lui demanda à brûle-pour-point :

— Dites-moi, monsieur le duc, combien de fois avez-vous été à la Bastille ?

Le duc comprit alors la démarche de la marquise.

— Trois fois, répondit-il d'une voix blanche.

Le lendemain, il prêtait les accessoires et les décors à la favorite et, depuis, nourrissait envers elle d'amers sentiments. Aussi, ce soir-là, profita-t-il de la présence de la reine et des grands courtisans pour piquer au vif l'orgueil de la favorite :

— Le roi est dans le parc, marquise, avec quelque beau masque qui l'aura entraîné...

La reine laissa flotter un pâle sourire sur son visage

impassible. Les courtisans échangèrent des regards narquois. On n'aimait guère Mme de Pompadour, à la Cour de Versailles, et on se plaisait à le lui rappeler à la moindre occasion. La marquise prit sèchement congé de la reine et se hâta vers les jardins. Accompagnée de Mme du Hausset, elle partit à la recherche du roi dans la foule réunie près de la grande écurie. Elle reconnut soudain la silhouette de Lebel. Il se tenait près d'un masque en galante compagnie et semblait n'avoir guère d'intérêt pour le feu d'artifice qui avait coûté pourtant plus de quatre cent mille livres ! Avec émotion, la marquise reconnut la taille élégante du roi qui badinait tendrement. Avec inquiétude elle observa la jeune femme qui captait son attention. Une robe savante mettait en valeur le corps délicat, la poitrine généreuse. Un éclair phosphorescent illumina le parc. Elle entrevit alors la chevelure flamboyante de la nouvelle pensionnaire du Parc aux Cerfs ! Prise de faiblesse, elle s'appuya sur le bras de Mme du Hausset. Un doute s'emparait d'elle : cette Bretonne était-elle sincère ? N'avait-elle pas trompé sa confiance et ne poursuivait-elle pas le même but que toutes les autres intrigantes ? Une affreuse détresse s'empara de la marquise. Autour d'elle, les cris et les applaudissements saluaient les premières fusées du feu d'artifice somptueux tiré depuis le Tapis Vert. Le parc s'embrasait de couleurs éclatantes, des étoiles multicolores éclaboussaient le ciel, projetant des gerbes d'étincelles sur les invités qui n'avaient encore jamais assisté à pareille splendeur. Après avoir admiré un bouquet fulgurant, la marquise chercha le roi près du bosquet où il se trouvait un instant auparavant. Il avait disparu. Suivie par Mme du Hausset, elle fouilla fébrilement la foule pour retrouver son royal amant parmi les masques. Les hurlements l'assourdissaient, une sarabande voulut l'entraîner à sa suite, mais elle se dégagea et s'enfonça dans le dédale sombre des bosquets qui servaient de refuge aux tendres épanchements. Au bout d'une allée, elle crut apercevoir la robe pâle de sa rivale, la silhouette du roi. Soulevant le bas de sa longue robe, elle se mit à courir sur le gravier, entraînant derrière elle Mme du Hausset, surprise et inquiète. Dans la nuit qu'éclairait faiblement un croissant de lune, le roi et Marion s'approchèrent d'un temple de marbre blanc, aujourd'hui disparu, qui se dressait au bout du parc.

La marquise s'approcha avec précaution. Quelle ne fut pas sa surprise en apercevant l'intendant général des postes, Jannel, déguisé en marquis, encore masqué. Jannel, l'homme des secrets et de l'espionnage ! Il avait reçu la mission d'organiser ce qu'on appelait à Versailles « le cabinet noir » : une équipe, triée sur le volet parmi les fonctionnaires des postes, décachetait en secret la correspondance adressée aux familiers de la Cour, et d'une manière générale à tous ceux qui jouaient un rôle auprès du roi. Ce stratagème avait permis de surprendre plus d'un complot, bon nombre de trahisons, de marchés et d'intrigues amoureuses qui distrayaient fort le roi au cours de l'audience privée qu'il accordait chaque dimanche matin, pendant une heure. Louis XV écoutait avec curiosité les révélations sur les petits et les grands mystères de la Cour mais, hormis ce qui concernait la sûreté de l'Etat, il mettait un point d'honneur à ne jamais utiliser les secrets qu'il surprenait ainsi.

La marquise, feignant la surprise, se montra à découvert.

— Je ne savais pas, s'exclama-t-elle, que le roi tenait un conseil sous le temple de Diane...

Le roi, gêné, daigna sourire.

— Jannel m'a entraîné. Il a, paraît-il, découvert un complot contre moi... Parlez, monsieur l'intendant...

Jannel sortit de sa poche un message.

— Sire, je ne sais...

La marquise ne cachait pas sa curiosité.

— Parlez, Jannel...

Marion, silencieuse, suivait la scène avec émotion.

— Une lettre a été interceptée ce soir, Sire. Je vous la lis : « J'ai découvert un complot qui se trame contre le roi. J'ai retrouvé la trace de Marion Tromel, qui intrigue à la

Cour. Le pire est à craindre. La vie du roi est peut-être en danger... » Sire, ce message adressé au sénéchal de Guéméné est signé !

— Ah, s'exclama le roi, et peut-on connaître le nom de celui qui est si bien informé ?

— C'est une femme, Sire. Elle s'appelle Henriette de Saint-Fiacre.

La marquise lança à Marion un regard triomphant et s'approcha d'elle.

— Que veniez-vous faire ici ? siffla la marquise. Dois-je vous considérer comme une rivale ? Répondez car votre vie va se jouer à cet instant...

— Je suis votre alliée, madame, répondit Marion avec hauteur, je crois l'avoir prouvé. La Morphise a quitté Versailles !

— C'est donc que la place est libre pour vous, répliqua la Pompadour.

— Moi, madame, je ne fais que passer. Si je pouvais agir à ma guise, je serais déjà en Bretagne.

La marquise poussa un soupir.

— Puisqu'il faut vous croire, je vais vous sauver...

— Nul ne vous y oblige, murmura Marion avec orgueil. Si vous doutez de moi, je ne veux pas de votre aide.

— Orgueilleuse et impertinente, s'exclama la marquise d'un ton pincé...

Le roi se tourna vers elle.

— Que se passe-t-il ?

— Sire, je connais cette Henriette de Saint-Fiacre. Je l'ai rencontrée. C'est une amie de Mme de Châteaudun. Cette créature est une intrigante. Elle a juré la perte de « notre » amie ici présente. Je me porte garante de Marie Tromel. Le piège grossier dans lequel on veut la précipiter prouve à mes yeux son innocence. Il faut donc confondre ses ennemis...

La marquise adressa un sourire angélique à Marion.

— Il se trouve justement que j'ai une dette d'honneur envers notre invitée...

Le roi, qui comprenait le manège des deux femmes, ne put s'empêcher de sourire.

— Ne voilà-t-il pas, marquise, que vous prenez la défense des brigands ?

— Sire, répondit la marquise avec la force qu'on lui connaissait lorsqu'elle prenait une cause à cœur, je n'ai jamais mal placé ma confiance...

Jannel, qui savait être discret, s'absorbait dans la contemplation des statues mythiques. Dans la clarté lunaire, les faunes semblaient prêts à bondir, les dieux à foudroyer.

— Madame, répondit le roi, il se trouve que notre invitée m'a avoué sa vie, son rôle et son passé. Et les raisons qui l'ont poussée à devenir pensionnaire de cette maison du Parc aux Cerfs à laquelle vous vous intéressez beaucoup...

La marquise rougit. Elle redoutait les révélations de son infortune devant des étrangers. Pourtant nul n'ignorait à Versailles le tempérament du roi et la froideur de sa favorite.

— Sire, dit la marquise, accordez-moi la faveur de confondre ces gens. Je m'y suis engagée auprès de cette jeune femme...

Le roi regarda Marion en hochant la tête.

— Cette jeune personne a l'étoffe d'une courtisane. Imaginez-vous, marquise, qu'elle a obtenu la même promesse de moi... Jannel, venez ici...

L'intendant des postes abandonna la contemplation des statues.

— Demain sera donné un conseil privé. Vous m'y ferez venir Mlle de Saint-Fiacre et toutes les personnes intéressées par cette affaire...

Il se tourna vers la marquise qui échangeait quelques paroles avec Marion.

— Cela vous convient-il, mesdames ?

Marion s'agenouilla.

— Sire, je ne sais comment vous remercier...

Louis XV fit un geste pour la relever.

— Si la marquise y consent, allons voir le bal qu'on donne ce soir. Et je vous retiens pour une danse...

La marquise lança un regard ennuyé à Marion.

— Sire, dit-elle, je regarderai avec un vif plaisir Votre Majesté danser avec une aventurière... Ce n'est pas tous les jours que le roi de France danse à Versailles avec un bandit de grands chemins !

CHAPITRE XXXII

Le conseil se tenait dans un salon d'angle ouvrant sur le parc. La pièce, austère, tentures pourpres et meubles en marqueterie sombre, servait habituellement aux audiences impromptues que le roi donnait à ses proches. Louis XV était assis sur un fauteuil doré. Près de lui se tenait le fidèle Lebel. Un peu plus loin, attendaient, debout, Jannel, vêtu de noir, un maroquin à la main, et l'intendant de la police. La marquise de Pompadour avait pris place dans une bergère installée face au roi. La porte de l'antichambre était restée entrouverte. Dix heures sonnèrent à une pendulette d'or posée sur la cheminée. Le roi fit un signe à la jeune femme qui s'inclinait devant lui.

— Relevez-vous, madame. Nous vous écoutons.

— Sire, dit Henriette de Saint-Fiacre d'une voix que l'émotion faisait trembler, j'ai appris qu'un complot se tramait contre vous. L'un de vos fidèles sujets a rencontré ici même une aventurière dangereuse qui, par quelque stratagème dont elle a l'habitude, s'est introduite dans votre entourage. Cette femme est une condamnée de droit commun qui met notre province à feu et à sang et soulève les paysans contre les autorités de notre pays. Voici l'homme qui la connaît et pourra mieux vous parler d'elle.

Kergroaz s'avança, pâle et tremblant d'inquiétude. Il se prosterna devant le roi.

— M. de Kergroaz, annonça Lebel.

— C'est bien, monsieur. Ainsi vous êtes en mesure de déjouer un complot qui se trame contre nous ? Je vous écoute.

— Sire, commença Kergroaz d'une voix blanche, vous êtes en danger. Je poursuis sans trêve cette aventurière pour la punir des méfaits qui ont endeuillé la Bretagne. Avec une troupe de brigands, elle a rendu dangereuses les routes de notre pays, elle pille les églises, détrousse vos envoyés, ose s'attaquer aux sénéchaux et aux hommes de l'intendant...

— Mais qui est donc cette créature redoutable ? coupa le roi que cette déclaration ennuyait.

— Elle s'appelle Marion Tromel, tout le monde en Bretagne la connaît sous le nom de Marion du Faouët...

— Vous l'accusez donc, monsieur de Kergroaz ?

— J'ai là des lettres du sénéchal de Guéméné, du comte de Roquefeuil : ils témoignent des crimes de cette femme !

Le roi se retourna vers Mme de Pompadour.

— Eh bien, madame la marquise, qu'en dites-vous ?

— Sire, répondit la marquise en regardant Henriette de Saint-Fiacre, je crois que l'heure de la justice a sonné. Mais avant de rendre votre jugement, il faut entendre l'accusée.

— Vous avez raison, dit le roi. Jannel, faites-la comparaître.

Henriette, pâle et défaite, adressa un regard désespéré à Kergroaz. Celui-ci semblait sur le point de défaillir.

Marion apparut. Elle portait une robe blanche qui mettait en valeur sa beauté et la pâleur de son teint.

— Sire, dit-elle en se prosternant, je suis votre fidèle servante.

— Madame, on vous accuse de crimes bien affreux. Qu'avez-vous à dire pour vous défendre ?

Marion se leva et défia Henriette du regard.

— Sire, je vais vous conter une bien triste histoire. Il existait jadis, en Bretagne, un seigneur cupide et malhonnête, le comte de Kerviguen. Cet homme était servi par un assassin sans scrupule. Cet assassin a tué mon père, a

lâchement frappé votre fidèle ami, le chevalier de Latreille.
Il a envoyé à la mort quelques innocents, plus récemment
encore, il a fait enlever ma fille et a tenté de me faire
emmurer dans un château abandonné. Je jure sur ma vie
que cet homme est un criminel. Il s'appelait Desrochers et
se cache aujourd'hui sous le nom de Kergroaz !

En entendant son nom, celui-ci chancela.

— Mensonges ! hurla Henriette de Saint-Fiacre qui ne se
laissait pas démonter. Imposture ! Cette femme ment ! Sire,
vous n'allez tout de même pas croire cette voleuse que le
tribunal de Rennes a proscrite et marquée au fer rouge !
J'en réponds au nom de ma famille : c'est une criminelle,
qui monte le peuple contre son roi...

— Henriette de Saint-Fiacre, s'écria Marion, tu as
empoisonné une malheureuse pensionnaire de l'hospice de
Bicêtre en croyant me réduire au silence ! Tu as voulu la
mort de ma fille !

— Tu mens, s'écria Henriette avec un rire dément. Qui
pourrait croire cette fable ridicule ? Montre donc ton
épaule marquée du V de l'infamie !

Marion pointa son doigt sur elle.

— Jure sur la Bible que tu n'es pas coupable.

Henriette sursauta.

— Je le jure, murmura-t-elle.

A ce moment, la porte de l'antichambre s'ouvrit et un
cortège apparut : il y avait là le chevalier de Robien qui
tenait la main de la petite Alice, derrière lui se trouvait
Manolo, et fermant la marche, noire et menaçante, la
carmélite du couvent de Vaugirard : sœur Catherine de la
Croix.

Poussant un cri, Henriette bondit en arrière.

— C'est une mascarade, un traquenard, un coup monté !

Marion sortit alors une fiole verdâtre. Henriette reconnut avec horreur la bouteille de liqueur de fleur d'oranger
empoisonnée.

— Prouve mon mensonge. Bois cette liqueur. Tu ne
crains rien puisque tu es innocente !

— Buvez ce remède que vous m'avez donné, dit alors la carmélite. Cela, paraît-il, soulage tous les maux. Si nous mentons, vous ne risquez rien.

Marion obligea Henriette à saisir la bouteille. Tous les regards étaient tournés vers elle. Personne ne vit Kergroaz s'approcher lentement de la fenêtre et s'y précipiter brusquement, la brisant d'un coup d'épaule, sauter dans le parc, bondir dans l'allée. Jannel se précipita. L'intendant de police donna des ordres. Henriette jeta la fiole sur le sol où elle se brisa, libérant un nuage de fumée acide.

— Tu viens de te trahir, hurla Marion. Tu es perdue !

— Gardes, arrêtez cette femme, s'écria de Robien.

Les gardes firent irruption dans le salon et se saisirent d'Henriette de Saint-Fiacre qui se débattait sauvagement.

Le roi se détourna avec dégoût.

— Emmenez-la, dit-il.

— Vous n'avez pas le droit, hurla encore la démente. Elle a été bannie et condamnée !

— J'ai accordé ma grâce à Mlle Tromel, déclara le roi. A partir de cet instant, c'est une femme libre. Son passé est pardonné...

Accablée de honte et de dépit, Henriette de Saint-Fiacre s'effondra et ce fut une morte qu'on emmena dans le couloir désert.

— Le roi a rendu sa justice, annonça Louis XV en guise de conclusion.

La marquise souriait à Marion qui embrassait Alice en pleurant.

— Je vous ai sauvée, murmura la marquise.

— Nous sommes quittes, répondit Marion entre deux sanglots.

Jannel revenait du parc.

— Kergroaz a réussi à s'enfuir. Un carrosse l'attendait à la grille du château. J'ai lancé les gardes à sa poursuite...

De Robien s'empressait autour de Marion. Manolo, qui ne pouvait retenir ses larmes, prenait dans ses bras la petite fille.

— Tu as retrouvé ta maman, dit-il, j'ai tenu ma parole…

— Grand-père, s'écria Alice, je voudrais que Margotte soit là. Elle est si gentille…

— Je dois rester à Paris encore quelques jours, lui dit Marion en l'embrassant, si tu veux, tu reverras Margotte en Bretagne, quand Manolo viendra nous voir…

— Oh oui, s'écria Alice en battant des mains. Nous serons tous ensemble…

De Robien entraîna l'enfant, le gitan s'inclina devant le roi.

— Cette réunion de famille était touchante, déclara Louis XV, maintenant, j'ai des consignes à vous donner…

La marquise donna le bras à Marion.

— Venez écouter votre roi, dit-elle, et donnez votre parole que nous n'aurons pas à regretter d'avoir gracié une voleuse de grands chemins…

Marion lui lança un regard têtu.

— Je ne suis pas une voleuse. J'ai peut-être outrepassé mes droits, mais c'était pour rétablir une justice plutôt défaillante…

— Vous n'êtes pas juge, trancha le roi avec humeur, si des excès ont été commis, ils seront révisés. Mais, de grâce, à partir de ce jour ne vous mêlez plus que de vos affaires !

— Sire, s'écria encore Marion, mes affaires ce sont celles de ma famille, ce sont celles de la Bretagne ! Je n'abandonnerai jamais ceux qui ont besoin de moi ! Il ne tient qu'à vous que le calme revienne. Empêchez que vos gens s'enrichissent au détriment des plus pauvres : non seulement on les vole, mais on les affame !

La marquise tapota la main de Marion.

— Ne vous emportez pas, murmura-t-elle, le roi se montre quelquefois impatient. N'abusez pas de sa clémence…

Confuse, Marion baissa la tête.

— Pardonnez-moi, dit-elle.

La marquise se leva.

— Sire, si vous le permettez, je vais me retirer. Le

maréchal de Richelieu veut m'entretenir de théâtre. Après nous avoir divisés, ce noble art va nous réunir...

La marquise s'éloignait, laissant Marion devant le roi.

— Vous avez le caractère bien vif, dit celui-ci. Il est vrai que vous avez pris l'habitude de bastonner mes gens, de dévaliser les curés, de ferrailler avec les gendarmes... Vous allez ranger vos épées. Faites-moi le serment de ne plus vous battre, et de vivre en paix. Je vous promets de veiller à ce qu'une justice plus équitable soit rendue en Bretagne...

— Vous avez ma parole, dit Marion à contrecœur, puisque telle est votre volonté...

Le roi parut satisfait. Marion en profita pour revenir à la charge.

— Sire, encore un mot. Faites rétablir une plus juste répartition des profits et des richesses. Voilà l'idée nouvelle qu'il faut défendre ! Ce courant qui porte les paysans et les ouvriers est inévitable. Soyez le premier roi du monde à le comprendre...

De Robien, que ces paroles audacieuses gênaient, faisait les gros yeux à Marion qui continuait imperturbable :

— Sire, ceux qui vous entourent vous cachent la vérité. Allez voir votre peuple, et parlez-lui sans intermédiaire. Vous ne resterez pas insensible à tant de détresse et de misère...

Le roi leva les yeux au ciel.

— Ah ça, par exemple, mais c'est une révolution que vous voulez... Sachez, madame, que le régime repose sur des principes bien établis, l'équilibre est précaire, il suffirait d'une maladresse pour que l'édifice s'écroule...

— Hélas, répondit tristement Marion, je crains que des maladresses ne soient commises tous les jours, Sire, et que l'édifice dont vous parlez ne s'écroule bientôt...

De Robien, épouvanté par la hardiesse de Marion, voulut interrompre la conversation.

— Sire, je vous demande de pardonner à cette jeune femme ses excès de langage... Je me porte garant d'elle, et vous assure qu'elle ne prendra plus jamais les armes contre vos gens...

Marion, furieuse, se tourna vers le chevalier.

— Ne vous engagez pas trop !

— Allez-vous obéir, à la fin, l'interrompit le roi. N'oubliez pas que vous avez promis !... Vous allez quitter vos armes et vos mousquetons et vous occuper davantage de votre famille... Je ne veux plus de révoltes en Bretagne. Faillirez-vous à votre parole ?

— Jamais, Sire, si vous tenez la vôtre. Lorsque vous aurez envoyé de nouveaux intendants, nommé de nouveaux sénéchaux et fait examiner par vos ministres la charge des impôts, vous verrez que la Bretagne redeviendra soumise...

— Je n'aime guère les marchandages, madame !...

Marion adressa au roi son plus tendre sourire.

— Sire, vous oubliez que le marchandage vient de vous... Un certain soir au Parc aux Cerfs...

Le roi éclata de rire. Le souvenir l'émut et lui rendit sa belle humeur. De Robien, qui avait saisi le sens de cette complicité, fit grise mine.

— Chevalier, j'ai accordé ma grâce à notre flibustière. Elle est désormais libre de ses actes et de ses mouvements. Mon arrêt parviendra ces jours au présidial de Bretagne.

Un mouvement se fit dans l'antichambre. La marquise de Pompadour arrivait, suivie de ses dames.

— Sire, dit la marquise, je me retire dans mes appartements. Cette journée fut très... plaisante. Mon amie, dit-elle en se tournant vers Marion, continuez à servir fidèlement le roi. Vous auriez pu me servir aussi en devenant l'une de mes suivantes. C'est une charge qui peut satisfaire les plus hautes ambitions, n'est-ce pas, Sire ?

La marquise évoquait sa propre expérience. Les méchantes langues racontaient longuement comment, étant entrée à Versailles comme femme de chambre de la reine, elle était devenue femme de chambre du roi...

— Madame la marquise me fait trop d'honneur, mais

mon devoir m'appelle dans ma province, je compte y repartir aussitôt...

— Comment, s'exclama la marquise avec un faux étonnement, vous ne trouvez pas à Versailles suffisamment d'attrait pour nous faire la grâce de votre présence ?

Louis XV se renfrognait visiblement.

— Versailles présente plus de charme, d'attrait et de... plaisir que nul autre lieu du monde, et je partirai en emportant dans mon cœur des souvenirs et des regrets. Mes souvenirs resteront de bien tendres secrets ; quant aux regrets ce seront ceux de n'avoir pu servir plus longtemps Vos Majestés... Mais la Bretagne a besoin de moi, et je ne peux résister à son appel...

— Allez, ma chère, dit la marquise, partez vite. Vous pourrez compter toujours sur l'appui du roi, et bien humblement, sur le mien...

— Sans compter, ajouta Louix XV pour faire diversion, qu'on vous confiera peut-être un jour quelque mission extraordinaire... Nous manquons d'espions, ici, et vous feriez merveille dans les intrigues et les conspirations...

La marquise adressa à Marion un sourire complice et prit congé. De Robien, qui avait assisté à cette rencontre, ne savait plus que penser. Son esprit de courtisan était choqué par les audaces de Marion. Il s'attendait à la colère du roi et avait du mal à croire en sa patience. Au fond de lui, bien qu'il fût jaloux d'une témérité qu'il ne possédait pas dans les salons, il admirait Marion pour son courage.

Dans l'antichambre, le calme était revenu. Le chevalier voulut être discret. Il prit congé et laissa Marion qui lui adressa un tendre regard. Cela consola le gentilhomme qui découvrait les affres de la jalousie.

Lorsqu'ils furent seuls, le roi toisa Marion avec humeur.

— Ainsi, vous persiflez, vous faites votre choix, vous repoussez les honneurs qu'on vous offre... Vous faites bien peu de cas de l'intérêt que je vous porte...

— Sire, murmura Marion, ne me poussez pas à avouer les pensées qui me troublent. Aucune femme ne peut résister au roi de France, moi je ne pourrai jamais oublier l'homme que vous êtes.

Elle fit une profonde révérence.

— Sire, me permettez-vous de me retirer ? Vous n'avez plus besoin de moi, ici. Je vous servirai mieux de loin...

Le roi soupira.

— Allez, madame, allez, puisque vous le souhaitez ainsi... Et revenez-nous bientôt pour... nous parler de votre province.

— Merci, Sire, murmura Marion toujours prosternée. Mais j'ai une dernière grâce à vous demander.

— Quoi encore ? soupira le roi.

— Une faveur.

Marion se releva et embrassa le roi de France. Louis XV en fut d'abord surpris, puis charmé.

— Décidément, murmura-t-il en rendant son baiser à Marion, vous avez toutes les audaces... Mais celle-ci me plaît...

— Adieu, Sire.

— Adieu, flibustière...

De Robien attendait Marion dans son carrosse. Maussade et silencieux, il la fit monter près de lui.

— C'est bien, dit-il au bout d'un moment, je vais te laisser ici et m'en retourner en Bretagne.

— Gabriel, murmura doucement Marion, je veux partir avec toi.

— En es-tu vraiment sûre ? Ta vie n'est plus dans la forêt à jouer les brigands. Tu peux être autrement plus utile en restant ici, à la Cour. Maintenant, tu as des raisons de rester... Le roi s'intéresse à toi... Ne gâche pas cette chance...

Marion caressa les lèvres fermées par un pli amer.

— Tais-toi, dit-elle doucement. Ne le répète à personne, mais je me moque du roi, de la Cour et de tout le royaume. Je n'ai envie que de toi, je veux qu'on retourne chez nous.

Le printemps est pour bientôt. Je ne veux pas le manquer. Et puis, je ne connais pas Kerbihan en été. Ça doit être beau...

De Robien la regarda avec émotion.

— Mon amour, murmura-t-il, j'ai eu si peur de te perdre...

Un instant plus tard, le carrosse dévalait l'esplanade du château. Serrés l'un contre l'autre, Gabriel et Marion rêvaient aux landes et aux sous-bois de Kerbihan, à la plage douce et aux belles flambées. Le carrosse traversa Versailles, tourna dans la rue des Tournelles et passa devant une maison blanche et basse entourée d'un jardin, qui communiquait directement avec l'hôtel des gardes du roi. Marion jeta un dernier regard à la maison du Parc aux Cerfs et referma le rideau de cuir du carrosse.

L'instant d'après les chevaux galopaient sur la route de Paris.

CHAPITRE XXXIII

L'Auberge de l'Arbalète était située à l'angle de la rue des Frondeurs et de la rue du Faubourg-Saint-Honoré. C'était une vaste demeure, trapue et massive, ornée de toits pointus et de fenêtres à vitraux. Une porte piquée de clous rouillés et surmontée d'un auvent en défendait l'entrée à quiconque ne plaisait pas à son propriétaire, maître Lambert, aubergiste et rôtisseur, compagnon des goûteurs de vin, officier de bouche dans l'armée du roi. Lambert était petit, rond, volubile et nerveux. Il harcelait ses commis et servantes de critiques acerbes, courait aux quatre coins de son établissement, veillant au moindre désir de ses clients, connaissant leur goût pour tel mets, tel vin ou telle sauce. De Robien comptait parmi ses plus fidèles clients : depuis des années, le chevalier avait pris l'habitude de descendre en cette auberge accueillante, lorsqu'il séjournait à Paris. A quelques pas de l'Arbalète se trouvait le quartier des Affaires, la chancellerie, le palais des Tuileries, le ministère des Finances. Maître Lambert réservait une table disposée près de la cheminée à son hôte breton dont il aimait entendre les récits colorés évoquant sa lointaine province. Lambert était nostalgique des voyages qu'il ne pouvait plus entreprendre, accaparé par son commerce et une compagne tyrannique, acerbe avec lui et gracieuse avec la clientèle. A l'Arbalète se côtoyaient les seigneurs et les boutiquiers, les juges et les courtisans.

C'était un lieu huppé et fréquenté par la bonne société de passage à Paris, où l'on dînait fort bien et buvait plus que d'ordinaire.

Ce matin-là, maître Lambert voulut apporter lui-même la collation demandée par le chevalier de Robien. Pour la première fois depuis qu'il fréquentait son auberge, de Robien était venu, la veille, en compagnie d'une femme, et Lambert, qui était perpétuellement aiguisé par une curiosité peu commune, voulait surprendre la belle inconnue. Il frappa donc à l'huis et s'avança dans la chambre où régnait une douce pénombre. Sur le vaste lit à baldaquin, dans un désordre de draps brodés et de couettes moelleuses, reposait une longue et tendre femme à la chevelure de feu répandue autour d'elle. Lambert, les bras encombrés d'un large plateau recouvert d'assiettes et de pots, trébucha sur un tas de vêtements qui jonchaient le sol. La vaisselle tinta, Lambert jura, la jeune femme se retourna, dévoilant une nudité superbe et fugitive. De Robien sortit du cabinet de toilette, un rasoir à la main.

— Eh bien, qu'arrive-t-il ici ? gronda-t-il d'une voix terrible.

— Il arrive, mon beau chevalier, deux pigeons tout chaud rôtis, une terrine de lièvre, du pain tout droit sorti du four et une pinte de vin de Bourgogne...

Marion, réveillée par ce menu alléchant et les odeurs prometteuses qui l'accompagnaient, fit entendre un ronronnement de plaisir.

— J'ai faim, murmura-t-elle, tandis que maître Lambert disposait son plateau sur un coffre de bois.

— Votre fille vient de se réveiller, lui dit l'aubergiste. Elle a dormi dans le lit de ma femme et a avalé une grande assiettée de soupe avant de partir au marché. Elles vont revenir d'un instant à l'autre... Maintenant, je vous laisse, poursuivit-il avec regret. Appelez-moi si vous avez besoin de quelque chose...

Lorsqu'ils furent seuls, Marion se leva et courut se blottir dans les bras de son amant.

— Tu vas avoir froid, lui dit tendrement de Robien en la serrant contre lui...

Ils échangèrent un long baiser et le chevalier s'aperçut que les yeux de Marion brillaient d'un éclat nouveau. Après avoir dévoré l'appétissant repas que leur avait apporté Lambert, Marion voulut encore attirer contre elle son amant, mais il sut résister.

— Nous allons partir, et il faut encore que tu te prépares. Je ne céderai pas à ton charme.

Marion se fit provocante, suppliante, boudeuse, mais rien n'y fit. Gabriel la porta dans le cabinet de toilette et la jeta tout habillée dans la baignoire de bois qui débordait d'eau tiède. Abandonnant une Marion boudeuse, il descendit payer sa pension à maître Lambert.

Au moment où ils allaient quitter l'auberge, une main se posa sur le bras de Marion. C'était sœur Catherine de la Croix.

— Je dois vous parler, murmura-t-elle à Marion.

Le chevalier parut soucieux. Il redoutait un dernier contretemps qui l'aurait empêché de repartir pour la Bretagne.

— Je viens de rendre visite à Mlle de Saint-Fiacre. Quels que soient ses crimes, je dois lui pardonner et prier pour elle. Elle a été enfermée à la Bastille sur une lettre de cachet signée par le roi. Cette arrestation, les événements de l'autre jour, lui ont porté un coup fatal. Je crains que sa raison ne soit atteinte. Elle se trouve dans un état bien misérable. Je l'ai vue ce matin et lui ai appris votre départ. Elle vous supplie de lui rendre une dernière visite avant votre départ pour la Bretagne. Elle a, paraît-il, un secret à vous confier... Elle m'a juré qu'il y va de la vie d'un innocent... Je crois qu'elle était sincère : elle n'a plus rien à perdre à présent...

La religieuse paraissait bouleversée.

— Il faut savoir pardonner, dit-elle doucement. Sa punition est cruelle. Montrez-vous généreuse et ne l'abandonnez pas...

Marion, émue et contrariée par cette nouvelle, remercia la carmélite qui s'éloigna dans la foule. Marion demanda conseil à de Robien. Il resta silencieux.

— Je ne peux pas m'en aller sans la voir, décida-t-elle.

— Je savais que tu déciderais cela. Mais fais attention, tu as déjà pris suffisamment de risques...

— Cette affaire ne concerne que moi. J'irai seule et tu m'attendras devant la prison. Fais-moi plaisir, laisse-moi terminer cette pénible histoire comme je le dois...

De Robien poussa un long soupir.

— Tu es têtue comme une mule bigouden, dit-il vaincu. Fais comme tu veux.

Marion, qui savait être tendre après la victoire, embrassa doucement de Robien.

— Je sais que tu comprends... N'oublie jamais que tu ne m'aimes que pour cela : parce que je ne réagis pas comme les autres. Sinon, beau chevalier, tu ne te serais jamais retourné sur la pauvre paysanne que je suis.

— Bête, murmura de Robien, je t'aime pour toi, et pas pour ce que tu es. J'aime ce qui passe dans ta tête, dans tes yeux, dans ton cœur, le reste m'est indifférent : que tu sois héroïque, courageuse, téméraire, aventureuse, je ne m'en préoccupe pas, c'est la femme que j'aime, pas la guerrière.

— Tu n'aimes pas la guerrière ? répéta Marion tristement.

— La guerre est finie, Marion. Tu as donné ta parole au roi. Les embuscades, les bastonnades, les guet-apens, c'est fini...

Marion prit un air buté.

— Je tiendrai ma parole, si le roi tient la sienne...

De Robien la regardait ; le visage fermé, les yeux étincelants, elle était tourmentée par le remords d'avoir cédé au roi.

— Ne regrette pas ta parole, dit-il, comme s'il avait deviné ses pensées...

— J'ai l'impression d'avoir trahi mes compagnons, répondit Marion.

Un peu plus tard, le carrosse du chevalier traversait le faubourg Saint-Honoré et prenait la rue Saint-Antoine. La voiture s'arrêta devant l'enceinte hideuse et menaçante de la Bastille. Marion sauta à terre et se dirigea vers le poste de garde.

— Je viens rendre visite à une prisonnière.

Le garde lui jeta un regard ironique.

— Les visites sont rares ici. Quelquefois, quand on rentre dans cette enceinte, on n'en ressort pas. Qui veux-tu voir, ma belle, je te préviens tout de suite, si cette femme est au secret, nul n'a le droit de la voir et de toute façon, il te faut une autorisation du prévôt... Pas de billet, pas de visite...

Le garde consultait son livre.

— Elle s'appelle Henriette de Saint-Fiacre...

Le garde cracha par terre.

— Encore une marquise pourrie...

Une partie du peuple, influencé par les pamphlets, avait pris la Pompadour en haine, et l'on traitait de marquises toutes les courtisanes sans scrupule.

— Elle est au cachot... Alors, tu as une autorisation ?

Marion sortit en souriant une bourse de sa poche.

— A défaut de billet, j'ai des pièces. La différence ne vous ennuie pas trop ?

Le garde lui jeta un regard amusé. Il se curait une dent avec la pointe d'un couteau en détaillant la silhouette de la visiteuse. Puis, il éclata de rire.

— T'es pas bête, toi. Ton histoire de billets et de pièces, je la trouve drôle. Je dirai même que j'aime bien... Combien tu as dit, déjà ?

Marion posa délicatement les pièces d'or les unes sur les autres. Il y en avait dix. Le garde siffla.

— Mais dis-moi, souffla-t-il, elle vaut cher, cette visite... Peut-être que ça va te rapporter davantage ?

D'un geste vif il fit disparaître les écus dans sa poche.

— Et si je disais que j'avais rien ? Qu'est-ce que tu pourrais faire ? Hein, ma belle ?

Marion adressa au garde son plus gracieux sourire.

— Je sais très bien que tu ne feras pas une chose pareille, mon bonhomme, mais si cela devait se produire, j'attraperais ce sabre accroché au mur et je te passerais l'envie de voler...

Le garde la regarda avec stupéfaction.

— Ça, c'est la première fois qu'une mégère me parle sur ce ton, s'exclama-t-il ravi.

— Dépêche-toi, coupa Marion que ces plaisanteries n'amusaient guère. Je suis très pressée...

Subjugué, le garde prit une lanterne et précéda Marion dans le gouffre noir de la prison. Au bout d'un escalier humide se tenaient les cachots. De grosses portes cloutées les fermaient. Le garde, qui lançait des coups d'œil égrillards à sa compagne, ouvrit un judas.

— C'est-y celle-là que tu veux voir ?

Marion pencha la tête et ne put s'empêcher de frémir de dégoût. La lanterne du garde éclairait faiblement un réduit aux murs suintants, au sol jonché de paille moisie. Une insupportable odeur de pourri se dégageait de la cellule. Près d'une table, à côté d'un grabat, Henriette de Saint-Fiacre était assise dans l'ombre. Ses cheveux déjà poisseux tombaient sur son visage tiré. Son teint bleuâtre faisait ressortir les cernes de ses yeux vagues, comme morts, qui fixaient le néant.

— C'est bien elle, murmura-t-elle d'une voix sourde.

Le garde ouvrit alors la porte et fit un signe à Marion.

— Dépêche-toi de lui parler ma belle, je vais inspecter les autres cachots et je viens te chercher. Si tu n'as pas fini, je t'enferme avec elle et tu resteras-là un an ou deux...

Avec un gros rire, le garde s'éloigna après avoir refermé la porte. Marion s'avança dans le cachot. Toujours immobile, comme inconsciente, Henriette de Saint-Fiacre fixait la nuit dans laquelle elle semblait être descendue.

— Je suis là, dit Marion d'une voix forte. Que veux-tu ?

Lentement, les yeux de la prisonnière semblèrent revenir à la vie. Son regard flotta à la dérive avant de se poser sur

Marion. Alors, elle la reconnut. Le sang colora son visage,
ses lèvres s'entrouvrirent et la démente poussa un long cri
de désespoir. Puis elle s'effondra en sanglotant. Emue par
sa détresse, Marion eut un mouvement instinctif vers elle et
lui prit la main.

— Calme-toi, dit-elle.

Henriette releva son visage méconnaissable noyé de
larmes.

— Je ne pourrais jamais, dit-elle, je vais mourir... C'est
trop affreux...

Marion contempla sa rivale déchue. Elle découvrit alors
que la haine avait disparu de son cœur.

— Pense à tout le mal que tu as fait avant d'en arriver où
tu es, et prie pour le repos de ton âme. Si tu dois mourir,
meurs dignement et pense à ceux que tu as envoyés à la
mort...

— Sauvez-moi, supplia Henriette, en vouvoyant subitement cette femme qui représentait pour elle sa dernière
chance.

— Je ne peux rien pour toi.

Henriette la regarda longuement. Marion était belle,
rayonnante et libre.

— Je ne résisterai pas longtemps, ici...

— Pourquoi m'as-tu fait venir ? Tu espérais que je te
ferais sortir de cette prison ? Même si je le voulais, je n'en
aurais pas le pouvoir. Et si je le pouvais, je ne le ferais pas.
C'est toi qui as envoyé Hanviguen à la mort...

Henriette saisit fébrilement les mains de Marion.

— Promettez-moi d'accepter ce que je vais vous
demander...

— Je ne te promets rien, répondit Marion. Parle.

— Il y a, près de Kervilo, au-dessus de Gourin, une
grande ferme qui appartint jadis à ma famille. La fermière
s'appelle Jeannette. Allez la voir et prenez soin de mon
fils...

— Ton fils ? répéta Marion avec surprise.

— Oui, j'ai eu un enfant que je cache dans cette ferme.

Personne ne sait qu'il est à moi. Si je meurs ici, il n'aura pas de famille, et la fermière l'abandonnera un jour ou l'autre... Sauvez-le...

Marion fut émue par l'élan d'amour qu'elle découvrait chez cette femme perverse et cruelle.

— Je le promets. J'irai le voir et il ne manquera de rien...

— Je vous en supplie : emmenez-le avec vous... Je veux qu'il ait une vraie mère, il est encore si petit... Près de vous, il deviendra un homme, il connaîtra l'amour... Et puis...

Marion se levait déjà. Le garde ouvrait la porte, la lanterne jetait une lueur orangée dans le cachot.

— Et puis ? demanda Marion.

— Et puis, vous l'aimerez quand vous saurez...

Soudain Henriette aperçut le garde. Elle comprit que Marion allait s'en aller, que la nuit allait se refermer sur elle. Elle bondit, se jeta aux pieds de Marion, lui embrassa les chevilles...

— Pardon, mais ayez pitié de lui... Il aurait pu être votre fils... Aimez-le...

Prise d'un doute subit, Marion releva Henriette. Derrière elle, le garde s'impatientait.

— Alors, ma belle, tu viens ou bien faut-il que je t'enferme avec cette folle ?

— Parle, hurla Marion, dis-moi pourquoi il aurait pu être mon fils ?

Henriette gémissait en se tordant par terre.

— Mon petit enfant... je ne le reverrai jamais... Mon petit Henri...

Marion devint blême.

— Comment l'appelles-tu ?

— Henri, comme son père...

La folle éclata d'un rire horrible.

— Oui, Henri m'a fait cet enfant... Ton bel Hanviguen m'a donné un fils, aujourd'hui je te le laisse... Aime-le, puisque tu n'as pas eu le temps d'aimer son père...

Tirée en arrière par le garde, Marion sortit en titubant. La lourde porte se referma sur le cachot lugubre.

— C'est le fils d'Hanviguen, hurlait Henriette en frappant contre la serrure... C'est un peu ton fils...

Bouleversée, Marion courut jusqu'au carrosse et s'effondra dans les bras de De Robien.

— C'est horrible, dit-elle, je reviens de l'enfer...

CHAPITRE XXXIV

Le calme était revenu sur Le Faouët. Les habitants de la région étaient entrés dans une période paisible. Les bandits ne hantaient plus les bois de Priziac, les nuits n'étaient plus troublées par les galops des chevaux, la justice n'était plus bafouée par les gens du sénéchal. Louvard avait été chassé de la région, on le disait réfugié en Haute-Normandie, accablé de douleur et de crainte : la perte de sa fortune confisquée, les menaces qu'il avait reçues, gâchaient sa vie de la plus éprouvante manière. Il ne se passait pas une heure sans qu'il imagine la lame d'un poignard glissant dans l'ombre ou le tintement oublié des écus d'or tombant dans un coffre secret. Abandonné de tous, trahi par ses anciens complices, méprisé par sa propre famille, il vivait aux côtés d'une servante malade, dans une retraite sauvage perdue dans le bocage normand. Privé de son autorité, Louvard s'était mis à boire. N'ayant plus de victimes à accabler, il délabrait son esprit en de nostalgiques ivresses. Le nouveau sénéchal s'appelait Mazette de la Sauldraye. C'était un grand et pâle personnage, d'une nature plutôt envieuse et sournoise, mais prudente. Il avait été nommé à ce poste sur les conseils de René Gabriel de Robien, et lui était entièrement dévoué. En secret il caressait des ambitions audacieuses, se voyait atteindre une haute destinée et se tenait prêt à trahir quiconque pourrait le faire progresser sur le chemin de la gloire. Il connaissait les agissements de

Marie Tromel, jadis brigande devenue fermière. Il attendait patiemment que le démon s'empare à nouveau de cette femme aventureuse. Au moment voulu il la frapperait impitoyablement, triomphant là où Kerviguen, Desrochers et Louvard avaient échoué. La jalousie seule nourrissait cette haine secrète que l'hypocrite sénéchal cachait sous les courbettes les plus veules et les sourires les plus trompeurs.

Marion avait installé sa famille dans une vaste et belle ferme proche de Kerbihan. Son frère Corentin, l'oncle Guillaume et les inséparables, Jagouret, Madeleine, Jeannot, avaient abandonné l'épée et le bâton pour la charrue et la faux. Animés de la farouche volonté qui les avait toujours aidés à vaincre, ils étaient devenus de bons paysans, guettant les moissons et les vendanges, surveillant le troupeau, se prenant à aimer cette terre bourrue et opiniâtre qui était devenue toute leur vie. Les autres compagnons avaient repris leurs occupations : l'un sciait le bois chez un charpentier, l'autre moulait le sel, un troisième forgeait. Protégés dans l'ombre par le chevalier, ils se donnaient à leur tâche, avec peut-être le secret espoir qu'un jour le combat reprendrait. Alice devenait une jeune fille qui ressemblait tant à sa mère que, du bout de la lande, on la prenait pour elle, et alors elle criait en riant :

— Mais moi, je suis Alice...

Dans la ferme, auprès de la vieille Kerneau dont les cheveux avaient blanchi depuis le dernier hiver, grandissaient deux enfants qu'on eût pris pour deux frères. L'un et l'autre avaient le même regard noir, fier, coléreux. Pierre-Joachim était le plus fort, Henri, le plus rusé. Le fils d'Henriette de Saint-Fiacre, que Marion avait recueilli selon la promesse qu'elle avait faite, grandissait auprès d'elle comme s'il avait été son propre fils. Jamais elle ne prononça un mot qui pût le favoriser, jamais elle n'avantagea Pierre d'une caresse ou d'une gourmandise au détriment d'Henri. Avec le temps, les deux garçons étaient devenus ses propres fils comme ils étaient les enfants du même père.

Comme jadis, on partait en pèlerinage aux pardons et l'on priait bien fort avant de banqueter sur le bord de la route. Comme jadis, Hélène Kerneau vendait ses broderies, Marion ses dentelles et ses rubans. Le soir, le petit groupe s'en revenait en chantant par les sentiers mystérieux de la forêt. Souvent, à la nuit tombée, Marion sortait sa jument alezane et partait galoper sur les collines, qui se jetaient sur la mer. Elle regagnait alors Kerbihan où le chevalier l'attendait. Il la guettait de la croisée étroite qui ouvrait sur la lande, et dès qu'il apercevait la jument dévaler le chemin, il refermait la fenêtre et allait s'asseoir dans un fauteuil installé devant la cheminée, où il feignait de s'absorber dans la lecture d'un vieil ouvrage, comme s'il ne voulait pas avouer qu'il l'attendait depuis des heures, impatient et inquiet, déchiré entre l'envie qui le submergeait de se jeter dans ses bras et de lui avouer longuement combien il souffrait de ses absences, et la retenue que lui inspirait le caractère sauvage et insoumis de celle qui interpréterait comme une atteinte à sa liberté ce qui n'était qu'une contrainte naturelle de la passion.

Après une longue nuit sans sommeil, Marion s'enroulait dans sa cape et rentrait à la ferme avec le jour. La jument frémissait dans l'aube froide en traversant les bois qui craquaient de toutes leurs branches. Des corbeaux effrayés s'envolaient lourdement à son passage, des lièvres bondissaient à l'abri des terriers. Au loin la cloche d'une chapelle éveillait un village et dans les fermes, les enfants sortaient des rêves en frottant leurs yeux au-dessus des assiettées de soupe fumante. Marion se souvenait de Versailles, et de la Cour dorée, des courtisans vêtus avec élégance, des femmes superbement maquillées, elle sentait encore sur sa joue le souffle tendre du roi lui murmurant quelque compliment. Elle revoyait la petite maison basse de la rue Saint-Médéric, le jardin fleuri, la porte éclairée d'une lanterne. Elle gardait du Parc aux Cerfs le souvenir d'un secret exaltant, celui qu'elle avait partagé avec le roi avec la complicité de la marquise de Pompadour... Pour rien au monde elle n'aurait voulu revivre cette période. Rien ne comptait plus pour elle que galoper sur la lande, traverser comme un éclair les écharpes de brume qui flottaient sur les étangs, longer les falaises qui bordaient la mer, s'agenouiller devant une Vierge dressée au milieu des champs et prier pour que le bonheur chèrement acquis dure aussi longtemps que les enfants ne seraient pas en âge de se défendre par eux-mêmes. Elle sentait pourtant une menace planer sur elle, et redoutait chaque jour qu'un drame n'éclate qui compromette la tranquillité précaire de sa nouvelle vie.

A la première neige de l'hiver, une troupe atteignait les remparts de Rennes. Malgré le froid et les rafales de vent qui faisaient tourbillonner la neige, les badauds s'arrêtèrent un instant pour voir les bohémiens. Des charrettes recouvertes de toile s'échappaient des trésors inestimables : des habits rutilants, des chapeaux multicolores, la tête enfarinée d'un saltimbanque, le museau pointu d'un ours. Les enfants trépignaient de joie, que les mères tiraient par la main pour les emmener dans les maisons. Manolo sauta d'une voiture. Il était enroulé dans une couverture sombre et tremblait de froid. Pendant les deux années qui s'étaient écoulées depuis la nuit dramatique de Versailles, la troupe des bohémiens n'était jamais revenue en Bretagne. Manolo avait vieilli. Son dos s'était voûté, ses yeux s'étaient entourés de rides nouvelles. En s'appuyant sur un bâton patiemment sculpté pendant les nuits d'insomnie, il s'approcha de la dernière charrette. Une main pâle soulevait un coin de la tente, un visage doux, encadré de beaux cheveux blonds, se penchait au-dehors. Margotte était devenue une vraie jeune fille, souple, élégante, mince, elle incarnait le charme et la tendresse. Elle offrit son visage aux flocons de neige en frissonnant. Derrière elle, apparut une main brune qui caressa affectueusement son épaule.

— Te voilà enfin revenue dans ton pays, dit Juano.

Margotte se retourna.

— Je suis si heureuse, et pourtant... J'ai peur de retrouver mon ancienne vie, mes parents...

Manolo écoutait la jeune fille. Depuis longtemps, il avait perdu le sommeil à la perspective de voir partir celle qu'il aimait comme sa propre fille. Il avait patiemment guéri les blessures de son cœur, il avait effacé les cicatrices de son corps et savait, avec une infinie tristesse, que son rôle s'achevait là.

— Tu vas pouvoir retourner chez toi, disait Juano d'une voix qu'il voulait rude. Ton voyage est terminé.

Margotte saisit la main de Juano et la porta à ses lèvres.

— Comment peux-tu penser une chose pareille... Juano, tu parles sérieusement ? Jamais je ne vous quitterai. Jamais je ne m'éloignerai de Manolo. C'est plus qu'un père pour moi : il m'a tout appris, tout donné...

— Je sais que tu aimes Manolo, murmura Juano avec gêne.

— Juano, ne me fais pas rougir. Ne m'oblige pas à prononcer des paroles qui me feraient honte. Depuis deux ans, tu as veillé sur moi, tu as été mon grand frère, mon ami...

— Les frères, les amis, les pères, ont le même destin ; on les quitte tous un jour pour suivre un homme qui deviendra un mari.

— Non, je veux rester avec vous. Et si je me marie un jour...

Margotte baissa les yeux.

— Est-ce que tu voudras de moi ? murmura-t-elle d'une voix si faible, qu'il ne l'entendit pas.

— Allons les enfants, coupa Manolo d'une voix rude, vous allez prendre froid, à rester immobiles. Allons voir à l'auberge de la Cloche d'Or s'il reste des chambres et allons nous réchauffer.

Le vieil homme avait été bouleversé par les paroles de Margotte, mais il ne voulait pas se laisser aller à l'émotion. La jeune fille battit des mains.

— Quel bonheur, on va à l'auberge ? On va avoir chaud, on va trouver un bon feu...

— Et un vrai festin, s'exclama Manolo. Ce soir on fête un événement grave : ton retour en Bretagne...

Les petites gitanes accouraient, Juano réveillait le violoneux, tout le groupe s'en allait joyeusement à l'auberge. Une bouffée de rires et d'odeurs délicieuses accueillit les voyageurs. L'aubergiste s'empressa :

— Bonsoir, mes amis... Quel bon vent vous amène ?

— Nous voulons des chambres et une table pour souper : un festin pour fêter notre arrivée en Bretagne...

L'aubergiste joignit les mains.

— Hélas, mes pauvres amis, je ne pourrai que vous servir à moitié. Le festin je m'en charge, je vais donner à mes commis les ordres pour qu'on vous prépare un véritable banquet... Mais pour les chambres, hélas, hélas, je ne puis rien faire. Le froid m'a envoyé tant de clients qu'il ne me reste pas même une écurie...

Manolo s'appuya contre le mur.

— Je suis fatigué, dit-il à voix basse. Nous ne pourrons aller plus loin, et il fera trop froid cette nuit dans nos charrettes...

L'aubergiste frappa dans ses mains. Les petites servantes accoururent.

— Débarrassez-moi cette grande table, près de la cheminée. Tirez-moi quelques pichets de bon vin, portez des miches fraîches et sortez une belle terrine... Je vais vous trouver de quoi loger, ajouta-t-il en s'adressant à Manolo. Il y a tout près d'ici, au bout de la rue Saint-Michel, une abbaye tenu par de bons moines qui ne refusent jamais l'hospitalité aux voyageurs. J'enverrai un valet prévenir le frère portier de l'abbaye Saint-Georges. Après le souper, vous irez vous y reposer. Les cellules sont austères, mais il y fait bon...

Pendant que Margotte se réchauffait devant les longues flammes qui léchaient un train de volailles tournant sur des broches, Manolo et Juano s'assirent sur les bancs et burent le vin clairet. A la fin du souper, qui s'éternisait de plat en plat, Manolo alla nourrir l'ours qui grognait au bout de sa chaîne. Puis les bohémiens descendirent la rue Saint-Michel et frappèrent à la porte de l'abbaye. Un moine leur ouvrit aussitôt.

— L'aubergiste nous a avertis, dit-il aimablement, nous vous avons préparé des cellules. Vous aurez chaud.

Manolo et les autres traversèrent un long couloir qui débouchait sur un cloître. Au moment où les bohémiens arrivaient devant la porte du jardin, la silhouette d'un moine se dressa devant eux. Le frère portier fit les présentations :

— Voici notre archiviste, le frère Benoît. Nous avons la visite d'une troupe de voyageurs...

Le frère Benoît apparut dans la lueur d'une lanterne.

— Les bohémiens et les comédiens ne sont guère tolérés dans les lieux saints... Mais nous ferons une exception...

Manolo remercia le frère archiviste. A ce moment, Margotte saisit la main du gitan et s'y cramponna de toutes ses forces.

— Cet homme..., murmura-t-elle, en désignant le moine qui s'éloignait sous le cloître.

Elle ne put achever sa phrase et s'effondra, sans connaissance. Manolo la soutint, mais il était trop faible pour la prendre dans ses bras. Juano la porta jusqu'à une cellule et l'allongea sur le lit étroit.

Pendant ce temps, une ombre, qui se dissimulait derrière une statue, traversait hâtivement le cloître et pénétrait dans la cellule de l'archiviste.

— Blanchard, gémit le moine qui venait d'entrer, nous sommes en danger !

Messire Blanchard, alias le frère Benoît, se retourna brusquement.

— Avez-vous perdu la tête ? Je n'aime pas qu'on nous voie ensemble...

Le moine, qui s'appuyait contre le mur, semblait effrayé.

— Blanchard, ces gens qui viennent d'entrer... Ce sont les bohémiens qui ont enlevé Alice...

— Frère Antoine, ne cédez pas à la peur... Déguisé comme vous l'êtes, personne ne pourra vous reconnaître... Ne vous trahissez pas... Cachez-vous...

Le frère Antoine rejeta sa capuche de bure. Malgré les traits émaciés, la barbe grisonnante, on reconnaissait sans peine le seigneur de Kergroaz, Desrochers, le proscrit, qui avait disparu un soir de fête dans le parc du château de Versailles.

— Je m'en vais... Je ne veux courir aucun risque...

— Remets ta capuche, imbécile, s'écria Blanchard.

Kergroaz, accablé, obéit. Il sortit de la cellule de l'archiviste et prit le couloir. Soudain, il se jeta dans une encoignure. Manolo s'avançait dans la nuit. Il se dirigeait vers la cellule où filtrait un rai de lumière et ouvrit la porte. L'archiviste, qui se remettait de ses émotions en buvant un verre de liqueur, tressaillit lorsqu'il aperçut le bohémien.

— Que veux-tu ? demanda-t-il sèchement.

— Frère Benoît, je voudrais que vous bénissiez une jeune fille qui nous accompagne...

— Ce n'est guère le moment, grogna l'archiviste.

— La voici, murmura Manolo.

Margotte, pâle et tremblante, apparut dans la lumière.

— Approche, lui dit doucement Manolo.

— Frère Benoît, la reconnaissez-vous ?

L'archiviste s'approcha de la jeune fille, troublé par sa beauté et la crainte visible qu'il lui inspirait.

— N'aie pas peur, mon enfant, dit-il d'une voix cauteleuse.

Margotte poussa un long soupir.

— Je n'ai plus peur à présent, messire Blanchard...

Le moine resta un moment interdit, puis ses yeux s'agrandirent sous l'effet de l'horreur. Il chancela, balbutia quelques paroles inintelligibles et tomba à genoux.

— Mon Dieu ! se mit-il à hurler, protégez-moi. C'est une revenante...

Il se tourna vers le bohémien et se figea, pétrifié. C'était la mort qu'il lisait dans ses yeux.

CHAPITRE XXXV

L'ancien recteur du Faouët gémissait de peur. Son regard halluciné allait de Margotte à Manolo, essayant de comprendre quel lien diabolique pouvait unir le gitan qui avait soustrait Alice à la vengeance de Kergroaz, et cette enfant qu'il avait laissée pour morte dans les bois, sur la neige, à la merci des loups. Blanchard se croyait perdu : il tenta alors de gagner du temps. Il se précipita sur sa table de travail et saisit une bourse qu'il tendit à Manolo.

— Voici tout ce que je possède. Prenez cet argent, ce sont toutes mes économies, et laissez-moi la vie sauve. J'ai voulu expier ma faute en me retirant dans cette abbaye. J'ai prié chaque jour pour le repos de l'âme de cette innocente que j'ai crue morte...

Manolo tendit alors un poignard au moine.

— Tiens, prends cette arme et fais-toi justice. Rien ne pourrait te faire pardonner. Tu dois mourir.

Le moine, les yeux fous, se jeta aux pieds du gitan.

— Non, je ne veux pas mourir. Dieu l'a sauvée dans sa divine clémence. Donnez-moi une chance de me racheter. Je ferai ce que vous voudrez pour payer mon crime, mais laissez-moi la vie... Tenez, dit-il soudainement, je sais quelque chose qui peut vous aider. Je vous l'indique contre ma pauvre existence. Par pitié, accordez-moi ce répit...

Manolo ne pouvait cacher son mépris pour cet homme

veule qui n'éprouvait en vérité aucun remords pour son crime odieux.

— Rien ne peut plus te sauver.

— Je sais où se trouve Desrochers, s'écria Blanchard, cet assassin qui a pris le titre de comte et le nom de Kergroaz. Il s'est enfui de Versailles et je sais où il est... Je vais vous le dire.

A ce moment, une ombre se dressa dans le couloir. Un moine, la capuche rabattue sur les yeux, pénétra dans la cellule de l'archiviste et se pencha sur Blanchard qui le saisit frénétiquement par la manche.

— Mon frère, aidez-moi, restez ici, ces assassins me veulent du mal, ils m'ont volé et...

Le moine se pencha vers l'archiviste et lui murmura quelques mots à l'oreille, puis d'un bond, il fut à la porte. Manolo s'aperçut alors que Blanchard chancelait, portait une main à sa poitrine et la retirait couverte de sang. Dans un éclair, le gitan comprit ce qui venait de se passer. Il se jeta contre le moine, lui arracha sa capuche.

— Maudit assassin, hurla le gitan, tu ne m'échapperas pas.

Kergroaz, le visage livide, les yeux fous, le front luisant d'une sueur glacée, se retourna brusquement et plongea la lame sanglante de son couteau de chasse dans la poitrine du gitan qui poussa un cri et resta immobile, comme suspendu entre la vie et la mort. Margotte, horrifiée, se mit à hurler. Kergroaz disparut dans la nuit. Manolo, le visage blafard, les narines pincées, glissa à terre. Le moine dans un dernier sursaut voulut se relever. Il retomba, mort. Juano, alerté par les cris, se rua dans la cellule. Margotte se jeta dans ses bras. Les moines accouraient. On porta le gitan sans connaissance dans une chapelle où il fut allongé sur l'autel. Les moines dégagèrent sa blessure, le pansèrent, tentèrent d'arrêter l'hémorragie.

— Hélas, dit le père supérieur, il n'y a rien à faire. Dans un instant, il sera mort. Nous ne pouvons que prier...

Les moines s'agenouillèrent dans la chapelle et une

prière fervente s'éleva sous les voûtes : Manolo grimaça un sourire à Margotte qui se penchait en sanglotant, serrant dans sa main celle de Juano.

— C'est bien ainsi, murmura le moribond. Je vais me reposer, maintenant... Vous, restez toujours ensemble. Ne vous quittez jamais... Juano, l'ours, soignez bien l'ours... Margotte...

Le gitan saisit la main de la jeune fille qui l'embrassa passionnément. Il sentit sur ses doigts la fraîcheur de ses larmes et eut encore la force de plaisanter :

— Est-ce que je pleure, moi ? dit-il d'une voix imperceptible. Soyez forts. Jurez-moi d'oublier la haine et de ne pas... chercher à vous venger... Jurez...

Juano leva la main et fit un signe avec la tête. Manolo esquissa un sourire et sa tête roula sur le côté.

Un cheval galopait sur la route de Lamballe. Le cavalier qui harcelait sa monture jetait de fréquents regards derrière lui. Il dévalait les collines, coupait à travers champs, traversait les bois sans ralentir son train d'enfer. Dans la nuit glaciale, il luttait contre le vent qui rabattait des nuages de neige gelée. Desrochers, qui avait revêtu de vieux habits, un chapeau, une cape qu'il tenait depuis longtemps prêts pour sa fuite, aurait voulu galoper jusqu'au bout du monde et creuser un fossé infranchissable pour se mettre hors d'atteinte des ombres qui allaient le poursuivre. La perspective de se retrouver face à Juano le terrorisait. Un horrible pressentiment l'avertissait qu'il aurait bientôt à rendre des comptes.

A l'aube, il se résigna à laisser reposer sa monture exténuée. Il dormit quelques heures dans une grange, se réveilla en sursaut, la main sur son poignard, hagard, fiévreux. Il reprit sa course folle qui le conduisit à Saint-Brieuc, où il dîna dans une mauvaise auberge, puis à Guingamp où, à bout de forces, il alla dormir dans un relais. Il se coucha dans une chambre commune avec des rouliers qui se levèrent à l'aube. Lorsqu'il s'éveilla, il s'aperçut que sa bourse avait disparu. Saisi d'une vive colère, il se précipita dans la salle où l'aubergiste préparait déjà le dîner. Il aperçut alors les uniformes sombres des officiers de la maréchaussée. Il se jeta dans l'ombre, le cœur battant, imaginant qu'un piège lui était tendu, sortit par une lucarne et profita d'un moment où personne ne se trouvait dans l'écurie pour détacher son cheval et repartir au galop, s'attendant à chaque instant à être poursuivi par les gens d'armes. Dans les zigzags glissants qui descendaient sur Morlaix, le fuyard ne put éviter une chute. Il roula sur le talus et s'enfonça une longue écharde de bois dans la cuisse. Sa main droite était ensanglantée, la cicatrice de son doigt coupé le faisait atrocement souffrir. Il traversa la ville, alla boire dans un estaminet sombre et mal fréquenté et y dépensa sa dernière pièce. A la nuit, il reprit la route qui mène à la mer. Il grelottait de fièvre, des élancements douloureux traversaient sa jambe, des vertiges l'éblouissaient. Il arriva à Carantec peu après minuit. Le petit village serré autour du clocher était désert. Desrochers abandonna son cheval devant l'église et s'écroula sous le porche. Il s'y reposa quelques heures et repartit quand l'aube colora le ciel noir. Il s'enfonça dans la neige jusqu'au rocher étrange qui surmonte la mer. C'était là qu'il avait passé son enfance, entre l'église et cet endroit qu'on appelait la Chaise du Curé. Ses parents habitaient une cassine au toit effondré, appuyée contre les pins qui dominaient la plage de Kelenn, près d'un cimetière aujourd'hui disparu. Pendant plusieurs jours il se réfugia sous la coque d'une barque abandonnée, terrassé par une violente fièvre, grelottant de froid, affaibli par le manque de nourriture. Il trouva la force de se traîner jusqu'à la plage où il put ramasser quelques coquillages abandonnés par la marée. Plus tard, lorsque la fièvre l'abandonna, il pénétra la nuit dans une basse-cour et vola des œufs et une poule.

Lorsqu'il fut complètement rétabli, il reprit courage. Il fallait à présent qu'il trouve de l'argent et des vivres, qu'il prenne un logement, qu'il s'habille de neuf et se fasse oublier. Après, il quitterait son village, irait se louer à quelque seigneur pour exécuter de basses besognes. Il referait fortune comme au temps de Kerviguen. La vie, après tout, n'est qu'un éternel recommencement... Le lendemain, à la nuit, il dévalisa un paysan qui s'en revenait du marché de Morlaix. Il fracassa le crâne du voyageur avec une grosse pierre et trouva dans ses poches une belle bourse remplie d'écus d'or. Avec l'argent de son crime, il acheta des habits au comptoir des marins de Carantec, puis il loua à un pêcheur une cabane de planches adossée au cimetière, qui abritait les pèlerins lors du pardon de Notre-Dame de Callot. Pour la première fois depuis sa fuite, il mangea à sa faim et abusa du cidre. Vautré sur sa mauvaise table, à la lueur d'une chandelle il comptait et recomptait ses belles pièces d'or, lorsqu'il entendit du bruit. Des pas se rapprochaient. Il souffla aussitôt la chandelle et se tapit dans l'ombre, en serrant dans sa main un crochet de fer rouillé qu'il avait trouvé sur la plage. Des glissements furtifs entouraient la cabane. Puis un silence angoissant s'installa. Desrochers guettait le moindre bruit, immobile, les yeux fixés dans la nuit.

— Qui va là ? hurla-t-il soudain.

Sa main tremblait, son front était couvert de sueur. Il crut apercevoir une ombre se dresser devant lui, dans la clarté lunaire qui baignait le cimetière marin. Les tombes enchevêtrées devenaient menaçantes. L'éclair d'une lame étincela au loin. Incapable de supporter plus longtemps ce silence angoissant, il se rua sur la porte et se jeta dans la nuit. Avec horreur il aperçut le trou fraîchement creusé d'une tombe. Il voulut retourner dans son abri. Une ombre noire lui barrait le chemin. Il s'immobilisa en ricanant, le crochet hideux serré dans sa main. Il avait reconnu la longue chevelure rousse, la silhouette souple de son ennemie.

— Marion Tromel, hurla-t-il, tu vas aller rejoindre ton

père, et le père de ton fils. Tu vas mourir, misérable paysanne, sale orgueilleuse, maudite...

Desrochers balança son crochet et se jeta sur Marion. Elle sauta sur le côté en sortant son épée vivement. La lame pénétra dans le bras de l'homme qui hurla de douleur.

— Voilà pour mon père...

Desrochers comprimait la blessure d'où jaillissait un flot de sang. Il se mit à courir vers la mer, et glissa dans le sable humide. Soudain des torches illuminèrent la nuit. Alignés tout au long de la plage, les compagnons de Marion lui barraient le chemin. Il y avait là Jagouret, et Lafleur, Olivier, et les autres. Desrochers poussa un gémissement et fit volte-face. Au bout du sentier, brandissant des torches fumeuses, se dressaient les gitans. Ils étaient venus, eux aussi, en habits de théâtre, arlequins sanglants et acrobates multicolores, tous dressés, tous tenant un poignard à la main.

Desrochers poussa un cri affreux et monta le sentier escarpé qui conduisait à la Chaise du Curé, rocher phénoménal plongeant sur la mer. Adossé aux vagues qui rugissaient au fond de l'abîme, il fit front à Marion qui s'avançait lentement, suivie de l'incroyable escorte des gitans et des compagnons, dans une lueur phosphorescente de torches fumantes. Marion pointait son épée vers lui, et avançait toujours, le regard fixe, fascinée par le dénouement inéluctable qui allait venger les siens.

Dans un dernier sursaut, Desrochers envoya son crochet de toutes ses forces, en visant la tête de son ennemie. La pointe rouillée frôla la tempe de Marion qui détendit son bras.

— Pour Hanviguen, dit-elle d'une voix à peine audible.

L'épée plantée dans l'épaule, l'assassin chancela, trébucha et bascula dans le vide. Son cri fut étouffé par la fureur des vagues.

— Pour Manolo.

Marion se dressait sur le rocher étrange, échevelée et livide. Elle était arrivée au bout de son chemin. Il fallait maintenant affronter les conséquences de sa vengeance : elle avait failli à sa parole donnée au roi. Elle était restée sourde à la prière de De Robien qui l'avait suppliée de ne pas accomplir cet acte qui la rendait parjure et leur enlevait, à tous deux, leur honneur.

Lui pardonnerait-il un jour sa décision ? Trouverait-elle enfin l'apaisement qui lui permettrait de vivre en oubliant le passé ? Elle venait de rompre un équilibre précaire, et rien n'est plus amer qu'une vengeance accomplie. Les torches s'éteignaient les unes après les autres. Les gitans s'éloignaient. Les compagnons fidèles attendaient sur les chevaux frémissants. Une aube grise se levait sur la grève. Dans la brume cotonneuse, elle aperçut Guillaume qui accourait.

— Le corps a disparu, dit-il à bout de souffle. Malgré ses blessures, il est parvenu à s'enfuir... Il y a des traces sanglantes sur le sable... Il n'aura sûrement pas la force d'aller très loin...

Une barque de pêcheurs quittait le port poursuivie par un nuage d'écume blanche. Une pluie fine et froide se mit à tomber.

Marion était troublée, soulagée, rassurée peut-être. Il n'est jamais facile de perdre une raison de vivre. Et maintenant, il fallait repartir.

Le Grand Creilly,
février 1981.

BIBLIOGRAPHIE

PIERRE GAXOTTE de l'Académie française, *Le Siècle de Louis XV,* Fayard, 1974.

ALFRED LEROY, *Louis XV,* Albin Michel, 1938.

JACQUES LEVRON, *Louis XV,* Perrin, 1974.

ANDRÉ GARDEBOIS, *Les Meudonnais devant la justice du baillage,* Corlet, Condé-sur-Noireau, 1974.

JEAN COMOY, *Un abbé de Cour sous Louis XV,* La science historique, 1959.

PIERRE PINSSEAU, *L'Etrange Destinée du chevalier d'Eon,* Clavreuil, 1944.

JACQUES LEVRON, *La Vie quotidienne à la cour de Versailles,* Hachette, 1965.

JACQUES LEVRON, *Madame de Pompadour,* Perrin, 1974.

CASIMIR CARRÈRE, *Les Amours scandaleuses du maréchal duc de Richelieu,* France-Empire, 1980.

JEAN LOREDAN, *Marie Tromel, dite Marion du Faouët, chef de voleurs,* 1884.

Coutumes générales du pais et duché de Bretagne, 1745.

SÉBASTIEN MERCIER, *Le Tableau de Paris,* 1788.

YANN BREKILIEN, *La Vie quotidienne des paysans bretons au XIXᵉ,* Hachette, 1966.

JEAN RIEUX, *Marion du Faouët et ses brigands,* Nature et Bretagne, 1976.

BERNARD LESUEUR, *Le Vrai Mandrin,* Edition Spéciale, 1971.

292

GUY CHAUSSINAND-NOGARET, *La Vie quotidienne des Français sous Louis XV,* Hachette, 1979.

ANNE et CLAUDE MANCERON, *Beaumarchais figaro vivant,* Dargaud, 1968.

FRÉDÉRIC GRENDEL, *Beaumarchais,* Flammarion, 1973.

Mémoires de Madame de Staal-Delaunay, le Mercure de France.

Mémoires du duc de Saint-Simon.

YANN BREKILIEN, *Histoire de la Bretagne,* Hachette, 1977.

IRÉNE FRAIN LE POHON, *Quand les Bretons peuplaient les mers,* Fayard, 1979.

EUGÈNE ROYER, *Le Faouët,* Ouest-France, 1980.

Guide de France, Paris, 1810.

J. HILLERET, *Connaissance du Vieux Paris,* Princesse, 1951.

ROBERT MANDROU, *De la culture populaire aux XVIIe et XVIIIe siècles,* Stock, 1964.

ANDRÉ GARDEBOIS, *De 1700 à 1750 ils ont vécu à Meudon,* Corlet, Condé-sur-Noireau, 1974.

IMPRIMÉ AU CANADA

6700